Harry Mulisch
DE PROCEDURE

Roman

1998
UITGEVERIJ DE BEZIGE BIJ
AMSTERDAM

Akte A
HET SPREKEN

Dat het slechts kunst was, was verborgen door kunst.
P. Ovidius Naso, METAMORPHOSEN, X, 252

Eerste stuk
De mens

Ja, ik kan natuurlijk met de deur in huis vallen en beginnen met een zin als: *De telefoon ging.* Wie belt wie? Waarom? Het moet iets belangrijks zijn, anders zou het dossier daar niet mee openen. Spanning! Actie! Maar zo kan het dit keer niet. In tegendeel. Eer hier nu iets tot leven kan komen, is het noodzakelijk dat wij beiden ons door inkeer en gebed voorbereiden. Wie onmiddellijk meegesleept wil worden, ten einde de tijd te doden, kan dit boek beter meteen dichtslaan, de televisie aanzetten en op de bank achterover zakken als in een warm schuimbad. Alvorens verder te schrijven en te lezen gaan wij nu dus eerst een dag vasten, vervolgens baden in koel, zuiver water, waarna wij ons hullen in een gewaad van het allerfijnste, witte linnen.

Ik heb de bel van de telefoon en de huisdeur afgezet en het klokje op mijn schrijftafel omgedraaid; alles in mijn werkkamer wacht op de komende gebeurtenissen. De eerste lichtgevende woorden zijn in het ultramarijn van het computerscherm verschenen, terwijl buiten de verblindende, ondergaande herfstzon over het plein schijnt. Uit de laaiende hemel in het westen stromen tramrails als gesmolten goud uit een hoogoven, tussen de zwarte bomen verschijnen auto's uit de baaierd, verdwijnen er in, mensen lopen aan het hoofd van meterslange schaduwen. Aan de stand van de zon in mijn kamer kan ik zien hoe laat het is: het licht valt schuin naar binnen, het is zes uur, spitsuur, voor de meesten is de werkdag ten einde.

Het ontstaan van de mens was een gecompliceerde affaire. Daarover bestaat nog steeds onduidelijkheid, niet alleen in biologische, ook in theologische kringen. In de Bijbel wordt dit wezen zelfs twee keer geschapen, en tot op zekere hoogte nog een derde keer. Genesis 1:27 meldt, dat op de zesde en laatste scheppingsdag het volgende gebeurde: 'En God schiep de mens naar zijn beeld, naar Gods beeld schiep hij hem; man en vrouw schiep hij hen.' Het waren er dus twee; meteen daarop zegt God: 'Weest vruchtbaar, vermenigvuldigt u.' De man was dus Adam, maar de vrouw was niet Eva, want ons aller oermoeder zag pas later het levenslicht, toen de scheppingsweek al hoog en breed achter de rug was; zij werd niet afzonderlijk geschapen, maar kwam voort uit een rib van Adam. Deze was daar toen zeer over te spreken, want in Genesis 2:23 verklaart hij: 'Dit is eindelijk been van mijn gebeente en vlees van mijn vlees.' Eindelijk! Ook hieruit blijkt, dat Eva zijn tweede vrouw was. Maar hoe staat het dan met de eerste? Wie was zij? Gelukkig hebben deskundigen dat weten te achterhalen: Lilith.

Zeer zelfbewust, want even afzonderlijk geschapen als Adam, wenste zij zich niet aan hem ondergeschikt te maken. De breuk ontstond dan ook over de manier van 'vermenigvuldiging': zij wenste niet de onderliggende partij te zijn. In hun erotisch-technische conflict speelde misschien het feit mee, dat Adam toen nog Eva onder de leden had en in dat stadium dus een enigszins verwijfd type geweest moet zijn. De krach liep in elk geval hoog op en Lilith deed ten slotte iets verschrikkelijks: zij vloekte. Dat wil zeggen, zij sprak de onuitsprekelijke, 72-letterige naam van JHVH uit, veranderde op slag in een demon en vloog weg. Onmiddellijk stuurde JHVH de engelen SNVJ, SNSNVJ en SMNGLPH achter haar aan, die haar onderschepten boven de Rode Zee. Maar uitschakelen konden zij haar niet. Sindsdien jaagt zij op alleenstaande mannen en wurgt zij kinderen in het kraambed. Kortom, in alle opzichten is Lilith het tegendeel van de latere Eva, de oermoeder, die door haar ontstaan pas een echte kerel maakte van Adam.

Maar deze Adam was tegen die tijd – na de scheppingsweek dus – voor de tweede keer geschapen. Wie nog een Bijbel heeft (anders moet hij even in een nachtkastje van het dichtstbijzijnde hotel kijken) leest in Genesis 2:7: 'Toen vormde JHVH de mens uit klei-aarde en blies levensadem in zijn neus; zo werd de mens een bezield wezen.' Het verschil met de eerste keer is, dat wij nu wat concrete details te horen krijgen, maar te weinig om er zelf iets mee te kunnen beginnen. Fortuinlijkerwijs zijn er nog andere bronnen dan de Bijbel. Zonder verschil te maken tussen de eerste en de tweede schepping van Adam, heeft een aantal geleerden door de eeuwen heen de gang van zaken op de zesde en laatste scheppingsdag van uur tot uur gereconstrueerd, maar de agenda's die zij presenteerden wijken van elkaar af. Volgens één van hen zou Adam in het eerste uur verschenen zijn in de gedachten van JHVH. In het tweede uur besprak deze zijn inval met het kabinet van aartsengelen. Sommigen vonden het een goed idee, anderen waren er tegen; maar terwijl de engelen nog debatteerden en kibbelden, ging JHVH er in het derde uur toe over, rode, zwarte, witte en bruine aarde te verzamelen. Dit was natuurlijk niet willekeurig stof, maar de allerfijnste stof uit alle windstreken, en vooral ook van de plek waar naderhand de Tempel van Salomo zou verrijzen. In het vierde uur kneedde hij het met het allerzuiverste water tot klei. In het vijfde uur vormde hij Adams lichaam. In het zesde uur maakte hij een *golem* van hem, 'aardkiem': een entiteit die niet meer anorganisch was, maar ook nog geen mens. Op dezelfde Tempelberg, waar ook later nog zoveel gedenkwaardige gebeurtenissen zouden plaatsvinden, blies hij het embryonale wezen in het zevende uur de ziel in, waarna hij Adam ('Grond') ten slotte in het achtste uur in het paradijs zette, alwaar deze blijk gaf te kunnen spreken door de dieren namen te geven: 'chimpansee', 'orang-oetan'...

In de hemel ruzieden de aartsengelen intussen nog steeds over de wenselijkheid van de mens, maar JHVH zei: 'Wat praten jullie nog? Hij is al geschapen.' Ook verder schijnt hij trouwens problemen te hebben gehad met zijn ministers, want volgens sommige bronnen was Adam aanvankelijk zo groot als het hele universum, waardoor zij zich bedreigd voelden. Daarop bracht hij hem terug tot gematigder, zij het nog steeds gigantische proporties. De ook vandaag nog gebruikelijke afmetingen kregen hij en zijn Eva pas na de zondeval.

Zo komt men steeds meer te weten. Zelf ben ik – beroepshalve – nieuwsgierig naar verdere details over dat geheimzinnige zesde uur. Wat spookte JHVH daar eigenlijk uit? Tussenstadia, ontstaan, vergaan, schemeringen, gedaanteverwisselingen zijn altijd belangwekkender dan wat er al is, nog niet is of niet meer. De overgang in het zevende uur van de organische materie naar de mens, door middel van de goddelijke levensadem, is minder essentieel dan in het zesde uur de overgang van dode naar levende materie. Het verschil tussen een amoebe en een mens is geringer dan dat tussen een kristal en een amoebe, want dat bedraagt bijkans 100%. (Bijkans? Geen 100%? Wat dan? 99,999...%? Geduld!) Bij die overgang, in het zesde uur, is dus echt iets fundamenteels gebeurd. Wat precies?

Ik heb groot nieuws. In de bijkans oneindige krochten en kieren van het geschrevene bestaat een geschrift, dat daar iets over te vertellen heeft: *Sefer Jetsirah*, 'Het Boek van de Schepping'. Het is geschreven in het hebreeuws, vermoedelijk omstreeks de derde eeuw in Palestina, door een anonieme, joodse neopythagoreeër, en het is het absolute tegendeel van wat aan het eind van de twintigste eeuw voor een leesbare tekst wordt aangezien. Ik betwijfel of er op dit moment in de hele wereld meer dan honderd mensen zijn die over dat mysterieuze boek gebogen zitten; het is zoiets als een geheime, metafysische koningskamer in de pyramide van het geschrevene. 'Boek' is trouwens een groot woord; het bestaat uit zes korte hoofdstukken, verdeeld in eenentachtig paragrafen, alles bij elkaar nog geen tweeduizend woorden, dat wil zeggen uit nauwelijks vijf A4-tjes. Ik moet bekennen, dat dit mij vervult met mateloze afgunst: vijf A4-tjes! Omdat ook de kwantiteit een kwaliteit is, wenst elke schrijver zich een boek van duizend bladzijden, – maar een traktaat van vijf bladzijden, dat eeuw in eeuw uit wordt bestudeerd, door ontelbare commentaren is gevolgd en nog steeds zijn geheim niet heeft prijsgegeven, dat gaat nog een stap verder.

De tekst besluit met de mededeling, dat ook Abraham het boek bestudeerd heeft en begreep, waarmee hij in creatief opzicht vrijwel godgelijk werd; alle andere mensen bij elkaar konden nog geen mug maken. In de middeleeuwen werd daar door mensen die het weten kunnen aan toegevoegd, dat hij zich aanvankelijk in eenzaamheid aan de studie wijdde, maar toen vernam hij plotseling de stem van JHVH – de eigenlijke auteur – en kreeg te horen, dat niemand *Sefer Jetsirah* in zijn eentje kon begrijpen, men moest met zijn tweeën zijn. Abraham koos daarvoor zijn leraar Shem, de zoon van Noach. Dit voorschrift tot tweezaamheid geldt tot de huidige dag, en dat komt dus goed uit, want ook wij zijn met ons tweeën, jij en ik.

Luister. Je weet natuurlijk, dat de wereld en Adam zijn geschapen door het woord, – maar hoe dat technisch in zijn werk ging, staat uitsluitend te lezen in de raadselachtige handleiding die JHVH zelf heeft gebruikt, en die dus van vóór de schepping stamt. Daarin wordt die linguïstische creatie niet figuurlijk opgevat, zoals meestal gebeurt, maar – met de onverbiddelijke consequentie van de joodse mystiek – letterlijk.

Omdat woorden uit letters bestaan, zoals moleculen uit atomen, moet de aandacht zich dus richten op die elementaire bouwstenen: de tweeëntwintig letters van het hebreeuwse alfabet, *othioth* genaamd. Vergeet namelijk niet, dat de wereld in het hebreeuws is geschapen; in een andere taal was dat niet mogelijk geweest, nog het minst in het nederlands, waarvan zelfs de spelling niet vaststaat tot hemel en aarde vergaan. Ter onderscheiding noem ik dat verheven othioth het *alephbeth*: Aleph [א], Beth [ב], Gimel [ג], Daleth [ד], He [ה], Vau [ו], Zajin [ז], CHeth [ח], Teth [ט], Jod ['], Kaf [כ], Lamed [ל], Mem [מ], Noen [נ] Samek [ס], AJin [ע], PHe [פ], TSade [צ], Qof [ק], Resch [ר], SHien [ש], Tau [ת]. Het bestaat alleen uit medeklinkers. Ook de Aleph en de AJin zijn medeklinkers. Zo is de Aleph niet de klank 'a', maar een harde tik in de keel, zoals wanneer men zich plotseling snijdt of brandt, – de zogeheten 'glottisslag', waarbij men zich volgens filologen moet voorstellen, dat men een vishaak in de keel geworpen krijgt die meteen teruggetrokken wordt. Die medeklinkers vormen het zichtbare lichaam van de woorden, – de klinkers zijn hun ziel en dus onzichtbaar. Of liever: D KLNKRS ZN HN ZL N DS NZCHTBR.

Het eerste hoofdstukje gaat over de 'tweeëndertig verborgen paden der wijsheid': de mysterieuze, 'oneindige getallen zonder iets' van 1 tot 10 plus de 22 letters. JHVH zelf is 1, de 22 letters haalde hij 'met slijk en klei' uit 2 en 3; pas 4 baart dan de hemel en de engelen. Vervolgens nam hij de drie belangrijkste letters (A M SH: de 'drie moeders') die hij onder de heer-

schappij van de getallen van 5 tot 10 als hoogte, diepte, oosten, westen, noorden en zuiden verzegelde met
permutaties van zijn onuitsprekelijke naam JHV,
JVH, HJV, HVJ, VJH en VHJ. Over getallen
wordt daarna niet meer gesproken, alleen nog over
letters.

Om je een indruk te geven, laat ik je nu vertrouwe-
lijk het tweede hoofdstuk van JHVH's instructieboek
zien:

*1. Tweeëntwintig letters: drie moeders, zeven dubbele en twaalf
eenvoudige. Drie moeders A M SH, hun grondslag: de
schaal van de verdienste en de schaal van de schuld, en de
tong is een bewegende wijzer tussen die twee. Drie moeders A
M SH: M is stom, SH sissend en A brengt die twee in balans.*

*2. Tweeëntwintig letters: hij ontwierp ze, hakte ze uit, woog ze,
combineerde ze en verwisselde ze, elk met alle; door middel van
hen vormde hij de hele schepping en alles wat nog geschapen
moest worden.*

*3. Tweeëntwintig letters: drie moeders, zeven dubbele en twaalf
eenvoudige; zij zijn ontworpen in de stem, gevormd in de lucht
en op vijf plaatsen in de mond gezet. De letters A H CH AJ
op de keel, G J K Q op het gehemelte, D L N T op de tong,
Z S TS R SH op de tanden, B V M PHe op de lippen.*

*4. Tweeëntwintig letters: zij worden als een muur met tweehon-
derdeenendertig poorten in een cirkel gezet. De cirkel kan
voorwaarts of achterwaarts draaien, en zijn teken is dit: niets*

overtreft A J N G (= 'welbehagen') in het goede, en niets overtreft N G A J (= 'ramp') in het kwade.

5. *Hoe combineerde, woog en verwisselde hij ze? A met alle andere en alle andere met A, B met alle andere en alle andere met B, G met alle andere en alle andere met G, en allemaal keren zij cirkelvormig naar de uitgang terug door tweehonderdeenendertig poorten, en zo komt het dat de hele schepping en alle taal voortkomt uit één naam.*

6. *Hij schiep iets uit niets en maakte het niet-zijnde tot een zijnde; en hij vormde grote zuilen uit ontastbare lucht. Dit is het teken: hij aanschouwde, sprak, en bracht de hele schepping en alle dingen voort uit één naam, waarvan het teken is tweeëntwintig dingen in een lichaam.*

Die ene naam, waaruit alles voortkomt, is dus de onuitsprekelijke naam van God: het tetragrammaton JHVH. In de vier resterende hoofdstukjes wordt dan alles in ruimte en tijd via duistere combinaties en permutaties gebaard door de 'drie moeders', de 'zeven dubbele' en de 'twaalf eenvoudige', met talloze correspondenties tussen de natuur, het menselijk lichaam en het jaar.

Het Boek van de Schepping is de hoogste ode aan het schrift, ooit geschreven.

Tweede stuk
Het personage

Ziezo, de opzet is gelukt. Wij zijn onder elkaar. De onreine meelezers zijn hals over kop gevlucht voor al die spookachtige letters. 'Dit lijkt naar niets!' hoorde ik ze roepen. Jij zei hetzelfde, maar anders: 'Dit is onvergelijkelijk.' Alleen jij bent er nu nog. Ik zie je niet en ik weet niet hoe je heet, het is alsof ik een willekeurig telefoonnummer heb gedraaid, zoals eenzame gekken dat plegen te doen.

Na jarenlang nadenken over dit dossier, experimenteren, falen, soms tot op de grens van uitputting, besefte ik dat ik hulp nodig had, net als Abraham. Maar waar kon ik die vinden? Jij was er nog niet. Om zelfs maar te kunnen beginnen met dit verhaal – dat intussen begonnen is, al vind ook jij het tot zover niet erg op een verhaal lijken, maar dat komt nog wel – besloot ik het hogerop te zoeken en mij te wenden tot mijn transcendente collega zelf. Ook zijn schepping – de wereld, de mens – is immers linguïstisch van aard, uiteindelijk zelfs een spellingkwestie, net als de wereld en de mensen die ik nu op mijn beurt te voorschijn wil roepen. Ook zij komen door niets anders tot aanschijn dan door middel van letters en getallen. Kijk ik op mijn toetsenbord, ik zie uitsluitend het alfabet en de cijfers van 0 tot 9, die als lichtgestalten op het scherm verschijnen; de resterende tekens zijn bijzaak. In het alephbeth zijn de letters bovendien ook de cijfers, – en als men woorden dus tegelijk als getallen kan lezen, als vertellen tegelijk tellen is, opent dat natuurlijk ongekende mogelijkheden.

Als ik mij nu dus aanschik tot een *imitatio dei*, als JHVH's schaduw, dan moet ook mijn naam de schaduw zijn van zijn onuitsprekelijke naam. De tekenen zijn gunstig. Aangezien de 'drie moeders' A M SH, die JHVH heeft toegevoegd aan zijn naam, de initialen zijn van mijn bloedeigen joodse moeder, moet het daar dus vandaan komen, zoals ook ikzelf daar vandaan kom. Dat is dus voorbeschikt. Nu hoef ik alleen nog mijn boheemse vader in het spel te brengen, wiens ouders in Praag zijn getrouwd, – en ziedaar: *Victor Werker*!

Hier volgen nu eerst nog drie additionele overwegingen.

Eerste additionele overweging. – Dichters zijn woordenschrijvers en dus onvertaalbaar, want tijdens het vertalen verdwijnen hun woorden. Elk woord heeft een klank, die in een andere taal verandert in een andere klank, die de dichter niet in gedachten had. Het is alsof een sonate van Beethoven in Nederland uitgevoerd zou moeten worden met de eerste toon een terts hoger, de tweede een kwint lager, enz.; en in Frankrijk met een kwart lager en een septime hoger, enz. Romanschrijvers, op hun beurt, kunnen verdeeld worden in zinnenschrijvers en boekenschrijvers. Nabokov schreef onvergetelijke zinnen, Dostojevski onvergete-

lijke boeken. Hier scheiden zich de geesten over wat
een 'goede schrijver' is. Nabokov is een goede schrijver, Dostojevski een groot schrijver. Van een zinnen-
schrijver blijft in een slechte vertaling weinig over,
voor een groot schrijver maakt het niet veel uit. De
taal moet volledig verdwijnen, alleen het vertelde
moet overblijven. Wanneer proza lonkt naar de poëzie en de aandacht op zichzelf vestigt, als een fat voor
de spiegel, dan gebeurt er hetzelfde mee als met iemand die weet dat hij mooi is: daar wordt hij lelijk
van, en vooral ook zij. Alleen kinderen en dieren kunnen volmaakt mooi zijn.

En met mijzelf is het – als ik zo vrij mag zijn – nog
erger gesteld. Wanneer ik op een bepaald moment in
mijn leven een bepaalde letter schrijf, bij voorbeeld
drie woorden geleden de letter *i* in het woord *schrijf*,
dan schrijf ik niet eenvoudig die letter, die jota met die
tittel, ook niet eenvoudig de *i* van de diftong *ij*, maar
toen ik die *i* schreef schreef ik de *i* van het woord *schrijf*,
en toen ik de *i* van het woord *schrijf* schreef, schreef ik
niet alleen dat woord *schrijf*, maar deze hele zin, en ook
de vorige, en ook de volgende: al deze zinnen, dit hele
hoofdstuk, dit hele boek, alle 72.654 woorden er van,
– ja, alles wat ik ooit geschreven heb en ooit nog zal
schrijven. Ik ben geen woordenschrijver, ook geen zin-
nenschrijver, maar een œuvreschrijver. Ik zou die ene
i niet zinvol hebben kunnen schrijven wanneer alles
niet al op een of andere manier bestond. Maar waar?
Niet in deze wereld, want daarin verschijnt het ook
voor mijzelf pas door geschreven te worden. Er is dus
nog een andere wereld – dat is nu bewezen.

Aangezien de zaken zo liggen, moet ik dus omzichtig te werk gaan. Dat komt neer op het schrijven van gemiddeld één zin per uur. Jij op jouw beurt leest die zin in gemiddeld tien seconden. Die wanverhouding wordt opgeheven als die ene zin door $6 \times 60 = 360$ lezers gelezen wordt: dat is de oplage van een hermetische dichtbundel. Mijn beloning begint met de 361ste lezer. De eerste oplage van dit boek bestaat uit 50.000 exemplaren. Als het daarbij blijft en elk exemplaar wordt door niet meer dan één lezer gelezen, dan zijn met elke zin 500.000 seconden gemoeid – dat is bijna een week!

Tweede additionele overweging. – Honderd jaar lang mocht een verhaal niet op een verhaal lijken, maar alleen op de zogenaamde werkelijkheid; gedurende die eeuw moest dus de verteller net zo onzichtbaar en anoniem zijn als de luisteraar. Dat voorschrift kwam uit de mantel van Flaubert. (Vreemde uitdrukking? Dostojevski heeft eens gezegd: 'Wij stammen allemaal uit *De mantel* van Gogol'.) Als de verteller 'ik' zei mocht hij daar niet zichzelf mee bedoelen, 'ik' moest een ander zijn: 'de verteller', een vertellend personage. Dat heette 'realisme', maar dat was het nu juist niet. Die verkramping is intussen achter de rug, want een verhaal, zo ontdekten de vertellers, tot ontspanning gekomen, bestond uiteindelijk toch niet op een andere manier dan als de vertelling van een verteller. Zelf heb ik mij nooit iets aangetrokken van die flaubertijnse camouflage. Gelijktijdig met de dood van de verteller proclameerde Nietzsche de dood van

God, – maar ik was er van meet af aan van overtuigd, dat een verhaal alleen in schijn een beeld kon geven van een wereld, waarin vrije wil en toeval regeren; want in een verhaal is ook de kleinste kleinigheid voorzien en voorbestemd door de alwetende, almachtige, alles voorbeschikkende verteller, ook het schijnbaar vrije en toevallige. Elk verhaal, dacht ik, ook dat van een doorgewinterde atheïst, beeldde noodgedwongen een geschapen wereld uit waarin een ultra-orthodoxe god heerste. De literatuur, kortom, was essentieel theologisch van aard, en volgens mij moest zij dus de illusie opgeven, dat zij een waarheidsgetrouw beeld kon leveren van de bestaande werkelijkheid.

Maar zo eenvoudig blijkt de zaak achteraf niet. Ik heb iets over het hoofd gezien, dat al die jaren toch duidelijk zichtbaar was. De verteller van een verhaal is tegelijk ook *niet* de verteller. Het verhaal zelf is de eigenlijke verteller, het vertelt zichzelf; vanaf de eerste zin is de vertelling ook een verrassing voor de verteller, dat weten alle vertellers. Het eigenlijke avontuur is het *vertellen* van het avontuur. Het is niet zo dat de verteller à la Flaubert weliswaar bestaat maar niet mag bestaan en zich moet verbergen, maar hij bestaat inderdaad niet, terwijl hij tegelijk natuurlijk bestaat en het verhaal vertelt. En in die zin, door zijn voorspelbaar-onvoorspelbare ontstaanswijze, door zijn vrije wil, geeft een verhaal dan toch een waarheidsgetrouw beeld van de wereld – zoals ook de fysische werkelijkheid alleen tot op zekere hoogte is bepaald door oorzaak en gevolg, maar in laatste instantie onderhevig is aan fundamentele onzekerheden, waarschijnlijkheden, toeval.

Dus: een schrijver die zegt dat hij uitgeschreven is omdat hij 'niets meer te zeggen' heeft, is nooit een echte schrijver geweest. Hij heeft gezegd wat hij te zeggen had, maar een echte schrijver heeft nu juist nooit iets te zeggen gehad: alleen zijn verhalen hebben iets te zeggen, allereerst aan hemzelf, – en dat blijft zo tot zijn dood op het literaire veld van eer.

Ik ben overigens in goed gezelschap met mijn vergissing. Ook JHVH heeft zich vergist: hij dacht aanvankelijk dat zijn schepping 'zeer goed' was, maar dat bleek niet het geval; naderhand moest er nog een zondvloed en vervolgens ook nog een messias aan te pas komen om orde op zaken te stellen. Achteraf bleken zelfs die draconische maatregelen niet afdoende, – hij zal nog een derde gebeurtenis moeten verzinnen. De tijd dringt.

Derde additionele overweging. – Een verteller die bestaat en niet bestaat – waarmee is zo'n logische onmogelijkheid vergelijkbaar? Met een scheppende god dus, een afstandelijke patriarch, met helder bewustzijn zetelend in een abstract-hygiënisch areaal van getallen, letters en woorden. Maar ook met een barende vrouw: maandenlang heeft zij haar kind gemaakt zonder te weten hoe zij dat deed, – ofschoon zij het deed, deed *zij* het niet; en wie zij baart weet zij even min, dat blijkt pas bij de geboorte in bloed, stront, kreten, pijn, of eigenlijk pas maanden, jaren later.

'In den beginne waren er bloed, stront, kreten, pijn; en het bloed, de stront, de kreten, de pijn waren bij Godin; en het bloed, de stront, de kreten, de pijn waren Godin.'

Aangezien zowel de procedure van de patriarch als die van de matriarch gelden, het woord en het bloed, moeten zij in de echt verbonden zijn, die twee. Wil er een meesterwerk ontstaan, dan moet de *imitatio dei* gepaard gaan met een *imitatio deae*.

Ook iets anders had mij trouwens op dit spoor kunnen zetten. Steeds als ik enige tijd met vrucht heb geschreven, kan ik mij achteraf niet herinneren hoe ik dat gedaan heb, – zo min als ik overdag nog weet, hoe het is om te dromen, terwijl ik daar 's nachts geen moeite mee heb. Als het voor de wind gaat met de schrijverij, kan ik mij niet voorstellen hoe het is om *niet* te schrijven; maar als het stokt, kan ik mij niet voorstellen hoe ik dat zou moeten doen, schrijven. Nee, werkelijk, geen idee, ook al heb ik duizenden bladzijden geschreven. Mij gewordt dan het beeld van een zeilschip in vroeger eeuwen, ter hoogte van de evenaar hulpeloos op de windstille oceaan dobberend. Natuurlijk kan de kapitein patriarchaal het bevel tot roeien geven, maar dat is niets vergeleken met wat er gebeurt als plotseling de matriarchale wind weer opsteekt, als de slappe zeilen beginnen te wapperen en even later bol gaan staan.

Hoe een verhaal ontstaat? Denk aan de filmopname van een fabriek, die wordt opgeblazen. Je ziet de explosies, het instorten van de muren, de lange schoorsteen die zigzaggend in elkaar zakt, tot alleen een puinhoop te zien is en een reusachtige, opstijgende stofwolk, die door de wind verwaaid wordt. Vergeet vervolgens die film. Je ziet het laatste beeld, en dan wordt de film langzaam teruggedraaid. In de lucht vormt zich een wonderbaarlijke stofwolk die omlaag trekt in het puin, dat zich vervolgens omvormt tot een gebouw, zigzaggend komt een schoorsteen overeind, muren verrijzen, net zo lang tot er een fabriek staat. Zo gaat het. De vraag doet zich dan voor: hoe is dat mogelijk, als het geen omgekeerd proces is maar het proces zelf? Bestond dat bouwwerk dan al op een of andere manier eer het bestond? Misschien. Waar? Dat weet ik niet.

En waarom doet een mens het eigenlijk, elke keer weer? Omdat hij in twee werelden wil leven. Deze ene is hem niet genoeg. Het problematische verhaal, dat zich in strijd met de Tweede Hoofdwet van de Thermodynamica ook dit keer weer voor mijn ogen afspeelt en dat ik nu ga vertellen, verzin ik niet maar het gebruikt mij om te bestaan, zoals het kind zijn moeder. Ik, die dit vertelt, vertel het niet alleen voor jou, maar vooral ook omdat *ik* wil weten welk verhaal ik vertelt. Ik kan het niet genoeg herhalen. Als ik het al wist, waarom zou ik het dan nog vertellen? Al die moeite! Al die berekeningen! Al die weeën! Het is niet eenvoudig een proces van mij naar het scherm, maar in nog hogere mate van het scherm naar mij. Het is een wisselwerking, een gesprek, waarbij niet ik maar het verhaal het hoogste woord voert om zijn zin door te drijven.

Ik hang aan mijn eigen lippen, één en al oor, en jij mag meeluisteren terwijl ik luister naar mijn verhaal dat mijn verhaal niet is – dat niet echt is gebeurd, maar dat echt gebeurt: hier en nu.

Er was eens, in een heel ver land... nee, zo dus niet. Er is nu, in dit land, een man die Werker heet. Dat weet ik zeker. Victor Werker. Vraag niet hoe ik dat weet, want dat weet ik niet. Doet het er niet toe, hoe hij heet? Moet het beestje nu eenmaal een naam hebben? Had Adolf Hitler ook Bubi Mauskopf kunnen heten? *What's in a name?* vroeg Shakespeare. Alles – JHVH is mijn getuige. In het Nieuwe Testament staat, dat in zijn droom een engel aan Josef verscheen en zei, dat zijn vrouw zwanger was van de Heilige Geest en de messias zou baren, die Jezus moest heten. Stel, Josef had die aanwijzing genegeerd en het kind Maurice genoemd, – wat was er dan terechtgekomen van het christendom? Niets. *That's in a name!* Shakespeare wordt voor zijn laatdunkende opmerking dan ook sinds jaar en dag gestraft met theorieën, dat hij zelf nooit bestaan heeft, maar dat zijn naam Francis Bacon luidde, of Edward de Vere.

Het wordt al donker, het is herfst, oktober, buiten regent het. Half gedraaid zit Victor Werker op de bank in zijn werkkamer en kijkt naar de foto in het grote album dat naast hem ligt. In een lange jurk, zo wit als de peplos die de vrouwen daar al drieduizend jaar geleden droegen, geflankeerd door hoge, groene struiken, zit zij wijdbeens in de schaduw van een rotsblok, dat van de Olympus aangerold lijkt te zijn en vlak naast haar tot stilstand gekomen. Achter haar is de donkere ingang van een grot te zien. Zij is blond en breedgeschouderd, als een zwemster; in haar hand heeft zij een appel, waaruit een hap is genomen. De voorgrond is overdekt met distels en verdord gras; als kokend water lagen die middag het licht en de hitte over de verlaten ruïnes van de atheense agora, maar aan haar is al dat geweld niet af te lezen. Zij kijkt hem aan met een ondoorgrondelijke glimlach, die hij nu pas denkt te begrijpen. Uit de luidsprekers van zijn geluidsinstallatie galmt de Vierde van Mahler onder Bernstein.

Hij staat op en met het album als een gebroken dienblad in zijn handen loopt hij naar zijn schrijftafel. Nu vallen twee dingen op: hoe lang en slank hij is, en zijn handen. 'Leptosoom' noemde Kretschmar zo'n lichaamsbouw in een boek dat al lang niemand meer leest, maar dat hij in zijn jeugd nog bestudeerd heeft, – net als de nog oudere werken in hetzelfde genre, van Lavater, Gall, Carus, die nog steeds op een onderste plank in zijn boekenkast staan. Een knappe man in de kracht van zijn leven, zo had ik hem in de fysiognomische dagen van Lavater omschreven: hoog voorhoofd, zachte ogen die naar een lachje neigen, krachtige neus, brede, fijnzinnige mond, golvend donkerblond haar, iets te lang misschien, maar voornaam grijzend aan de slapen. Hij draagt een elegant donkergrijs pak met een zwarte coltrui. Maar zijn slanke, behaarde handen zien er uit alsof zij ooit verbrand waren, of uitgebeten door zuren; een paar keer heeft dat ook weinig gescheeld, maar het is vitiligo, waardoor zijn hele verschijning eigenlijk weer ontsierd wordt. Zijn vingers en het grootste deel van zijn handruggen zijn lijkbleek, ook de haren zijn daar wit; de overgang naar de normale huid wordt gevormd door een grillige kustlijn, zoals die van Griekenland, met hier en daar nog wat kleine pigmentloze eilanden. Die kleine ontkleuringen had hij als kind al, maar de laatste paar jaar hebben zij zich plotseling uitgebreid. Het is alsof hij zijn handen ooit tot de polsen in de dood heeft gedoopt.

Hij gaat zitten, legt de mobiele telefoon opzij, doet de bureaulamp aan en met een vergrootglas bestudeert hij haar gezicht. Dat de aarde groot is weet hij, ook dat er momenteel zes miljard mensen zijn, de meesten met gezichten; maar het is of dit ene gezicht van die vrouw daar in de schaduw van dat rotsblok van een andere orde is dan die andere drie miljard vrouwengezichten. En dat is natuurlijk ook zo, en het geldt voor al die andere gezichten ook, – maar voor hem geldt het alleen voor het hare. Het is groot en een beetje scheef, waardoor het lijkt alsof zij altijd een beetje glimlacht; ook hangt het lid van haar rechteroog iets lager dan dat van het linker, wat haar tegelijk iets slaperigs en iets extatisch geeft. Met een ondoorgrondelijke blik kijkt zij hem aan.

Natuurlijk kijkt zij hem niet aan. Op dit moment kijkt zij misschien heel iemand anders aan: Dietrich Jäger-Jena, haar vrolijke, gevierde bariton, in een van de barokke, roodpluchen eetzaaltjes van hotel Sacher in Wenen, met tussen hen in twee geurende borden Tafelspitz en een fles Blauburgunder; of via de spiegel in zijn kleedkamer, in de Staatsoper, waar hij met de toppen van zijn middelvingers een brutaal snorretje opplakt en verandert in Don Giovanni. Toch kijkt zij hem nu aan – ofschoon hij noch in Griekenland noch in Oostenrijk is. Op wat voor onmogelijke plaats is hij dan? Hij ziet immers *haar*, niet haar foto, die hij vorig jaar zelf genomen heeft, niet het resultaat van een doortrapt chemisch proces dat geen geheimen voor hem heeft, – nee, hij ziet niet een zichtbaar gemaakt latent beeld, waarmee zilver is gemoeid, maar haarzelf: Clara.

Zonder twijfel heet zij Clara. Clara Veith. Zij loopt tegen de veertig maar ziet er tien jaar jonger uit. Iets in haar sterke trekken herinnert hem aan het gezicht van zijn vader. Het ondoorgrondelijke van haar blik, bedenkt hij opeens, schuilt misschien in de aura van afstandelijkheid die om haar heen hangt terwijl zij naar hem kijkt, en die afstand tussen hen beiden is de dood, ofschoon die zich op dat ogenblik nog niet had voorgedaan.

Plotseling begint hij te snikken.

Derde stuk
De golem

Hou je vast! Onderaards gerommel, kraken, de wereld schudt, plotseling valt een dreigende slagschaduw over dit protocol. Wat is dit? Wat heb ik aangehaald? Er is plotseling iets in beweging gekomen en aan het botsen geraakt, als schuivende continentale schollen, ik moet de fabel van Victor Werker meteen weer onderbreken, net nu hij eindelijk gestalte heeft aangenomen. Uit de kosmogonische chaos verrijst een kolossale, eruptieve formatie. Al die torens en bruggen! Die Burcht daar in de verte op de heuvel! Is dat niet Praag? Het Hradschin? En dat labyrinth van stegen en krotten aan deze kant van de rivier, waar zij die vrijwel rechthoekige bocht neemt, – is dat niet het ghetto? Maar dat bestaat toch al lang niet meer! Welk jaar heerst daar?

Het is 3 Adar van het jaar 5352 na de schepping van hemel en aarde, en op zijn hoge zwarte laarzen stapt de rabbi over de drempel op de hardbevroren sneeuw.

'Zo kun je toch niet bij de keizer aankomen, Jehudah!' zegt zijn vrouw op de drempel van hun kleine, scheefgezakte huis. Met een hand houdt zij haar omslagdoek over haar hoofd en wijst naar het eigeel op de revers van zijn kaftan.

Hij kijkt er even naar en haalt zijn schouders op.

'Hij neemt mij maar zoals ik ben. Doe ik met hem ook.'

'Dat is je geraden. Pas liever een beetje op met die mensen daarboven.'

'Tot nu toe is hij altijd goed voor ons geweest, Perl.'

Als damp komen de woorden uit hun monden. Ofschoon het nog vroeg in de middag is, lijkt het of de avond al is gevallen in het ghetto. Er hangt een dichte mist, de hemel is zo donker als een kolenkelder en het enige licht lijkt uit de aarde te komen, uit de verijsde sneeuw, waarin voetafdrukken en karrensporen zijn bewaard als fossielen. Het gedrang en geschreeuw in de spelonken is hetzelfde als dat in de voorafgaande en de komende eeuwen, net als de rioolstank en de uienlucht; de rook uit de schoorstenen slaat neer, er doorheen flakkeren hier en daar vuren. Half ondergrondse uitdragerswinkels zijn volgestouwd met vodden, kapot huisraad, roestig ijzerafval en dingen waarvan de herkomst niet meer te achterhalen is; de bouwvallige houten krotten er boven, met hun verrotte muren en hun onbestemde, verzakte aanbouwsels en trappen, bewegen naar voren en naar achteren op het wulpse gezang van hoeren in de bordelen en het psalmodiëren van orthodoxen, dat zich verenigt tot een wonderbaarlijke cantate, alleen hier te beluisteren. Binnen is soms te zien hoe de nauwe kamers met krijtstrepen zijn verdeeld in appartementen, ook weer vol koopwaar, duivenkooien, potten en pannen, er liggen strozakken met slapende kinderen, zieken, stervenden. De kroegen met hun walmende olielampen zitten vol; waarzegsters, handlezeressen, kaartlegsters krijsen om aandacht; met zweren en puisten overdekte kreupelen en dwergen klampen zich vast aan passerende benen en roepen om een aalmoes, eer zij weggetrapt worden.

Alleen wie hier woont kent de weg in de doolhof van kronkelige stegen, binnenplaatsen en onderdoorgangen. Tussen al die arme mensen, die vaak geen schoenen dragen maar windsels van lappen, is de verschijning van de rabbi bijkans die van een rijk man. Tussen zijn grote hoed met de bontrand en zijn lange, vrijwel witte baard kijken twee helderblauwe ogen naar al die oriëntaalse taferelen van het verstrooide Israel in het winterse Praag. Iedereen herkent de eerbiedwaardige geleerde, stichter en rector van de Talmoedhogeschool, met buigingen wordt er plaats voor hem gemaakt, anders dan voor de morsige rabbijnen uit een van de tientallen synagogen die het ghetto rijk is, en die daarnaast ook nog slager of ketellapper zijn. Op het kleine plein bij de Altneuschul, de oudste synagoge van de jodenstad, staat een groep mensen en kijkt verwonderd naar boven. Het gebouw is vrijstaand, waardoor het sinds de middeleeuwen bespaard is gebleven voor de branden, die op gezette tijden opruiming houden in de wijk. Boven de grauwe, afbladderende muren verheft zich de hoge gothische trapgevel, waarachter zich de zolders bevinden waar nooit iemand komt. De treden van de gevel zijn elk bekroond door bakstenen spitsen, – en daar is nu een verbazingwekkend verschijnsel aan de gang. In de nevel springen zeven, acht kleine vlammen ter grootte van een hand de treden op en af, buitelen over elkaar heen, draaien pirouettes, verenigen zich en vallen weer uit elkaar.

'Wat is dat, rabbi?' vraagt een jonge vrouw met geschrokken ogen. 'Moeten we niet blussen?'

Maar op het gezicht van de rabbi is een lach verschenen.

'Dat is geen brand, Mirjam. Dat is een engelendans.' Hij heft zijn armen op en begint te zingen, terwijl hij van het ene been op het andere springt.

Dat werkt aanstekelijk, even later springt en draait en zingt iedereen op de maat van de dansende vlammen; snel zet het zich voort in de stegen, ook daar waar de vlammen niet te zien zijn, en na een halve minuut heeft de uitgelatenheid het hele ghetto in haar greep gekregen. Tot ver buiten zijn muren, in de rest van de stad, is het kabaal van de duizenden te horen. 'De joden zijn weer eens gek geworden,' zeggen de christenen daar tot elkaar, terwijl zij op hun voorhoofd wijzen. Maar dan, alsof een hogere macht tegen de gevel heeft geblazen, doven de vlammen plotseling uit. De rabbi, die met Mirjam een rondedans heeft gemaakt, laat haar handen los en komt hijgend en bezweet op adem. Ook rondom keert de rust nu terug.

'En hoe gaat het verder met je, mijn kind?' vraagt hij en legt een hand op haar hoofd.

Mirjam neemt zijn hand en drukt er een kus op. Een paar maanden geleden heeft zij een dier gebaard, een hond, die driemaal door de kamer rende, achter zijn oor krabde en stierf.

'De tijd heelt alle wonden,' zegt zij, terwijl haar grote, donkere ogen vochtig worden.

De tijd! De rabbi kijkt op de klok van het joodse

raadhuis, op de hoek tegenover de synagoge; aangezien het hebreeuws van rechts naar links wordt
geschreven, draaien de wijzers linksom. Het is twee
uur, hij moet zich haasten. Door het gedrang en de
stank loopt hij langs de kotten en holen van het uitschot
in de richting van de rivier, langs de begraafplaats,
waar de duizenden grafstenen schots en scheef door
elkaar staan als het verrotte gebit van een antediluviaal monster, met op de snijvlakken nog wat glazuur-
resten van sneeuw. Wantrouwig nagekeken door de
twee christelijke schildwachten, komt hij door de
poort in de stadsmuur bij de brug over de Moldau.
Daar is het plotseling stil; alleen aan de modderige
oever, bij de salpetergroeven, is wat bedrijvigheid.
Terwijl hij in de diepte de ijsschotsen tegen de houten
pijlers hoort bonken, verlaat hij – als bij een religieuze
datumgrens – 3 Adar 5352 en betreedt 16 Februari
1592.

Aan de overkant wordt hij welkom geheten door
kerken en pathetische heiligenbeelden, die hem weer-
zin inboezemen, want men maakt geen gesneden
beeld, noch enige gestalte van wat boven in de hemel,
noch van wat beneden op de aarde is, noch van wat in
de wateren onder de aarde is. Allemaal bastaarden
van het Gouden Kalf, allemaal het werk van zijn opgeblazen collega, die valse messias, die tot de verlosser
van de antisemieten is gedegenereerd. Hoewel... heeft
JHVH, geloofd zij zijn naam, zelf niet tegen zijn gebod gezondigd toen hij Adam schiep naar zijn beeld?
Wat is de mens anders dan een levend beeld? De rabbi krijgt het gevoel dat hier de kiem ligt voor een klein

geschrift, want JHVH, geloofd zij zijn naam, moet natuurlijk ontzondigd worden.

De Burcht in de hoogte is nog onzichtbaar in de mist; steunend begint hij het stijgende pad te beklimmen, keer op keer uitglijdend op het ijs. Hij heeft geen idee wat de keizer van hem wil. De uitnodiging was gekomen toen hij les gaf op de hogeschool: een keizerlijke koerier op een wit paard was in het ghetto verschenen en had Perl de depêche overhandigd, zonder uit het zadel te komen. Hij had er over gesproken met zijn vriend Mordechai Maisel, de hofjood en financier van de keizer, bovendien maecenas van de jodenstad, maar ook die wist van niets. Misschien zat Tycho er achter, de deense astronoom en keizerlijke mathematicus, die hij een paar keer heeft ontmoet en met wie hij goed kon opschieten.

Het is of hij zichzelf van grote afstand ziet: een kleine, uitglijdende, zwarte gestalte op de witte helling. Achter hem, in de diepte, verdwijnen de stad en de rivier steeds verder in de wolk die zich over de aarde heeft gelegd, waaruit alleen nog kerktorens steken en waarin hier en daar wat flakkerende vuren zijn te zien, maar boven hem wordt het met elke stap lichter. Op de smalle burchttrappen, het laatste eind naar de top, blijft hij nu en dan hijgend staan in de ijzige wind, legt een hand tegen een boomstam en buigt zich hoestend voorover. Dit zijn geen wandelingen voor een man van achtenzestig jaar. Onder een blauwe hemel liggen de paleizen en de kathedraal van de Burcht in de dunne winterzon. Hij voelt zich eenzaam, maar dat verdwijnt als hij bij een slagboom de uitnodiging van het hof heeft laten zien en de achterdochtige blik van de lansier heeft moeten verdragen: wat moet een jood in de Burcht?

Door de zwaveldampen loopt hij door het Gouden Straatje. Daar, in een lange, bochtige rij poppenhuizen, ingebouwd in de vestingmuur en zo klein dat de dakgoten nauwelijks boven zijn hoed uitsteken, heeft de keizer zijn alchimisten van het tweede garnituur ondergebracht. Met de weerschijn van het vuur op hun gezichten zitten de beoefenaars van de hermetische kunst achter hun arthanors, hun minieme behuizingen tot in alle uithoeken volgestapeld met alambieken, cucurbiten en verder instrumentarium. Een enkeling knielt met biddend gevouwen handen neer om het destillatieproces van zwavel en kwik in goede banen te leiden tijdens de fasen van het Grote Werk, van de materia prima tot de lapis philosophorum, de coniunctio van het Rode en het Witte, van zon en maan, de chimische vereniging van Rex en Regina, waaruit het eeuwige leven wordt geboren, de verschijning van de homunculus in de retort. Een paar lansknechten patrouilleren op en neer om er voor te zorgen, dat de adepten hun ovens geen moment verlaten.

De rabbi heeft het allemaal vaker gezien en hij moet er niets van hebben. De wereld is irrationeel en vol wonderen, zoals onlangs de jongen die met een gouden tand is geboren, en die wonderen moeten natuurlijk hun plaats hebben in de leer; maar men moet ze niet zelf willen verrichten; menselijke toverkunsten, of het nu de alchimie is of iets anders, dat is allemaal onzin. Het enige dat zin heeft zijn de zaken waaraan hij zelf zijn leven heeft gewijd: de Torah, de moraal en de wiskunde, waarover hij vijftien boeken heeft geschreven. Hij wil zijn ogen afwenden, maar dan ziet hij achter een raam op nummer 22 plotseling een heel ander tafereel. Daar zit een man van een jaar of dertig koortsachtig te schrijven, voorovergebogen aan een tafel, met gespreide, uitgestrekte benen, nauwelijks tijd nemend om zijn veer in te dopen. Als hij even opkijkt, wordt de rabbi getroffen door de glanzende, melancholische blik in de donkere ogen: ogen als de zwarte plassen in een park, daar achtergebleven na een regenbui. Door het midden van zijn dikke, zwarte haar loopt een scherpe scheiding, wit hoofdvel tonend, alsof een secure beul daar plaats heeft gemaakt voor de bijl, die zijn schedel moet klieven. Hoe was hij hier verzeild geraakt tussen de alchimisten? De rabbi had hem liefst gevraagd wie hij is, maar daar is nu geen tijd voor.

Plotseling wordt hij in zijn nek getroffen door een sneeuwbal.

'Jood! Jood!' roepen een paar uitgelaten jongens wanneer hij zich omdraait en blijven hem bekogelen, terwijl de soldaten lachend toekijken.

Op de drukke binnenplaats met de Sint-Vituskathedraal, waar aan alle kanten wordt gesloopt en gebouwd, heeft hij ze van zich af geschud. Door het gedrang van bedelaars en rondscharrelende varkens en kippen gaat hij naar het bordes van het paleis. Een elegante officier met een grote hoed, lieslaarzen en een degen staat op hem te wachten, geflankeerd door twee musketiers, – en dan komt hij terecht in de geoliede machine van de monarchie. Hij stampt de sneeuw van zijn laarzen en volgt hem over de zachte tapijten naar binnen, door een hal, een marmeren trap op, en dan door een reeks gangen en zalen, elk uitbundig ingericht met schilderijen, gobelins en goudkleurig meubilair, waarop niemand zit. Hij is hier nooit geweest; wat hem opvalt is de doodse stilte in het centrum van de macht. Ondanks zichzelf voelt hij zich onzeker en nerveus, en dat ergert hem. Bij een dubbele deur, omlijst met marmeren adelaars, leeuwen en ander agressief gedierte, wordt hij ontvangen door een tweede officier, die salueert, zich op zijn hakken omdraait, op de deur klopt en haar zonder te wachten op antwoord opent.

In het midden van een grote zaal, waarin aan elke kant twee reusachtige vuren branden, zitten twaalf of veertien mannen aan een volgeladen tafel te eten, bediend door even veel lakeien in rode, goudbestikte livreien. Er staan grote aard- en hemelglobes, de wanden zijn overdekt met schilderijen, landkaarten en boekenkasten. De rabbi blijft staan; achter hem sluit de officier de deur. Alle gezichten hebben zich zijn kant op gedraaid. Aan het hoofd van de lange tafel heeft hij onmiddellijk Rudolf II herkend, met de vooruitstekende habsburgse onderlip in zijn pafferige gezicht, Heer van Oostenrijk, Koning van Bohemen en Hongarije, Keizer van het Heilige Roomse Rijk. Achter hem staan een paar hofdignitarissen; opzij, aan een kleine tafel, zit een secretaris te schrijven.

De rabbi neemt zijn hoed af, buigt en zegt:

'Uwe Koninklijke en Keizerlijke Apostolische Majesteit.'

De keizer knikt. Hij is een jaar of veertig, maar al kalend en gezet. Kauwend, in zijn linkerhand een bot met dampend vlees, in zijn rechterhand een glas rode wijn, monstert hij zijn nieuwe gast een tijdje van top tot teen, met een zwaarmoedige blik in de geloken ogen.

'Zo,' zegt hij ten slotte, 'daar hebben we hem dus in eigen persoon, onze beroemde Maharal, Jehudah Löw ben Bezalel. Zoals alle rabbi's lijkt u op alle rabbi's. Hoe komt dat toch?'

'Dat komt omdat er eigenlijk maar één rabbi is.' Meteen beseft Löw, dat er nu een gevaarlijke vraag naar de identiteit van die ene rabbi kan volgen; maar kennelijk heeft de keizer besloten hem te sparen.

'Alles in orde met het uitverkoren volk in Praag?'

Er weerklinkt wat gelach aan tafel.

'Het heeft het gevoel, dat het zich onder uw bewind geen zorgen hoeft te maken, majesteit.'

De keizer knikt weer, maar hij gaat er niet op in. Met een mouw veegt hij het vet van zijn kin.

'Wil de hoge rabbi misschien iets van mij eten?'

De toon van die vraag bevalt Löw niet helemaal; ofschoon de geur van het hertengebraad het speeksel in zijn mond doet lopen, weigert hij beleefd. Kennelijk geldt hier: wie niet eet zal niet zitten, want nu krijgt hij ook geen stoel aangeboden, al is hij kennelijk de oudste in het gezelschap. Aan tafel begint de belangstelling voor hem te verflauwen, de gezichten wenden zich af en de gesprekken worden hervat. Hij weet zich geen raad met zijn figuur, maar hij begrijpt dat hij moet blijven staan waar hij staat en wachten tot het woord weer tot hem wordt gericht. Zelf heeft hij ook wel eens een leerling op deze manier in de hoek gezet; hij besluit dat nooit meer te doen. Een voor een neemt hij de mannen aan tafel op. Zij hebben niet de gladde visages van hovelingen, maar stuk voor stuk karakteristieke koppen, sommigen zien er uitgesproken woest en verlopen uit. Zijn blik ontmoet die van Tycho Brahe, een stammige man van tegen de vijftig, met een gouden kunstneus; hij is hier de enige die hij kent. Vragend kijkt de astronoom naar Rudolf, die hem een kort knikje geeft; hij staat op en komt naar hem toe.

'In de buurt van vorsten moet een mens altijd verdacht zijn op vernederingen,' fluistert hij.

'Om te zwijgen over een jood, maar dat zijn we gewend. Heeft u deze ontmoeting georganiseerd?'

'Dat weet ik niet meer,' zegt Brahe en blijft hem strak aankijken.

'Ik begrijp het,' knikt Löw. 'Het Geheim van de Burcht. Wie zijn die mannen?'

'De bloem van Europa, aangevuld met een stel internationale oplichters en ander gespuis, maar dat blijft hopelijk entre nous.' Met zijn ogen loopt hij de twee rijen aan het lange eind van de tafel af en vertelt Löw snel wie wie is. 'Die monnik aan de rechterhand van de keizer is Giordano Bruno, een belangwekkend schrijver en filosoof. Volgens hem is het heelal oneindig, met de omtrek nergens en het middelpunt overal.'

'Ook hier dus,' zegt Löw.

'Ook hier. Vooral hier, misschien. Die vent naast hem is van heel wat minder allooi, Sendivogius, een

38

poolse avonturier en alchimist, maar de keizer is verzot op hem. Je hebt geen idee wat een charlatans en
bedriegers hier binnen weten te dringen, allemaal omdat de keizer is vervuld van doodsangst, als je het mij
vraagt. Dan hebben we Cornelis Drebbel, die blonde
jongeman daar. Hij komt uit Haarlem, hij schijnt een
onderzeeboot te hebben uitgevonden; zo'n ding heb je
vermoedelijk nodig in Holland, want daar regent het
altijd. Verder is hij een niet onverdienstelijk graveur en
natuurlijk ook weer een alchimist. Naast hem zit nog
een kaaskop, Adriaen de Vries, bekwaam architect en
beeldhouwer, die door de keizer in de adelstand is verheven. Dan krijgen we twee engelsen. Die man met
die spitse sik is John Dee, een gunsteling van koningin
Elizabeth, magiër, alchimist, astroloog, wiskundige,
geograaf en weet ik wat allemaal nog meer. Hij beweert dat hij de taal van Adam kan spreken.'
  'Gek is lastig,' zegt Löw.
  'Toch schijnt hij niet helemaal zonder betekenis te
zijn. Die kerel naast hem, met die haakneus en die afgesneden oren, is in elk geval een regelrechte zwende-
laar en hystericus. Een zekere Edward Kelley, soorte-
ment medium; naar zijn zeggen is hij met de engelen
in gesprek. Ja, weleerwaarde, soms denk ik dat ik in
een gekkenhuis verzeild ben, de keizer heeft zijn hof
veranderd in een spiegelbeeld van zijn arme, verwarde
geest. En dit is dan alleen nog zijn mensencollectie, dat
wil zeggen een klein deel er van; u moest zijn andere
verzamelingen eens zien. Zoiets bestaat verder nergens
ter wereld, het hele paleis is een rariteitenkabinet, de
schatten zijn met geen pen te beschrijven. Zijn agenten

stropen heel Europa af om alles te kopen wat los en vast zit, van de kostbaarste Cranachs en Dürers tot de meest afzichtelijke prullaria, zoals muilkorven en beschilderde kokosnoten. Links van hem zit zijn lievelingsschilder, Arcimboldo, hij heeft het hier tot paltsgraaf gebracht. Daar hangen wat portretten van hem.'

Met zijn glanzende gouden neus duidt Brahe naar de muur. Hoofdschuddend kijkt Löw naar de fantastische gezichten, de ene keer samengesteld uit vissen, dan weer uit fruit, dan weer uit keukengerei of uit allerlei dieren. Wat de gojim toch niet allemaal bedenken, in plaats van zich te verdiepen in JHVH's wet.

'Die jongeman naast hem,' vervolgt Brahe, 'met die brandende ogen, die zo te zien ruzie zit te maken met Sendivogius, daar zullen wij nog veel over horen. Dat is mijn copernicaanse assistent, Johannes Kepler, die mijn waarnemingsresulaten gebruikt voor een heel nieuwe theorie over de planetenbanen, die mij niet in het minst bevalt. Maar ja, houd de jeugd maar eens tegen als zij zo boordevol ideeën zit als hij. Op het ogenblik verkeert hij nogal in moeilijkheden, zijn moeder is aangeklaagd wegens hekserij. Naast hem zit Michael Maier, de lijfarts van de keizer, een iatrochemische volgeling van Paracelsus; ik heb een mooi boek van hem gelezen, *Atalanta fugiens*, en van alle occultisten hier is hij misschien de belangwekkendste. We zijn er bijna. Dat daar is Roelant Savery, een zuid-nederlandse schilder, en ten slotte zit daar nog een of andere italiaanse duivelskunstenaar, Angelo Ripellino heet hij, geloof ik. Ja, Maharal, en nu bent u dus ook nog hier, u schijnt te passen in dit bizarre gezelschap.'

Löw heft zijn armen op.

'Maar hoe?'

'Dat zal dadelijk wel blijken. Kom, zo vind ik het mooi geweest. We gaan eenvoudig zitten; als het de keizer niet bevalt, horen we het wel.'

Hij neemt Löw bij een elleboog en wijst hem de lege stoel aan het korte eind van de tafel, recht tegenover Rudolf. Hun komst wordt nauwelijks opgemerkt. De stemming onder de gasten is steeds beter geworden; de lakeien in hun versleten livreien, veelal te klein of te groot, schenken onafgebroken wijn in, de linkerhand keurig op de rug, en overal weerklinkt gelach en worden luide gesprekken gevoerd. De keizer zelf doet er niet aan mee. Verzonken in saturnalische melancholie zit hij in zijn grote stoel, het hoofd licht gebogen, zijn ogen half gesloten. Zo wil hij het blijkbaar, denkt Löw, er bij zijn en niet er bij zijn. Ook ziet hij, dat de keizer even zijn hand op die van Giordano Bruno legt, als een teken van affectie, wat jaloers wordt waargenomen door Sendivogius. Arcimboldo, niet meer de jongste, is in slaap gevallen, zijn hoofd op tafel te midden van het gouden bestek. Kelley is dronken. Hij gooit zijn glas om, dat onmiddellijk weer volgeschonken wordt, staat wankelend op, waarbij zijn stoel achterover valt, en wil kennelijk een heildronk uitbrengen op de keizer, waar Dee hem van weet te weerhouden door hem aan zijn mouw naar beneden te trekken. Ook Löw krijgt een glas wijn voorgezet, dat hij naar zijn lippen brengt maar waar hij niet van drinkt. Als hij zijn ogen opslaat, kijkt hij recht in die van Rudolf – en het is of dat moment door iedereen

41

aan tafel wordt gevoeld. In de stilte, die plotseling valt, vraagt de keizer:

'Wat is een golem, rabbi?'

Daar heb je het. Löw begrijpt meteen waar het heen gaat, maar hij besluit zich zo lang mogelijk van den domme te houden. Hij verschuift het zwarte Käppelchen op zijn kruin en zegt:

'Dat is een hebreeuws woord dat voorkomt in Psalm 139, vers 16. Het betekent zoiets als «ongevormde klomp».'

'Is het alleen maar een woord?'

'Alleen maar een woord...' herhaalt Löw. 'Wat gaat er boven het woord, majesteit?'

'Ja ja, laat maar,' zegt de keizer vermoeid, 'ik ken jullie opvattingen zo'n beetje. Het woord «tafel» is alleen maar een woord, net als het woord «God», maar er bestaan ook tafels, en God bestaat ook.'

'En bestaan basilisken omdat het woord «basilisk» bestaat, majesteit?' vraagt Kepler.

De keizer kijkt naar Maier.

'Natuurlijk,' zegt deze, 'anders bestond het woord niet.'

Löw knikt.

'Dat wil dus zeggen, dat alles bestaat.'

'Zo is het.'

'Kom, kom,' zegt Kepler. 'Als ik nu dus een nieuw woord verzin, zeg eens wat, «kraldor», dan bestaat er volgens u dus ook een kraldor in de wereld?'

Maier denkt even na.

'Ja.'

'Maar een halve minuut geleden, toen ik dat woord

nog niet had verzonnen, bestond er toen ook al een kraldor?'

Maier begint op zijn stoel heen en weer te schuiven. Hij kijkt even naar de keizer en zegt:

'Daar moet ik over nadenken.'

'Zo niet, dan heb ik hem dus zojuist geschapen. Maar ik dacht eigenlijk, dat de schepping van levende wezens het privilege van God is.'

'En de homunculus dan?' vraagt Dee verontwaardigd. 'Bestaat die soms ook niet?'

'Dat zult u moeten bewijzen.'

'Paracelsus heeft er een gemaakt!'

'Beweert hij. Heeft u zijn experiment herhaald?'

'Dat nog niet.'

'Zo lang dat niet gebeurd is, en ook anderen nog nooit een homunculus hebben gezien, is het alleen maar een woord. Het is zoals de Maharal zegt: anders bestaat er een oneindig aantal dingen, net zo veel als je woorden kunt maken.' Er verschijnt een scheve lach op zijn gezicht. 'Wie had ooit gedacht dat ik het eens zou zijn met een rabbijn!'

'Rustig, Johann,' zegt Brahe, 'weet je plaats.'

'Misschien,' oppert de keizer, 'heeft God de wereld zodanig geschapen, dat alles mogelijk is.' Er is een klank in zijn stem waaruit op te maken valt, dat hij dit onderwerp nu als afgehandeld beschouwt. 'Ik heb mij trouwens laten vertellen, dat een golem ook een soort homunculus is, een kunstmatige mens, de ideale bediende.'

Löw zucht diep.

'Dat zijn van die legenden. De joden zijn altijd

goed geweest in het verzinnen van sterke verhalen.'

'Is het dus alleen maar een verhaal?'

'Dat is ook weer zoiets... alleen maar een verhaal...'

'Luister, Löw,' zegt de keizer en komt iets overeind in zijn stoel, 'ik begrijp dat u als talmoedist een moeilijke verhouding hebt met sterke verhalen, maar ik raad u aan nu vrij snel iets concreter te worden.' Uit zijn ooghoeken ziet Löw een blik van Brahe, die betekent dat hij een beetje op zijn tellen moet passen. 'Hebt u ooit een golem gezien?'

'Nee, majesteit.'

'Kent u iemand, die wel eens een golem heeft gezien?'

'Niet dat ik weet.'

'Weet u iemand die wel eens een golem heeft gemaakt?'

'Het wordt gezegd van Abraham en Jeremia.'

Drebbel schiet in de lach.

'Dat is lang geleden.'

'Volgens de Talmoed is het zo'n dertienhonderd jaar geleden ook nog een paar keer gebeurd.'

'En in onze tijd?' vraagt Savery gedienstig.

'Ik weet natuurlijk niet wat er allemaal gaande is in de jodenheid, in het Rijnland, en in Frankrijk en Spanje en Italië, en wat die magiërs allemaal uitspoken, maar ik heb een gerucht gehoord dat in Polen rabbi Eliyahu Ba'al Shem uit Chelm er een gemaakt zou hebben.'

De keizer wendt zich iets opzij en heft een vermoeide hand op naar de dignitaris schuin achter hem, die zich snel voorover buigt.

'Laat die vent hier komen,' zegt hij, zonder hem aan te kijken.

'Dat zal helaas niet gaan, majesteit,' zegt Löw. 'Tien jaar geleden is hij gestorven.'

Het geduld van de keizer is plotseling uitgeput. Met een snelle beweging, die men zijn vadsige lijf niet meer zou toevertrouwen, staat hij op en wenkt Löw met een kromme wijsvinger, zoals een schoolmeester een leerling. Löw staat op en volgt hem, terwijl het gezelschap enigszins aangeslagen achterblijft. Rudolf draagt een lange, brokaten kamerjas tot op zijn goudbestikte pantoffels en met besliste tred loopt hij naar een zijdeur, die met een buiging wordt geopend door een lakei. Zij komen in een kleine zaal, rondom behangen met grote, kleurige schilderijen, overdekt met fantastische voorstellingen. Löw heeft geen tijd om ze in zich op te nemen, het enige dat in hem blijft hangen is een kruisdragende christusfiguur met gesloten ogen, omgeven door onbeschrijflijk weerzinwekkende tronies, waarmee ongetwijfeld joden zijn bedoeld. In het midden staat een grote tafel, beladen met alchimistisch instrumentarium; maar anders dan in het Gouden Straatje is alles hier van zilver en kristal. Kennelijk experimenteert hij hier zelf.

De deur wordt achter hen gesloten en de keizer draait zich naar hem om.

'Laten wij er niet omheen draaien, rabbi, ik wil een golem hebben. Kunt u die voor mij maken?'

Met zwaaiende armen wendt Löw zich van hem af en dan weer naar hem toe.

'U moet goed begrijpen, majesteit, dat de schepping van een golem een mystiek ritueel is, waarmee de schepping van Adam wordt herhaald. Als hij eenmaal leeft, wordt hij meteen weer ongedaan gemaakt, anders is het vermoedelijk heiligschennis. Het gaat er alleen om, de kracht van de heilige letters te bewijzen.'

De keizer kijkt even naar het eigeel op zijn revers.

'En uw poolse collega, heeft die het ook daarbij gelaten?'

'Nee, ik meen dat hij hem heeft laten leven en gebruikt heeft. Maar dat is pas een idee van de laatste tijd.'

'En als u dat nu ook eens deed.'

Löw schudt zijn hoofd.

'Mijn probleem, majesteit, is dat ik geen kabbalist ben. Ik ben een eenvoudige boekenwurm, die probeert zijn leerlingen in te wijden in de verheven geheimen van de Torah. Daar heb ik mijn handen vol aan.'

'Uw bescheidenheid siert u, maar u hebt mijn vraag misschien toch gehoord. Er zou natuurlijk iets tegenover staan.'

Löw denkt snel na. Het was natuurlijk geen vraag, het was een bevel. Als hij er niet aan voldeed, zouden de gevolgen verschrikkelijk zijn. Wat zou er tegenover mogelijke heiligschennis moeten staan? De adelstand? Landerijen? Of eenvoudig geld? Zij hadden het niet breed, Perl en hij, maar als hij rijk had willen worden had hij wel een carrière als die van Mordechai Maisel verkozen. Hij vraagt zich af of hij op het punt staat zijn leven te verknoeien – maar plotseling weet hij, hoe hij Elohim misschien kan vermurwen.

'Uw wil is wet, majesteit, maar ik kan u niets beloven. Ik heb mij nooit met dat soort praktijken beziggehouden, maar ik zal het natuurlijk proberen, al is het niet uitgesloten dat de magische bronnen tegenwoordig verstopt zijn.'

'Dat zal wel weer,' knikt de keizer misnoegd. Kennelijk heeft hij dat argument eerder gehoord. 'En wat wilt u hebben als het u lukt?'

Löw strekt zijn rug iets.

'De toezegging, dat mijn volk ook op lange termijn niets te vrezen heeft hier in Praag.'

De keizer blijft hem even aankijken.

'Een lange termijn is lang, Löw.'

Met de hoed in zijn hand maakt Löw een gelaten gebaar.

'Ik weet dat de vernedering van Israel kort voor zijn bevrijding groter zal zijn dan zij ooit geweest is. En precies daaruit zal zij voortkomen.'

'Dat strookt niet met wat u mij gevraagd hebt. Maar goed, ik zal doen wat ik kan, Maharal, al liggen sommige dingen zelfs niet in mijn macht. Ook ik kan niet over mijn graf heen regeren.'

Het spijt Löw dat niemand getuige is van de belofte, – maar anderzijds zou de keizer zich ook van een getuige niets aantrekken. Desnoods zou hij hem in een kerker gooien, of, nog afdoender, zijn hoofd laten afhakken.

'Het bevalt mij niet,' zegt Perl.

'Mij ook niet,' zegt Löw, terwijl hij een kaars aansteekt, 'maar wat kan ik doen?'

'En als het je niet lukt?'

'Dan hebben we een probleem. Als het lukt trouwens ook.'

'Zo is het nu altijd met dat soort mensen, ze brengen iedereen in de problemen. De keizer heeft alles al, maar nu wil hij ook nog een golem hebben. Waarom toch?'

'Omdat,' zegt Löw, 'als je alles hebt, heb je eigenlijk niets. Dan heb je alleen nog je wensen.'

'Een normaal mens is al blij met een nieuwe pollepel.'

'De keizer zou niets liever willen dan blij te zijn met een pollepel. Maar als hij straks een golem heeft, zal hij daar ook weer niet blij mee zijn. Dan heeft hij zijn zinnen al lang weer op iets anders gezet.'

'Arme man,' zegt Perl hoofdschuddend, terwijl zij de uiensoep opschept. 'Laten we hopen dat het je lukt. Maar dat is je wel toevertrouwd.'

Na zijn verblijf op de Burchtheuvel moet Löw wennen aan zijn benauwde behuizing, waarvan er tien plaats kunnen vinden in een middelgrote zaal van het paleis. Maar die opmerking van zijn vrouw geeft hem meer kracht dan alles wat hij daarboven heeft opgedaan bij die grote geesten. Natuurlijk zal het hem lukken, al komt het hem niet alleen religieus maar ook praktisch ongelegen. Hij schrijft aan een commentaar op de Targum en de Midrash, dat hij nu zal moeten onderbreken om zich misschien maandenlang te verdiepen in al die eigenaardige geschriften, die hem van nature zo weinig liggen – te beginnen natuurlijk met *Sefer Jetsirah*.

Bijgestaan door zijn oud-leerling, volgeling en assistent rabbi Jakob Sason ha-Levi, een vrolijke, springe-rige man, die als enige de weg weet in de bibliotheken van de Talmoedhogeschool en de Altneusynagoge, brengt hij de volgende weken door met het uitzoe-ken en verkennen van die scurriele traktaten, terwijl buiten in de stegen onafgebroken het rumoer hangt van het volk, waarvoor alleen het hier en nu bestaat. Dag aan dag zuchtend gebogen over de boekrollen, die evenveel bladeren aan de Boom der Kennis zijn, overweegt hij dat hij, op keizerlijk bevel, op zijn oude dag nu ook nog een tovenaar moet worden. Hij had er op gerekend de geschiedenis in te gaan als een vooraanstaand joods geleerde uit de zestiende eeuw, of misschien zelfs meer dan dat, maar nu ziet het er naar uit dat hij op een heel andere manier herinnerd zal worden – althans wanneer het hem lukt die stom-me golem te maken, wat JHVH geve. Maar zo is het leven blijkbaar; het heeft geen zin, zich daartegen te verzetten.

Volgens alle bronnen hadden zowel Abraham als Jeremia van JHVH te horen gekregen, dat zij als ster-velingen niet in staat waren om in eenzaamheid door te dringen tot JHVH's creatieve handleiding *Sefer Jet-sirah*; Abraham had zich daarop gewend tot de zoon van Noach, Shem, en Jeremia tot zijn zoon Ben Sira. In zijn eigen omgeving vindt Löw alleen zijn schoon-zoon, rabbi Isaac ha-Kohen, de vader van zijn klein-zonen, een drieling. Die voelt er aanvankelijk niets voor, maar als hij onder geheimhouding hoort van de overeenkomst, die zijn schoonvader met de keizer heeft gesloten, is hij bereid hem bij te staan, ook al is hij een sceptische rationalist uit de school van Mai-monides, en al heeft hij naar zijn mening als bakker wel wat beters te doen. Al die kabbalistische rimram beschouwt hij in nog hogere mate dan Löw als ver-werpelijk, een onreine terugval in mythische voorsta-dia van de rabbijnse orthodoxie. Wat is een golem an-ders dan een gesneden of althans gekneed beeld? Maar kennelijk wil JHVH het dit keer zo. Hij brengt dit bij zijn schoonvader te berde, waarop deze geër-gerd reageert en zegt, dat het allemaal nog veel inge-wikkelder in elkaar zit en dat hij daar een studie over zal schrijven, wanneer deze affaire achter de rug is. Isaacs haren en baard zijn rood als een uitslaande brand, wat op een extatisch karakter lijkt te wijzen, maar het tegendeel is het geval. Ook Esther, Löws dochter, is daar te laat achter gekomen; maar dat is niets bijzonders, want vrijwel iedereen trouwt altijd de verkeerde.

'Hoe komt het toch, jongen,' vraagt Löw hem, 'dat je nooit ergens echt warm voor loopt? Je hoeft mij niets te leren over het problematische van de kabba-lah, maar zoals de zaken liggen moeten we nu een go-lem maken, of ons dat bevalt of niet, en dat kan niet zoals je een brood bakt. Rabbi Nathan heeft driehon-derd jaar geleden al geschreven, dat een volmaakte golem alleen geschapen kan worden door een vol-maakt mens, die in een staat van volmaakte eenheid verkeert met Adonai, geloofd zij zijn naam.'

'Toe maar,' zegt Isaac. 'U durft.'

'En jij moet ook durven. Je doet dit niet voor jezelf maar voor je volk. Wat zul je zeggen als het ons niet lukt en er breekt een pogrom uit en de keizer grijpt niet in?' En als Isaac zwijgt: 'Ik had onlangs trouwens een verschrikkelijk visioen. In rabbi Menachem Tsioyni's commentaar op de Torah las ik toevallig, dat onze tweeëntwintig heilige letters op Adonai's arm geschreven staan. Toen zag ik even een flits van een man die «Mensbeving» werd genoemd, zoals je een aardbeving hebt, – en even later zag ik Israel in eindeloze rijen de dood in gaan, met op hun armen letters, die als cijfers gelezen moesten worden.'

Knikkend blijft Isaac even naar hem kijken.

'Misschien moet u langzamerhand een beetje oppassen, vader, u bent de jongste niet meer.'

'Het oppassen laat ik aan jou over, ik ben nooit zuinig geweest op mijzelf. Maar je hebt natuurlijk gelijk. 's Avonds, als ik naast Perl in bed lig, met mijn ogen dicht, betrap ik mij er soms op dat ik nog steeds lees. Ik zie dan duidelijke letters, alsof ik een rol voor mijn open ogen heb.'

'Maar er staat niets, want dat is onmogelijk.'

'En toch kan ik het lezen. Ik lees dan dingen die ik nooit eerder gelezen heb.'

'En die niemand geschreven heeft.'

Löw zucht.

'Zo is het. We leven in een onbegrijpelijke wereld, Isaac.'

Na een maand – het ijs is uit het ghetto verdwenen, nu en dan komt uit de heuvels een geur van lente aanwaaien – is alles in gereedheid voor het begin van de eigenlijke studie. Zij weten dat zowel Abraham als Jeremia er drie jaar over gedaan hebben om *Sefer Jetsirah* te begrijpen, maar zij hopen met de dozijnen commentaren onder handbereik binnen een paar maanden klaar te zijn. Maar al lezend en herlezend en discussiërend over het Boek van de Schepping wordt het ongemerkt zomer, herfst, op de begraafplaats vallen de vergeelde bladeren alweer op de grafstenen. Dan kennen zij de ondoordringbare tekst niet alleen uit hun hoofd, maar het is of hij ook in hun ingewanden en hun botten is gevaren, al begrijpen zij het boek nog steeds niet. Maar zij zijn er dichter bij dan zij met begrip gekomen waren; het is hun alsof zij er in veranderd zijn, het zelf zijn geworden: zij denken aan niets anders meer en 's nachts dromen zij er van.

Ook Isaac. Er is opeens iets doorgebroken in zijn legalistische geest als gevolg van de eindeloze combinaties en de permutaties, de tweeëntwintig letters, de drie moeders, de tweehonderdeenendertig poorten, de zeven dubbele, de twaalf eenvoudige... Esther, die zich altijd heeft geërgerd aan de dorheid van haar man, verlangt er nu naar terug, want zijn geestdrift is nog onverdraaglijker dan zijn gemelijkheid. Niet alleen dat hij nauwelijks nog met haar praat, sinds maanden slaapt hij ook niet meer met haar. Ondanks haar mooie ronde borsten en brede heupen was de sexualiteit toch al nooit zijn sterkste punt; door in één keer een drieling te verwekken, leek hij zich twee keer te willen besparen. Liefst zocht zij haar spullen en haar jongens bij elkaar en verliet hem. Voor Perl daarentegen is het niets nieuws. Zo is haar Jehudah altijd als hij goed aan het werk is. Zij gunt het hem, al is de blik in haar ogen van jaar tot jaar donkerder geworden.

Aan het eind van het christelijke jaar 1592 – Löw is inmiddels negenenzestig – verschijnt, omstuwd door kleine jongens, de koerier van de keizer weer in het ghetto, op zijn paard hoog uittorenend boven de menigte. Zijne Apostolische Majesteit, meldt de depêche, wenst te weten hoe het met de golem staat. Kennelijk wordt hij ongeduldig, maar hij is het niet vergeten, wat een goed teken is met het oog op zijn belofte. In zijn antwoord, dat hij aan de bode moet meegeven, schrijft Löw dat hij dag en nacht met de opdracht bezig is, de sabbath uitgezonderd, maar dat het met dit fundamentele experiment net zo is gesteld als met de transmutatie van zilver in goud: overhaasting leidt uitsluitend tot lood. Maar omdat de golem het joodse volk zal beschermen tegen vervolging, kan Zijne Apostolische Majesteit er van overtuigd zijn dat het grote werk geen dag later voltooid zal zijn dan nodig is. Hij heeft zelfs al een naam voor hem bedacht: Jossile Golem.

Toch gaan zij nu met verdubbelde ijver verder met hun studies. Het eerste en belangrijkste commentaar op *Sefer Jetsirah*, dat zij door Sason op tafel laten leggen, is dat van rabbi Elazar ben Judah van Worms. Geschreven omstreeks het jaar 5000, dat wil zeggen in de dertiende eeuw van de christenen, bevat het uitvoerige praktische aanwijzingen voor de noodzakelijke duizenden combinaties en recitaties van de letters, aan het slot van het boek gerangschikt in lange tabellen. Deze laatste, diep geheim natuurlijk, ontbreken in de meeste handschriften, maar niet in het exemplaar van de Altneuschul. Dit geschrift is bijkans even klassiek als *Sefer Jetsirah* zelf en de ontelbare latere commentators baseren zich er zonder uitzondering op.

Zich bewust van het immanente levensgevaar, waarin volgens rabbi Gerschom uit Berlijn iedere schepper van een groot werk verkeert, besteden zij de volgende maanden aan het uit hun hoofd leren en repeteren van de gecompliceerde procedure. Al gauw merken zij, dat dat zittend aan tafel niet goed functioneert; daarop vindt Löw Sason bereid om de rol van de aanstaande Jossile te spelen. Omdat er in de Talmoedhogeschool te veel pottekijkers rondlopen, en omdat in het ghetto toch al wordt gefluisterd dat de Maharal en rabbi ha-Kohen bezig zijn met geheimzinnige praktijken, verplaatsen zij hun werkterrein naar de koude, donkere zolder van de Altneuschul, die een paar stegen verderop ligt. De funderingsstenen van het mysterieuze gebouw zijn destijds door engelen rechtstreeks van de verwoeste tempel in Jeruzalem naar Praag gebracht, onder voorwaarde, dat zij bij een herbouw van de tempel teruggebracht zullen worden, en helemaal aangenaam te moede is het rabbi ha-Levi niet als hij op de krakende, stoffige vloer ligt en de rituelen over zich heen laat komen. Toch hij is blij dat hij zich nuttiger kan maken dan door uitsluitend antieke manuscripten uit de nissen op te graven en aan te dragen. Soms valt hij even in slaap, waarop hij onmiddellijk wordt bezocht door groteske dromen vol wezens die lijken op de schilderijen van Arcimboldo, waarover Löw hem heeft verteld, maar zij zijn niet samengesteld uit vruchten of potten en pannen maar uit vreemdsoortige apparaten en machines, die vliegen kunnen.

Als hij met een schok ontwaakt en de twee mannen in het licht van de flakkerende kaarsen om zich heen ziet fladderen als vleermuizen, met reusachtige schaduwen tegen het steile schuine dak, magische klanken reciterend, bekruipt hem het gevoel dat zij bezig zijn met dingen die ver boven hun macht gaan.

Als de winter weer voorbij is en zij de volgorde van hun handelingen zo goed kennen als de plattegrond van het ghetto, besluit Löw nog een paar maanden te besteden aan de studie van latere commentaren. In de zomer moet het dan eindelijk gebeuren. Dan wordt hij trouwens zeventig; zijn verjaardag, II Tammuz, lijkt hem een geschikte dag.

'Mij niet,' zegt Perl. 'Op je verjaardag hoor je thuis te zijn.'

'Door een golem te maken ben ik op een hogere manier thuis.'

'Ja, als het maar hoger is, dan is het altijd in orde voor jou.'

'Zo is het. Maar dat begrijp jij niet, want je bent een vrouw.'

'Wees jij daar maar heel blij om.'

'Ben ik ook.'

'En wat vindt Isaac er van?'

'Die wil liever vandaag dan morgen aan de slag.'

'Hij deed er beter aan, liever vandaag dan morgen bij Esther aan de slag te gaan. Dat arme kind is langzamerhand doodongelukkig.'

'Wat dat betreft kom jij dus nog steeds niets te kort, al ben ik dan iemand die zeventig wordt en altijd aan het hogere denkt.'

Omdat zij haar lach niet wil laten zien, draait Perl zich snel om en gaat uien pellen.

Rabbi Abraham Abulafia, rabbi Reuven Tsarfati, rabbi Isaac ben Samuel van Acre, rabbi Jehudah Albotini, rabbi Josef ben Schalom Aschkenazi, natuurlijk de beroemde rabbi Isaac Luria en nog vele anderen, zoals bij de modernen rabbi Abraham Bibago en rabbi Jochanan ben Isaac Alemanno – in de commentaren van al deze autoriteiten vinden zij additionele technische gegevens voor de formatie, waarmee zij hun voordeel doen. Bij de jongste generatie christelijke kabbalisten, zoals Johannes Reuchlin en Agrippa von Nettesheim, vinden zij alleen vage, algemeen-kabbalistische beschouwingen, waarmee elke leerling van de Talmoedhogeschool al op zijn zestiende vertrouwd is en waar zij technisch niets aan hebben. De enige wanklank wordt eigenlijk gevormd door de opvattingen van rabbi Mozes ben Jakob Cordovero. Terwijl rabbi Isaac van Acre er van overtuigd was, dat aan de hand van *Sefer Jetsirah* een volledig mens gecreëerd kon worden, was het volgens Cordovero uitsluitend mogelijk het aanschijn te geven aan een zeer laagstaand, zielloos wezen, nauwelijks hoger dan een dier, zij het uiterst vitaal. Wie een golem doodt, overtreedt geen gebod. De andere opvattingen bevonden zich daar tussenin: de golem was een weliswaar bezield maar geestloos wezen, dus stom. Hij die gemaakt wordt door spreken, die niets anders *is* dan spreken, kan zelf niet spreken, want anders was de kabbalist godgelijk, wat ingevolge de erfzonde niet mogelijk is.

56

'Een golem,' zegt Löw nadenkend tot zijn schoon-zoon, 'is een mens zonder taal. Je zou hem dus kun-nen zien als de tegenhanger van een figuur uit een to-neelstuk, want die bestaat uit taal zonder een mens. Die wordt hem pas geleverd door een acteur.'

Intussen gaat het niet goed met rabbi Jakob, die voor golem speelt. In het voorjaar begint hij te hoes-ten en van dag tot dag ziet hij er slechter uit; hij klaagt over vermoeidheid en van zijn opgewekte aard is een paar weken later niets meer over. Hij is bleek als een hardgekookt ei, vermagert snel en dan beginnen er onrustbarende zwarte vlekken ter grootte van munt-stukken op zijn hals en armen te verschijnen, alsof de duivel op hem heeft gespuwd. Volgens de doktoren is het goddank niet de pest, maar een of andere onbe-kende ziekte, waartegen geen kruid gewassen is. Als het zomer wordt, is hij te zwak om uit zijn bed te ko-men, hij kan ook niet meer spreken en kort daarop sterft hij. Bij zijn begrafenis, onder de zoveelste steen van de akker, merken Löw en Isaac dat men schuine blikken op hen werpt en hen mijdt.

Tijdens het zingen van de Kaddish, hun gezichten naar Jeruzalem gekeerd, fluistert Perl:

'Je moet er nu snel een eind aan maken, Jehudah. Er broeit iets in het ghetto.'

'Denk je dat ik dat niet merk? Alsof ik het voor mij-zelf doe, het is allemaal voor hun eigen bestwil, alleen kan ik hun dat niet vertellen. Als ik het Geheim van de Burcht schend, gebeuren er ongelukken.'

Maar er *is* al een ongeluk gebeurd, de dood van Jakob, en wat hij daarover denkt zal hij zelfs niet aan

Perl vertellen. Misschien heeft hij een verschrikkelijke fout gemaakt. Misschien werkt het kabbalistische mechanisme zodanig, dat dezelfde rituelen die klei tot leven brengen een levende doden. Hij heeft daar nergens iets over gelezen, vermoedelijk omdat nooit eerder iemand op dat onzalige idee is gekomen. In dat geval heeft hij Jakobs dood op zijn geweten, en dat kan alleen maar enigszins gecompenseerd worden door het scheppen van een golem.

En een paar weken later vindt de tweede ramp plaats: Esther is verdwenen met haar drieling. Als Isaac 's avonds thuiskomt, treft hij alleen stilte aan, een overhoopgehaald huis en een brief. Zij heeft er definitief genoeg van, schrijft zij, hij lost het verder maar alleen op, haar heeft hij kennelijk niet nodig, behalve om te koken en zijn kleren te wassen. Zijn zoons zal hij wel missen, maar dat is de prijs die hij nu moet betalen; zij zullen niets te kort komen. Hij hoeft hen niet te zoeken, want hij zal hen niet vinden, daar heeft zij voor gezorgd. Het ga hem goed, veel geluk met de golem en tot nooit weerziens.

Verdwaasd staart hij naar het epistel in zijn handen, maar zelfs op dat moment is hij er met zijn gedachten niet helemaal bij, maar bij een mystieke passage die hij zojuist in een kabbalistische tekst van drie eeuwen geleden heeft gelezen: 'JHVH woont in de diepten van het niets'. Schiep hij uit het niets dus ook zichzelf? Of bestaat hij eenvoudig niet? Hij begint te beven, hij weet niet wat hem meer aangrijpt: de verdwijning van zijn vrouw en kinderen of de schaduw die nu plotseling over JHVH geworpen is. Maar dan komt hij tot zichzelf, geeft een harde schreeuw en worstelt zich door het gedrang in de stegen naar zijn schoonouders.

'O god, o god, o god,' jammert Perl en begint haar kleren te verscheuren, maar Löw legt haar met een korte handbeweging het zwijgen op en zegt:

'Die komt wel weer opdagen. Waar moet ze heen? Dat zijn van die kuren.'

'Ik ga naar de politie!'

Maar ofschoon de joodse politie ook de keizerlijke inschakelt, er is geen spoor van Esther te bekennen. Haar zoeken in het ghetto is onbegonnen werk, maar als zij daar was zou dat geen uur geheim blijven; en op de uitvalswegen van Praag zou een bepakte en bezakte vrouw met drie identieke jongens toch gauw gevonden moeten zijn.

'Allemaal de schuld van die vervloekte golem van jullie!' roept Perl. 'Wanneer is het nu eindelijk eens afgelopen met die satanskunsten?'

'Volgende week word ik zeventig,' zegt Löw op een toon alsof hij dat nu beslist.

De dag voor zijn verjaardag is gewijd aan vasten en gebed. Na zonsondergang geeft Perl hem op de drempel van hun huis een kus, terwijl er tranen in haar ogen komen. Als een teken van geruststelling schudt hij even met gesloten ogen zijn hoofd.

'Ga maar lekker slapen.'

'Denk je dat ik nu slapen kan?'

Zwijgend loopt hij door de menigte, die geen benul heeft van wat er die nacht voor hun bestwil gaat gebeuren. In de synagoge wacht Isaac op hem; Abraham, de oude sjammes, heeft de kaarsen al aangestoken. Zij dalen af in de mikveh, nemen een ritueel bad in zuiver regenwater, hullen zich in mantels van wit linnen, met kappen over hun hoofd, en reciteren Psalm 119, – een nogal ongeïnspireerde, legalistische tekst, ingedeeld in tweeëntwintig strofen van acht versregels, met als titel steeds een letter van het alephbeth, die ook de beginletter van elke regel is. Schokkend met hun bovenlichamen komen de monotone stanza's van de langste aller psalmen over hun lippen, terwijl de smalle ramen steeds zwarter worden.

Als zij buiten komen, met een bundel sjammeskleren voor de golem, kijkt Isaac omhoog naar de klok van het raadhuis aan de overkant. In het licht van de volle maan, hoog aan de hemel, zijn de wijzers goed te onderscheiden: het is middernacht.

'U bent jarig, vader. Gefeliciteerd!'

Nadenkend strijkt Löw door zijn baard.

'Op dit moment zou het ook een gewone klok kunnen zijn.'

Het is stil geworden in het ghetto, alleen hier en daar brandt nog licht; uit een duister krot komt gekrijs van een baby. De stadspoort staat open, het is nog geen oorlog, maar twee schildwachten snijden hun de pas af met hun lansen. Bij het licht van een walmende fakkel monsteren zij de twee witte gestalten van top tot teen.

'Waar denken wij dat wij heen gaan?' vraagt de ene.

'Hier naar beneden.' Löw wijst op de houten trap, die voor de vissers en schippers naar de oever leidt.

'Om wat te doen?'

'Om een golem te maken.'

'Een wat te maken?'

'Een golem. Het is te ingewikkeld om uit te leggen, mijne heren, maar kijkt u gerust toe, wij hebben niets te verbergen.'

'Er wordt hier nu niets gemaakt, jood. Het is midden in de nacht.'

'Dat is de beste tijd.'

'Houd je brutale mond, stinkende smous! Onmiddellijk rechtsomkeert!'

Daarop speelt Löw zijn troef uit. Hij haalt de dépêche te voorschijn, waarin de keizer aandringt op haast.

'Weet u zeker, dat u een bevel van Zijne Apostolische Majesteit wilt trotseren?'

Lezen kunnen zij het natuurlijk niet, maar alleen al bij het zien van het keizerlijke zegel deinzen zij terug.

Beneden aan de oever, zijn laarzen in de klei, kijkt Löw om zich heen. In de stille, zwoele nacht glanst de rivier als stromend maanlicht, zo bleek als het gezicht van Jakob op zijn sterfbed. De brug is leeg en ook op de Burchtheuvel in de verte is alles donker. Slaapt de keizer? Droomt hij dat zijn keel wordt afgesneden door de sultan? Of is hij nog aan het werk in zijn laboratorium, omgeven door zwavel- en kwikdampen, die hem steeds gekker zullen maken? De sterren aan de wolkenloze hemel worden bijkans overstraald door de maan, – alleen het strak stralende licht van twee planeten, vlak naast elkaar in het sterrenbeeld Leeuw, laat zich niet verjagen.

Löw spreidt zijn armen, en bijgevallen door Isaac begint hij het tweede hoofdstuk van *Sefer Jetsirah* te reciteren, terwijl hij het gevoel krijgt dat de hele schepping naar hem luistert. Vervolgens knielt hij neer aan de rand van de rivier en gaat aan het werk. Omdat een golem uitsluitend gemaakt kan worden van maagdelijke, onbewerkte aarde, bij stromend water, is dit de ideale plek; hier is beslist nog nooit iets verbouwd. Terwijl Isaac nu buigend en wiegend toepasselijke teksten uit de Midrash zingzegt, kneedt Löw uit de vette rivierklei de ruwe vorm van een liggende gestalte, met gespreide armen en benen. Hij heeft er tegen opgezien, hij was bang een gedrocht te creëren, maar tot zijn eigen verbazing gaat het hem goed af, de verhoudingen kloppen meteen. Uitgelaten klapt hij in zijn handen, – en nu en dan even naar Isaac kijkend begint hij het gezicht te modelleren, terwijl hij zich steeds opgewondener voelt worden. Als vanzelf ontstaan de gesloten ogen, de neus, de mond, hij snuift, steunt, sist, springt op, neemt afstand, knielt weer neer, slaat een blik op Isaacs oren en vormt de labyrinthische schelpen, die hij met een duim op de juiste plek aanbrengt, de bovenrand ter hoogte van de nog niet zichtbare pupillen. Het is Löw alsof er een regelrechte verbinding is tussen zijn ogen en zijn handen, buiten zijn hersens om. Na de tepels te hebben geformeerd, hun onderlinge afstand gelijk aan die van de kin tot de haarinplant, brengt hij met de punt van zijn pink de navel aan, – maar dan stokt hij. Moet de golem een navel hebben? Natuurlijk niet, hij heeft geen moeder, zo min als Adam, die dus ook geen navel had. Hij neemt wat

klei van de klomp in zijn linkerhand en smeert de navel met zijn rechter duim weer dicht. Als ten slotte de
handen vingers en de voeten tenen hebben gekregen,
rest er nog maar één ding. De penis. Die van Isaac kan
hij niet zien en wil hij ook niet zien, – zelfs Esther
kreeg hem zelden te zien, – hij zal uit de herinnering
aan die van hemzelf moeten werken. Staande boet-
seert hij een besneden geslachtsorgaan, niet te klein en
niet te groot, de linker zaadbal iets lager dan de rechter. Omzichtig plant hij het op de tweesprong van de
romp.

Alleen de achterkant van zijn mantel is nog wit.
Diep ademhalend, met scheefgehouden hoofd, monstert hij zijn werk. Komt dat grauwe, baardeloze gezicht straks werkelijk tot leven? Hij heeft er voor moeten waken dat het geen portret van Isaac werd, maar
de aanstaande Jossile is knapper en jonger, zo'n
tweeëntwintig jaar. Dat hij kaal is, staat hem goed.
Roerloos ligt hij in de stille maannacht aan de rand
van het water.

Isaac, die zijn recitaties gestaakt heeft, kijkt er naar
met opengevallen mond.

'Hoe is het mogelijk,' zegt hij, 'dat u zo veel talent
hebt voor een bezigheid, die Adonai streng verboden
heeft? U – de hoge rabbi!'

Löw trekt zijn schouders op en toont zijn besmeurde handpalmen.

'Ik sta er zelf ook van te kijken.'

'Die gave kan dus niet afkomstig zijn van Adonai,
geloofd zij zijn naam, alleen van Satan, die ook de ere-
dienst van het Gouden Kalf al op zijn geweten heeft.'

63

'Eigenaardig om zoiets van je schoonzoon te horen. In de Talmoed staat trouwens het verhaal van de rabbi's Chanina en Oschaja, die eeuwen geleden eens een kalfgolem hebben gemaakt.'

'Ik weet het. Die zij vervolgens slachtten en opaten.'

'Kennelijk is er iets wonderlijks aan de hand met kalveren,' glimlacht Löw. 'In de toekomst zullen er nog wel meer vreemde dingen mee gebeuren.'

'Hoe kunt u zo kalm blijven? Als ik u was, zou ik mij ernstig zorgen maken over zo'n duivelse begaafdheid.'

'Maar je bent mij niet, beste Isaac, en dat zul je ook zo gauw niet worden. Wees toch niet altijd zo logisch, denk dieper na. Als je het nu eens zo ziet dat Adonai, geloofd zij zijn naam, vannacht via mij zelfs Beëlzebub heeft ingeschakeld voor het behoud van zijn volk in Praag. Wat zou je daarvan zeggen? Trouwens, als alles goed gaat zal dit beeld niet lang een beeld blijven.'

Nu, na anderhalf jaar studie en oefening, is het moment gekomen om de cirkelvormige muur met de tweehonderdeenendertig letterpoorten op te richten. Löw gaat bij het hoofd staan, Isaac bij de voeten, – en na even in elkaars ogen gekeken te hebben, zoals een zanger en zijn begeleider, beginnen zij langzaam om het beeld heen te lopen, tegen de christelijke klok in, terwijl de duizenden combinaties volgens de voorschriften van rabbi Elazar zacht en snel uit hun monden komen, drie per seconde, alle vocalisaties, elke keer gekoppeld aan een letter van het tetragrammaton – de eerste van de eenentwintig reeksen steeds beginnend met de glottisslag van de aleph:

"aBaJ, 'eBaJ, 'iBaJ, 'oBaJ, 'uBaJ, 'aBeJ, 'eBeJ, 'iBeJ, 'oBeJ, 'uBeJ, 'aBiJ, 'eBiJ, 'iBiJ, 'oBiJ, 'uBiJ, 'aBoJ, 'eBoJ, 'iBoJ, 'oBoJ, 'uBoJ, 'aBuJ, 'eBuJ, 'iBuJ, 'oBuJ, 'uBuJ, 'aBaH, 'eBaH, 'iBaH, 'oBaH, 'uBaH, 'aBeH, 'eBeH, 'iBeH, 'oBeH, 'uBeH, 'aBiH, 'eBiH, 'iBiH, 'oBiH, 'uBiH, 'aBoH, 'eBoH, 'iBoH, 'oBoH, 'uBoH, 'aBuH, 'eBuH, 'iBuH, 'oBuH, 'uBuH, 'aBaV...' – en dan ook alle verdere combinaties van de A en de B met de V van JHVH, gevolgd door de tweede poort: alle aspecten van de A en de G, de derde letter van het alephbeth, ook weer met de letters van het tetragrammaton, en dan alles van de A met de H, de derde poort... murmelend draaien zij hun cirkels, hun ogen onafgebroken gevestigd op de pop, terwijl hun voeten een geleidelijk diepere geul er omheen vormen.

Maar na vijf minuten gebeurt er iets onverwachts. Als zij de elfde poort hebben bereikt, zakt Isaac plotseling tot zijn middel weg in de klei. Hij probeert zich omhoog te duwen, maar dat lukt niet. Hulpeloos kijkt hij op naar zijn schoonvader, die ook gestopt is met reciteren en hem hoofdschuddend gadeslaat.

'Wat heb je het laatst gezegd?' vraagt hij streng.

Beschaamd buigt Isaac zijn hoofd.

"aLaJ,' fluistert hij.

'Als ik het niet dacht, lummel. Eerst mij de les lezen over mijn talent, en dan zelf het stomste van het stomste uithalen. Je weet toch ook, dat het de ondergang van de wereld kan betekenen als bij het kopiëren van de Torah één letter wordt weggelaten! Wat ben jij eigenlijk voor rabbijn? 'aL – of 'eL zoals we tegenwoordig zeggen – is de oudste naam van God, en God kun je niet met God vervoegen, hoe vaak hebben we het daar niet over gehad. Daar moet onmiddellijk verder gegaan worden met 'aMaJ van de twaalfde poort.'

'Ik werd een beetje slaperig.'

'Nu al! We zijn net begonnen! Enfin, laat ik het maar snel ongedaan maken.'

Löw doet een paar stappen met de christelijke klok mee, terwijl hij in omgekeerde volgorde zegt:

''aLaJ, 'uKuH, 'oKuH...'

Meteen rijst Isaac rechtstandig op uit de aarde, die zich onder zijn voeten sluit. Zijn witte mantel is niet besmeurd.

Na dit voorval nemen zij de draad weer op en werken het strakke schema zonder verdere vergissingen af. Geleidelijk brengt het onafgebroken spreken en ronddraaien hen in trance, waardoor zij ook hun vermoeidheid niet meer voelen, – en bij het naderen van het einde volvoeren zij steeds vaker vreemde, extatische sprongetjes. Anderhalf uur nadat zij begonnen zijn, voltooien zij het bovennatuurlijke programma met het slot van de tweehonderdeenendertigste poort:

'...SHiTuV, SHoTuV, SHuTuV.'

Plotseling uitgeput en duizelig laten zij zich op de grond vallen. Als Löw na een minuut tot zichzelf komt, heeft hij het gevoel of hij urenlang diep en droomloos geslapen heeft. Aan het eind van zijn krachten kijkt hij op. Er is niets veranderd. Bewegingloos ligt de kleigestalte aan de oever. Het is koeler geworden, de maan en de twee planeten zijn op weg naar de westelijke horizon. Hij zucht diep en maakt een wegwerpend gebaar met zijn hand. Eigenlijk heeft hij er nooit echt in geloofd. Die dolle kabbalistische combinatie van uiterste exactheid en uiterste fantasmagorie is prachtig, maar daar is ook alles mee gezegd, want verder is het onzin, door goedgelovig volk toegedicht aan mystieke wonderrebbes. Ook de dood van Jakob heeft dus gelukkig niets met het ritueel te maken. Het blijft natuurlijk vreemd, dat Isaac daarstraks plotseling in de modder is weggezakt en er ook weer uit is opgerezen, maar dat was kennelijk een incident; verder zijn het allemaal waanideeën. Morgen zal hij naar de keizer gaan en hem uitleggen, dat dat nu is bewezen, en dat de christenheid dus geen irrationele, agressieve angsten hoeft te koesteren voor de jodenheid, omdat die zou beschikken over magische connecties met de Duivel.

Isaac gaat op zijn hurken zitten en legt de rug van zijn hand tegen de wang van de sculptuur.

'Hij wordt warm,' zegt hij.

Löw verstart. Gedurende een minuut, twee minuten, kijkt hij naar het beeld, maar er verandert niets. Dan strekt hij zijn arm uit en voelt op zijn beurt aan de wang – met een kreet trekt hij zijn hand terug en steekt zijn vingers in zijn mond: hij heeft zich gebrand. Vervolgens gaat alles steeds sneller. Het vormsel begint zachtjes te gloeien, de gloed wordt donkerrood, helrood, gaat over in wit, zodat zij de hitte in hun gezichten voelen en een stap achteruit moeten doen. Even later, alsof het proces zichzelf blust, beginnen over de hele lengte stoomwolken met de geur van vers brood en oud bloed te ontwijken, die de modder-pop onzichtbaar maken. De damp stijgt loodrecht omhoog, een witte zuil vormend, hoger dan de brug, waar de twee schildwachten over de balustrade leunen en denken dat zij dromen. Geleidelijk wordt de zuil dunner, doorzichtiger, – en opeens is de stoom verdwenen.

Dan is secondenlang een vallende ster de enige beweging.

'Ik kan mijn ogen niet geloven,' mompelt Löw in zijn baard.

Daar ligt een levend wezen. De klei is vlees geworden, rustig ademend gaat de borst op en neer, als van een slapende. Op het voorhoofd zijn drie letters verschenen, die hij daar niet heeft aangebracht: A M T – de eerste en de laatste letter van het alephbeth, met de Mem tussen hen in.

"eMeT,' leest hij. 'Waarheid.'

'Het is gelukt!' juicht Isaac. 'Het is ons gelukt!'

Maar met een gebiedende handbeweging legt Löw hem het zwijgen op en buigt zich iets naar voren. Er klopt iets niet. Er is iets misgegaan. Het wezen heeft onmiskenbaar vrouwelijke borsten, niet groot, maar met een duidelijke ronding. Snel kijkt hij iets lager: de penis is niet van vlees geworden, maar nu van gebakken klei. Voorzichtig pakt hij het orgaan vast en tilt het op. Het laat meteen los. Verwijtend kijkt hij Isaac aan.

'Schlemiel!' Met een zwaai gooit hij de terracotta penis in de Moldau. 'En nu begrijp ik het ook. Na je

stomme fout met 'eL kwam 'aM: «moeder» dus. Dat
heeft kennelijk kortsluiting gemaakt. We hebben nu
niet de schepping van Adam geïmiteerd, maar die van
Lilith.'

'Ik...' begint Isaac, maar Löw valt hem meteen in
de rede:

'Laat maar. We zouden de procedure terug kunnen draaien en opnieuw beginnen, maar ik kan nu
geen stap meer verzetten. Misschien is het trouwens
zelfs beter zo. De keizer is verzot op rariteiten, misschien stelt hij een vrouwelijke golem nog wel meer op
prijs.'

Zijn gedachten verdringen elkaar. Hij weet dat het
woord van vorsten niet veel waard is, maar de toezegging van de keizer dat de joden van Praag voorlopig
niets zal gebeuren als hij een golem krijgt, zal hij misschien toch gestand doen. Wat hemzelf betreft staat
nu vast, dat zijn tientallen geleerde traktaten zullen
verbleken naast wat hij vannacht heeft verricht, zoals
het licht van de sterren door dat van de maan. Het zij
zo. Het denken kan het blijkbaar niet opnemen tegen
het doen.

'Zo,' zegt hij en denkt even na, 'dit is dan niet Jossile, maar... Mensjele Golem.' Hij strekt zijn rug, vestigt
zijn ogen op het slapende gezicht en zegt met stemverheffing: 'Mensjele!'

Een rilling vaart door het navelloze lichaam, zij
slikt, even gaat haar adamsappel op en neer – dan
slaat zij haar ogen op. Nooit heeft Löw zo'n blik gezien. Het is of hij in een aardedonkere kelder kijkt.
Isaac kan zijn ogen niet afhouden van het slanke, jon-

69

gensachtige lichaam, dat naar dat van hemzelf is gemodelleerd.

'Sta op!' zegt Löw gebiedend.

De kale jonge vrouw komt overeind en blijft hem strak aankijken. Hij wijst op de bundel kleren.

'Kleed je aan!'

Zij hoeft kennelijk niet te leren hoe dat moet. Even later staat daar een synagogeknecht in een lange zwarte jas, met zwarte kousen; de zwarte pet bedekt de drie letters op haar voorhoofd.

'Ga mee!'

Zij gaan de houten trap op en in het wachthuisje ziet Löw de twee soldaten: geknield, met gevouwen handen, bij het licht van een kaars prevelend opkijkend naar een crucifix.

De maan, steeds groter en roder geworden, is ondergegaan en heeft de zwarte hemel teruggegeven aan de sterren. Terwijl zij door het slapende ghetto lopen, Mensjele tussen haar twee vaders in, spreken zij niet; het is alsof de sprakeloosheid van de golem ook op hen is overgeslagen. Steunend sleept Löw zich voort. Hij mag dan vandaag de leeftijd der zeer sterken hebben bereikt, nooit eerder heeft hij zich zo moe gevoeld. Als zij bij zijn huis aankomen, begint de dageraad de oostelijke hemel al te kleuren.

'Wat zien jullie er uit!' roept Perl in de deuropening. 'Wie is die sjammes zonder baard?'

'Dit is Mensjele Golem, Perl. Wij hebben het voor elkaar gekregen. Straks ga ik haar op de Burcht presenteren, nu is het nog te vroeg. Maak iets te drinken voor ons, dan wachten we hier tot een uur of negen.'

'Die komt er bij mij niet in! In mijn huis geen golem! Ga maar ergens anders wachten met die griezel.'

Perl is niet te vermurwen. Löw stelt voor om dan maar naar de Schul te gaan, maar een beetje stotterend en nerveus zegt Isaac:

'Zij kan toch met mij mee. Ik heb een lege kinderkamer. En gaat u dan een paar uur slapen, dat heeft u nodig.'

'Goed idee,' zegt Löw. En tot Mensjele: 'Gehoorzaam Isaac tot ik je kom halen!'

Zij knikt en blijft hem aankijken met haar duistere, vreesaanjagende blik. Het valt hem plotseling op dat zij niet met haar ogen knippert.

Löw droomt dat hij in een ijzeren kar zit die van een heuvel naar beneden rolt, maar dan ziet hij dat hij langs de rivier rijdt, terwijl er toch geen paard voor de kar gespannen is...

'Jehudah! Jehudah!'

Verschrikt slaat hij zijn ogen op en kijkt in het verwilderde gezicht van Perl.

'Wat is er?'

'Sta gauw op! Er schijnt iets verschrikkelijks gebeurd te zijn! Met Isaac!'

Hij schiet zijn laarzen aan en rent naar buiten. Het ghetto is in opschudding. De ochtendzon schijnt in de stegen, honderden mensen hollen in de richting van Isaacs huis. Daar moet hij zich door de schreeuwende menigte wringen om bij de deur te komen. Een politieman houdt hem tegen.

'Wat is er aan de hand?'

'Rabbi ha-Kohen is vermoord door een gekgeworden sjammes. Hij is nog daarbinnen.'

'Laat mij er door!'

'Weet u zeker dat u het zien wilt, Maharal?'

'Laat mij er door, zeg ik!'

'Maar past u in hemelsnaam op.'

Ook in de bakkerij en de kleine woonkamer is drukte en geschreeuw. Met een paar stappen is hij bij de deur van de kinderkamer, waar hij stokt op de drempel. Isaac is afgeslacht. In een onmogelijke, gedraaide houding, alsof zijn benen achterstevoren aan zijn romp zitten, ligt zijn vrijwel naakte lijk half op het bed, half tussen het speelgoed op de grond, overdekt met grote zwarte vliegen. Overal uit zijn lichaam zijn stukken gesneden, of gescheurd, bloed kleeft aan de muren, zelfs tegen de lage zoldering. In een hoek staat Mensjele, een lang, puntig mes in haar handen; haar gezicht, haar jas, alles bespat met bloed. Op afstand gehouden door de blik in haar ogen durft niemand haar te benaderen. Dan hoort Löw hoe naast hem iemand een pistool spant. Hij duwt de loop naar beneden en zegt:

'Mensjele! Geef mij dat mes!'

Met open mond en ingehouden adem kijkt iedereen toe, hoe zij langzaam op hem af loopt. Terwijl zij hem aan blijft kijken, overhandigt zij hem het bebloede mes.

'Zet je pet af!'

Als haar kale schedel zichtbaar wordt, met de letters A M T op het voorhoofd, gaat er een zucht door de kamers:

"eMeT..."

Löw zet de punt van het mes op de Aleph en kijkt diep in de nacht van haar ogen. Het is of hij zich iets herinnert van lang, lang geleden, van vóór zijn geboorte... een snik ontsnapt aan zijn borst, en met een snelle beweging wipt hij de Aleph weg, zodat het woord 'waarheid' verandert in 'dood': *MeT*. Op hetzelfde ogenblik worden haar ogen dof, haar gezicht begint te verkruimelen, ook de schedel wordt zanderig, de pet valt uit haar handen, ruisend stort even later het hele lichaam in, zodat er niets anders rest dan een berg kleren en opgedroogde modder aan de voeten van Löw.

Hij gooit ook het mes op de hoop en draait zich om.

'Laat iemand een meelzak uit de bakkerij halen.'

Niemand kan meer een woord uitbrengen. Alleen het zoemen van de vliegen is nog te horen. Als hij de zak heeft gekregen, knielt hij neer en schept alles er in met zijn handen. De vergruizelde klei, de kousen, het ondergoed, alles is nog warm. Hij neemt de zak over zijn schouder en gaat naar buiten, waar het nieuws zich ook al heeft verspreid. Zwijgend maakt de menigte plaats voor hem als hij nadert, gebogen onder zijn last.

Terwijl hij zwetend door het doodstille, zonovergoten ghetto naar de Altneuschul loopt, vraagt hij zich af wat er gebeurd kan zijn. Heeft Isaac geprobeerd het aan te leggen met de golem? Zij onder, hij boven? Of heeft hijzelf zijn tweede, kardinale fout gemaakt door haar lichaam te modelleren naar dat van Isaac?

Kon zij dat niet accepteren omdat zij daardoor eerder een soort tweede Eva was geworden dan een tweede Lilith? Niemand zal het ooit weten. En stel, Mensjele was een paar uur later voltooid en hij had haar meteen bij de keizer afgeleverd, waarop zij misschien de keizer had vermoord, – wat was er dan gebeurd? Dan zouden alle joden in het Heilige Roomse Rijk en ook daarbuiten tot de laatste vrouw en het laatste kind zijn uitgeroeid. Nee, hij moet straks meteen naar de keizer en hem vertellen, dat er een jood in zijn plaats is gestorven, zelfs twee eigenlijk, en dat hij, Löw zelf, zijn leven heeft gered door de golem ongedaan te maken. Misschien dat dat besef hem nog meer motiveert, zijn gelofte aan de joden van Praag gestand te doen.

Samen met Abraham sjouwt hij in de Altneuschul de zak de smalle zoldertrap op. De sjammes opent een kleine dakkamer, waar oude stoelen en kussens zijn opgeslagen. Nadat hij deze er uit heeft geruimd, zet Löw de zak in het midden van de houten vloer. Hij doet de deur op slot, stopt de sleutel in zijn zak en zegt:

'Hier op zolder mag nooit meer een sterveling komen. De trap moet afgebroken worden.'

Vierde stuk
Victor Werker

Het visioen verzinkt, het verdwijnt als een ijsberg die van de poolkap is losgeraakt en smeltend naar het zuiden drijft. Het witte ijs in de blauwe oceaan (mijn blauwe scherm, de witte letters daarop), het gevaarte zo groot als een alp, waarvan tot slot alleen nog een kleine klomp over is, niet groter dan een mammoetkies. Misschien kijkt een klein bleek meisje er naar, over de reling van het schip dat haar naar Southampton brengt, in juni 1912. Wat zij niet meer kan zien is het laatste, doorzichtige schilfertje zoetwaterijs, zo klein als een afgeknipte nagel, – tot ook dat is verdwenen en er niets meer rest van de gletscher, die twee maanden eerder de Titanic heeft opengescheurd. Waar was ik gebleven? Iemand schrok op van de bel: Victor Werker.

Victor Werker werd eind november 1951 op een stormachtige zaterdagavond in Amsterdam door een majoor verwekt bij een portrettiste. Omdat de aanstaande vader zelf in 1917 ter wereld was gekomen, was hij dus op zijn beurt verwekt tijdens de Slag bij Verdun; misschien verklaart dit waarom hij, afkomstig uit een geslacht van beursmakelaars, beroepsmilitair werd. Gedurende de vijfdaagse oorlog in mei 1940 vocht hij als tweede luitenant tegen de duitsers, sloot zich tijdens de bezetting aan bij een rechts-monarchistische verzetsgroep, kwam in een reeks concentratiekampen terecht, trad na de oorlog weer in dienst, maakte als eerste luitenant deel uit van het Militair Gezag, waarna hij van 1947 tot 1949 als kapitein deelnam aan de koloniale strafexpedities in Indonesië. Na terugkomst van ook weer deze verloren oorlog, met een oog minder, bezocht de lange, slanke, hooggedecoreerde majoor Ferdinand Werker de Hogere Krijgsschool, het opzijgekamde haar boven zijn strakke gezicht altijd in een scheiding zo feilloos als de baan van een kanonskogel. In 1950 trouwde hij met de tien jaar jongere Gretta Rector, en een paar dagen na hun huwelijk brak de oorlog in Korea uit, waarvoor hij zich liefst vrijwillig had gemeld; maar zijn vrouw kondigde aan, dat zij zich dan meteen weer zou laten scheiden. Dat hij niet iemand uit zijn eigen milieu had gekozen, maar een zelfbewuste jonge vrouw uit linkse kringen, dochter van een trotzkistische lijstenmaker door wie hij in de vlektyfusbarak van Dachau was verpleegd, had bij zijn collega's tot enig ophalen van de wenkbrauwen geleid. Ongetwijfeld vertegenwoordigde hij generaalsmateriaal, pas drieëndertig jaar oud en al zo veel ervaring, – maar dat huwelijk wees er op, dat hij toch niet helemaal samenviel met de ijzervreter die hij uitbeeldde, bovendien behelsde de encadreur een veiligheidsrisico; alles bij elkaar voorspelde het niet veel goeds voor zijn verdere militaire loopbaan. Dat wist hij zelf natuurlijk ook allemaal, maar het liet hem koud. Ze namen hem maar zoals hij was. Wat Ferdinand en Gretta in elkaar aantrok, was dat zij nu juist niets met elkaar gemeen hadden, – al was dat dus wat zij met elkaar gemeen hadden.

Maar ook erotisch hadden zij weinig met elkaar gemeen. De sexualiteit betekende voor Werker niet veel meer dan eten of drinken, echt thuis voelde hij zich alleen in een mannenwereld, waartoe niet alleen het leger of verzetsgroepen behoorden, maar zelfs concentratiekampen. Eenmaal per week was voldoende voor hem, maar Gretta had het liever eenmaal per dag. Dat leidde nu en dan tot de pijnlijke scènes, die iedereen kent en die ik dus niet hoef te beschrijven, – maar zulk soort scènes, die aan de kern van het leven raken, bevat een kritische dosis splijtbaar materiaal en zij kunnen leiden tot volledige vernietiging van de verhouding, zelfs tot moord en doodslag. Pogingen om hem te verleiden bleven zonder resultaat; het gebeurde uitsluitend als hij er zelf zin in had, bij voorkeur midden in de nacht, eer zij goed en wel wakker werd. Na het ontbijt, als hij naar zijn werk was, kroop Gretta dan weer in het nog warme bed en bevredigde zichzelf, – maar al na een paar maanden bevredigden die bevredigingen haar niet meer, en zij kon zich niet schikken in het vooruitzicht, dat dit nu de rest van haar leven zo zou doorgaan. Omdat zij inzag dat het conflict onoplosbaar was, en zij toch haar Ferdinand niet wilde verliezen, en ook geen minnaar wilde nemen, besloot zij dat er dan maar een kind moest komen. Dat zou de hele situatie veranderen. Zij wist niet of Ferdinand een kind wilde, er was nooit over gesproken en het leek haar het verstandigst dat zo te laten. Als hij eenmaal had gezegd dat hij er niets voor voelde, althans voorlopig niet, dan was het van de baan. Eer hij klaarkwam, placht hij altijd te vragen of hij moest oppassen: dat hield natuurlijk een negatief oordeel in.

Van toen af zei zij altijd 'Nee' als hij vroeg of hij moest oppassen, ook als hij misschien wel moest oppassen; maar de frequentie van vier keer per maand was kennelijk te klein voor een snelle toevalstreffer. Na een half jaar, waarin zij tot haar teleurstelling steeds weer ongesteld was geworden, ging zij naar het secretariaat van de Malthusiaanse Bond. In een kleine spreekkamer, met uitgestalde boeken en prospectussen, op tafel twee koppen thee en een schaal koekjes, legde een spichtige dame met een grijze knot en een kennelijk zelfgebreide trui haar de kalendermethode van Ogino-Knaus uit. Om te beginnen moest zij gedurende een jaar nauwgezet de eerste dag van haar ongesteldheid noteren. Dat was geen probleem, want dat deed Gretta sowieso al; de jaarkalenders voorin haar agenda's lieten elke maand de verticale rij kruisjes zien. Mooi zo, daaruit kon dan haar cyclusvorm worden afgeleid, die bij voorbeeld fluctueerde tussen 25 en 30 dagen. In aanmerking genomen dat een ovulatie altijd tussen de 16de en de 11de dag vóór de volgende menstruatie plaatsvond, en omdat een eicel hoogstens 8 uur vruchtbaar bleef, en omdat zaadcellen hoogstens 3 etmalen vruchtbaar bleven, kon precies berekend worden wanneer een vrouw vruchtbaar was en wanneer zij zich dus moest onthouden van geslachtsgemeenschap. De eerste onvruchtbare periode bestond uit de kortste cyclus minus 19 dagen, dan volgde de conceptietermijn, die bestond uit 9 dagen plus een dag voor elke dag verschil tussen de kortste en de langste cyclus, en de tweede onvruchtbare periode omvatte de laatste 10 dagen van de langste cyclus. Kortom, zei de Malthusdame, bij toepassing van deze gegevens was de kans op zwangerschap vrijwel nihil.

'Maar ik wil juist wèl zwanger worden,' zei Gretta.

'O, dan heb ik u verkeerd begrepen, dat verandert de zaak. Of eigenlijk helemaal niet. Maar misschien is de temperatuurmethode dan toch meer iets voor u.'

Op zaterdag 10 november werd Gretta ongesteld. Toen het op vrijdag 16 november voorbij was, begon zij, volgens de aanwijzingen van mevrouw Malthus, elke ochtend voor het opstaan haar temperatuur te meten; omdat Ferdinand het niet hoefde te merken, verborg zij de thermometer onder de matras. Als hij naar de wc was gegaan en in de keuken koffiewater opzette, stopte zij hem snel in haar achterste. Op de laatste pagina van haar agenda noteerde zij de resultaten:

za 17.11 36.6°
zo 18.11 36.7°
ma 19.11 36.7°
di 20.11 36.6°
wo 21.11 36.7°
do 22.11 36.6°
vr 23.11 36.4°

De verlaging van die vrijdag was, geheel volgens de voorspelling, de 'val' van haar basaaltemperatuur. De volgende dag zou nu de ovulatie moeten beginnen, – de *eisprong*, zoals mevrouw Malthus het had genoemd.

'Mooie term.'

'Zo heet dat nu eenmaal, daar moet u verder niets achter zoeken.'

za 24.11 37.1°

Het klopte! Het was zover! Op moment dat zij het haardunne, vrijwel onzichtbare kwikzuiltje draaide en liet verspringen tot een zilveren lint, dat boven de 37° aanwees, was het of zij het uitgestoten eitje kon voelen in haar eileider. Wat nu? Nu meteen? Maar Werker was al opgestaan en las in de erker het ochtendblad, zij zou hem nu niet meer het bed in kunnen praten. Dus moest het tegen elke prijs vanavond gebeuren. Als het dan misschien te laat was, zou zij het de volgende keer al op de dag van de val zien te regelen. Zij besloot, zwaar geschut in stelling te brengen om haar majoor door de knieën te krijgen.

Loodrecht stond 's avonds de storm op de ramen van hun statige bovenhuis in de binnenstad, schuin hingen de overgordijnen de kamer in, als in een steil opstijgend vliegtuig; daarachter kletterde de regen tegen de ruiten. Terwijl majoor Werker na het eten onder een schemerlamp het avondblad zat te lezen (in Korea waren de onderhandelaars het eens geworden over de demarcatielijn), zette Gretta een plaat van

Georges Brassens op. Zij nam een fles wijn uit het rek en ging er mee naar haar man.

'Die eeuwige kranten van jou altijd,' zei zij en trok met een zwaai de krant uit zijn handen, 'vanavond laten wij de wereld voor een keertje stikken.'

'Hé, zeg!' riep hij, zijn handen plotseling beroofd en hulpeloos in de lucht. Geïrriteerd keek hij haar aan, waarbij de blik van zijn glazen rechteroog langs haar heen scheerde en onderwijl verdiept leek in overpeinzing van de mystieke visioenen van de heilige Theresia van Ávila. Maar bij het zien van de open, vrijpostige lach op haar sterke, enigszins asymmetrische gezicht veranderde ook de blik in zijn eigen ogen en hij graaide de krant niet terug. Haar dikke, donkerblonde haar had zij kennelijk met een paar snelle handgrepen opgestoken, hier en daar was het losgeraakt.

Partir, c'est mourir un peu,
À la guerre!
À la guerre!

Zij gaf hem de wijn en een kurketrekker, hield de krant omhoog en vroeg:

'Wist je, dat je van een krant makkelijk een rechte strook van boven naar beneden kunt scheuren, maar dat dat van links naar rechts niet lukt?'

Daar had je haar technische tic weer. Met de fles tussen zijn knieën, de kurketrekker in de kurk, keek hij naar haar demonstratie. En jij, bekijk jij intussen hoe onze officier er thuis uitziet: blazer, geruit overhemd met nauw sluitende boord, club tie, manchesterbroek in de kleur van nat zand, bordeauxrode brogues, het meeste nog van voor de oorlog, – maar bij haar niets te bekennen van het anglofiele burgeruniform der betere kringen. Geen zijden sjaaltje, geen parelketting, geen plooirok, maar een zelfgemaakte, wijde jurk van gebleekt linnen, die tot haar enkels reikte en die, net als de overgordijnen nu, aan de voorkant iets van haar af stond, – wat in dit geval werd veroorzaakt door haar grote borsten, die altijd het woord 'boezem' in hem opriepen.

Toen de kurk met een knal uit de fles schoot, knielde zij neer en vouwde de strook krantenpapier een paar keer in de lengte, trok de gordijnen open en begon de kieren van de ramen te dichten.

'Dit scheelt ons honderd gulden aan olie,' zei zij.

Valpollicella 1947. Hij schonk twee glazen in, trok zijn blazer uit en ging bij haar op de grond zitten, waar hij volgens haar recept nieuwe repen uit de krant scheurde en haar aanreikte. Zij was op een stoel gaan staan, zodat hij door de lange split in haar jurk haar dunne benen zag. Die benen klopten niet met haar borsten, maar dat was precies wat hem prikkelde. Misschien juist omdat hij geen vrouwenman was, moest een vrouw voor hem fysiek iets onlogisch hebben. Mannequins en Venussen van Willendorf, bij wie borsten en benen met elkaar in overeenstemming waren, konden wat hem betreft bijzondere mensen zijn, sexueel lieten zij hem koud. En met de esthetica – niet te dun, niet te dik, alles mooi en precies goed – had zijn erotische voorkeur nog minder te maken dan met de logica.

Eer hij de gordijnen dichttrok, keek hij even naar buiten. Onder de zwarte lucht joeg de regen door het licht van de lantarens, dat weerspiegelde in de natte keien; op het kleine, onregelmatige plein waren een paar mensen in gevecht met hun paraplu en verdwenen heen en weer springend in de bochtige straten. De huizen aan de overkant waren lager, zodat hij in de verte, over de daken en langs de koepel van de basiliek, de guirlande van de brug over de Amstel kon zien. Daar moest men nu vermoedelijk oppassen, niet in het water te worden geblazen. Met een gevoel van bevrediging trok hij de gordijnen dicht en draaide zich om.

Met opgetrokken knieën had Gretta zich in een hoek van de bank genesteld en keek hem van onderuit aan, met twee handen haar glas wijn warmend. Haar jurk was opgeschort, de split van achteren opengevallen; omdat zij geen broekje aan had, keek hij recht in de beschaduwde krocht van haar kruis. Zijn linkeroog vergrootte zich even. Was dat een ongelukje? Opzet? Hij voelde dat hij er niets over moest zeggen, – als bij een dijkdoorbraak overspoelde de opwinding hem, zo hevig als hij het nog niet eerder had meegemaakt. Die vrouw daar in de stille, beschutte wereld van de kamer, zijn vrouw, hij alleen met haar...

Je vous salue, Marie.

Met trillende handen begon hij zijn das los te trekken, die donkerblauwe regimentsdas met schuine strepen en een motief van wapenschilden, langzaam ging hij

83

naar haar toe, met iets strams in zijn loop, dat nu niet meer militair van aard was. Toen hij bij haar kwam zitten, legde zij een grote, sterke hand op zijn dij, waarbij de top van haar pink net niet zijn erectie raakte, of net wel; hij zette haar glas op de grond, drukte zijn mond op de hare, legde een hand op haar borst, en zonder dat hij daartoe had besloten verdwaalde zijn andere hand in het donkere woud tussen haar benen, die uiteen weken als sluisdeuren. Daar bleek zich opeens een tropisch moeras te bevinden, zoals hij die op Sumatra had gezien, en waarin hij nu allereerst met zijn bewustzijn wegzonk; zijn goede oog draaide omhoog en op hetzelfde moment greep zij met haar volle hand zijn penis, zoals men een hamer vastpakt. Toen haar vingers zijn eikel zochten, sloot hij steunend zijn ogen, terwijl haar lachje niet week, – nog niet. Maar opeens week het dan toch, even schudde zij nog krachtig aan zijn orgaan, waarbij haar gezicht van het ene moment op het andere veranderde in dat van iemand die ondraaglijke pijn leed; zij duwde hem van zich af, trok haar jurk tot haar middel omhoog en ging languit achterover liggen, waarop zij met haar middelvinger zichzelf begon te bewerken. Die aanblik was te veel voor majoor Werker. Bevend stond hij op, waarbij hij haar glas wijn omver schopte, maar terwijl hij anders zelfs bereid was ruzie te maken over een niet geleegde asbak, nu kon het hem niets schelen. Met bevende vingers probeerde hij zijn schoenen open te maken, maar dat lukte niet: omdat de veters oud en te glad waren had hij er een dubbele knoop in gelegd, die zich niet meteen liet ontwarren; volledig tegen zijn karakter in zette hij nu de punt van zijn ene schoen tegen de hiel van de andere en schopte ze uit. Hemd uit, broek uit, onderbroek uit, en naakt – dat wil zeggen, alleen zijn sokken nog aan – ging hij als een kat tegenover haar op de zijleuning van de bank zitten, zijn ogen gericht op de dingen die zij met zichzelf deed, aan zijn penis rukkend als ooit in zijn jongensbed. Wat een feest! Maar vervolgens gebeurde er weer iets nieuws. Zij deed haar ogen open, staakte haar activiteiten en keek hem aan. Daarop stak zij haar rechterhand op en met haar wijsvinger wenkte zij hem, zoals een schooljuffrouw een jongen uit de klas wenkt om voor het bord te komen. Hier gold het, te gehoorzamen, – maar als officier had Werker daar even min problemen mee als met bevelen. Hij kwam naar voren en in dezelfde beweging stuurde zij hem bij zich naar binnen, waarop zij haar benen tegen elkaar legde en met verdubbelde furie aan zichzelf begon te rammelen. Om haar daarvoor de ruimte geven, plantte hij zijn handen naast haar op de bank en drukte zijn bezwete bovenlichaam iets overeind. Haar gezicht had nu werkelijk de uitdrukking van een extatische heilige: haar ademhaling stond vrijwel stil, in uiterste inspanning waren haar ogen dichtgeknepen, haar schouders opgetrokken, haar gezicht opzij gedraaid, en uit haar getuite lippen begon een hoog, zacht geluid te ontsnappen, als een witte draad. Kwijl uit zijn eigen mond droop op haar wang en hij had al zijn kracht nodig om zelf niet klaar te komen, hij wilde het tot het eind toe zien. Zonder zich nog te bewegen, met trillende armspieren, op zijn rug de lange, overdwarse littekens als souvenirs uit Duitsland, keek hij hoe zij nu snel wegkolkte in een orgiastische baaierd, waaruit zij steeds harder begon te gillen, de ene golf na de andere overspoelde haar, de ene soms minder hevig dan de vorige, dan weer heviger, drie keer, zeven keer, twaalf keer... toen was het plotseling voorbij en het geluid stierf weg. Maar zij was hem niet vergeten. Zij draaide haar hoofd opzij, legde even later een hand op zijn achterste, omvatte met de andere zijn scrotum en begon het ritmisch te kneden, waarop Werker door zijn ellebogen zakte, op haar zachte boezem neerzonk en na een paar seconden op zijn beurt werd opgenomen in de branding.

'Moet ik oppassen?' kreunde hij.

'Nee, doe maar.'

Met een gevoel of zijn ziel gemolken werd, stompte hij even later plotseling met volle kracht in het kussen, vloog overeind, gaf met zijn hoofd in zijn nek een harde schreeuw en begon woorden te brullen in een taal uit een andere wereld:

'Jachin! Joach! Schetja! Omfa!'

Zijn handen begonnen te fladderen, het was hem alsof hij als een leeuwerik loodrecht het zwerk in vloog, daar even klapwiekend bleef hangen en vervolgens als een steen in haar terugviel. Weliswaar had hij geen twaalf maar toch drie of vier orgasmen achter elkaar, – uitgeput, onverstaanbare klanken murmelend, liet hij zich naast haar op de bank vallen en bleef liggen zoals hij terecht was gekomen.

'Zo ken ik het niet,' hijgde hij.

Zij lachte.

'Laten we er dan een gewoonte van maken.'

Hij nam haar hand in de zijne en gedurende een paar minuten lagen zij met gesloten ogen naast elkaar. De lijnen van haar handpalmen waren grijzig van de klei, die daar ook met borstelen niet uit te verwijderen was. Toen de telefoon ging kwam zij overeind.

'Pas op,' zei Werker, 'er liggen scherven.'

Met een grote pas stapte zij er overheen, tilde de hoorn van de haak en legde hem meteen weer neer.

'Wat doe je nu?' vroeg hij verbluft, draaide zijn benen van de bank en ging zitten.

'Dat zie je.' Op dat moment besefte Gretta dat het zaad nu misschien uit haar wegdroop, waarop zij meteen plat op de grond ging liggen.

'Er kan toch iets aan de hand zijn!' De majoor was alweer teruggekeerd in Ferdinand Werker – of andersom.

'Vast wel, maar hier zijn *wij* nu aan de hand. Je bent nu hier gemobiliseerd.'

'Wat lig je daar raar.'

'Ik kreeg opeens een flauwte.'

Zijn oog viel op zijn liezen, waar plotseling een grote knobbel zat.

'Moet je dit zien,' zei hij geschrokken.

Zij kroop naar hem toe, voelde tussen zijn benen en sloeg haar ogen naar hem op.

'Je zak is leeg, Ferdinand.'

Met een gevoel van beginnende paniek wreef hij over de knobbel, waarop de zak zich weer vulde.

'Hopla,' lachte zij.

En een maand later:

'Ferdinand? Ik heb een verrassing voor je. Ik ben in verwachting.'

Ofschoon het toch enigszins voor de hand lag, was het eigenlijk nooit bij hem opgekomen dat ook hij ooit een kind zou krijgen; hij kon zich er niets bij voorstellen. Baby's waren voor hem meelwormen in passerende kinderwagens, die allemaal net zo op elkaar leken als hun wagens. Kinderen waren, wat de jongens betreft, aankomende dienstplichtigen, terwijl het de taak van de meisjes was hen te baren. Maar nu het dan ook hem overkwam, nu zij het kennelijk er op had aangelegd die avond, had hij er vrede mee. Hij had zo veel mensen zien sterven, en ook wel doen sterven, dat hij ook wel iemand aan de bestaande voorraad kon toevoegen. De verdere logistiek liet hij aan Gretta over, de inrichting van de kinderkamer, de keuze van de kinderwagen, ten slotte kreeg zij in hogere mate een kind dan hij. Als tegenprestatie eiste hij voor zichzelf het recht op, de naam van het kind te bepalen, – maar dat recht verleende zij hem niet. Maand na maand, terwijl haar buik steeds dikker werd, kwamen zij er op terug.

'Nu weet ik het,' zei hij. 'Als het een jongen wordt, noemen we hem Willem-Alexander.'

'Wat is dat nu weer voor aanstellerij. Het lijkt wel de naam van een kroonprins.'

'Dat is hij toch?'

'En als het een meisje wordt, moet zij zeker Beatrix heten.'

'Ja, waarom niet?'

'Onzin. Als het een jongen wordt noemen we hem Tano, en als het een meisje wordt Trophima.'

'Over mijn lijk!'

'Je moet rekening houden met het ritme en de klank van de hele naam,' zei Gretta, 'volgens mij vergeten de meeste mensen dat. *Willem-Alexander Werker* – dat is toch een rommeltje, dat kan niemand uit zijn keel krijgen. Die r en die w achter elkaar, afschuwelijk. *Beatrix Werker* – ksw, hou toch op. Als de achternaam met een medeklinker begint, is 't het mooiste als de voornaam op een klinker eindigt, en omgekeerd natuurlijk. Pablo Picasso. Albert Einstein. Twee klinkers achter elkaar is ook niet mooi.'

'Winston Churchill. Anthony Eden.'

'Niet om aan te horen.'

'Wacht eens even,' zei hij. 'Aangezien Werker nu eenmaal met een medeklinker begint, en aangezien in beschaafd nederlands de meeste jongensnamen nu eenmaal op een medeklinker eindigen en de meeste meisjesnamen op een klinker, kan het dus volgens jou maar beter een meisje worden.'

'Het wordt niet iets, het is al iets, ik voel het trappen in mijn buik, alleen weet zelfs ik nog niet of het een jongen of een meisje is.'

De lijstjes die Gretta bijhield op ruitjespapier werden steeds langer, namen van al hun vrienden en kennissen verschenen er op, ook die van bekende personages, zelfs namen uit overlijdensadvertenties. Bij het naderen van de bevalling werden zij ingedampt tot twee keer tien namen, waaruit in elk geval gekozen moest worden. Deze definitieve lijstjes vertoonden de onoverbrugbare kloof tussen zijn gezagstrouwe neiging en haar exotische smaak:

Jongen

F	G
Lodewijk	Wibo
Frederik	Enzio
Reinout	Oebe
Matthijs	Edo
Willem-Alexander	Tano
Rudolf	Beike
Hendrik	Rode
Caspar	Menzo
Pieter	Melle
Diederik	Archibald

Meisje

Elisabeth	Milena
Catharina	Sjoerdje
Marijke	Cissy
Francisca	Anuschka
Beatrix	Trophima
Charlotte	Ludewei
Henriëtte	Naomi
Marjolein	Wanda
Astrid	Astra
Adelheid	Felice

'Je weet toch,' vroeg Werker, 'hoe de pygmeeën op Nieuw-Guinea hun kinderen noemen?'

'Hoe zou ik dat moeten weten?'

'Philishave. Ford V8. Is dat niks voor jouw lijstje?'

Toen zij het in de achtste maand nog steeds niet eens waren geworden, stelde hij een compromis voor: werd het een jongen, dan zou hij de naam mogen bepalen, werd het een meisje, zij.

'En waarom niet andersom?'

Ook dat werd dus niets – even min allerlei gecompliceerde uitruilsystemen met een tweede en een derde naam. Maar in de negende maand, toen de wieg al was opgemaakt en de luiers klaarlagen, kwam Gretta met een nieuw voorstel:

'Op deze manier komen we er niet uit. Weet je wat we doen? We verzinnen helemaal geen naam.'

'Lumineus idee. We vragen de baby straks hoe hij heet. Hij zal het zelf toch wel het beste weten.'

'Als het een meisje wordt, noemen we het naar jouw moeder, en als het een jongen wordt naar mijn vader.'

Hij zuchtte diep en zei:

'Dat is het.' Het kind zou dus Marlene heten of Victor, naar de man die hem in de ziekenboeg van Dachau het leven had gered. 'Marlene Werker. Victor Werker. Klinkt goed. Een jongen weliswaar met twee medeklinkers, rw, maar het is in elk geval een soort alliteratie – nog net iets mooier dan die van mij.'

Hij stak zijn hand uit en zij sloeg de palm van de hare er tegen, zoals boeren op de veemarkt. Omdat zij al een paar weken te moe was om te werken in haar atelier, waren haar handen voor het eerst sinds hij haar kende helemaal schoon.

Ondanks zijn twijfelachtige huwelijk met de dochter van een trotzkist, was Ferdinand Werker intussen bevorderd tot overste en zelfs benoemd tot garnizoenscommandant. Overal werden zijn bevelen langzamerhand gehoorzaamd, alleen thuis niet. Toen de uitgerekende dag naderde, gaf Gretta te kennen dat zij niet in een ziekenhuis wenste te bevallen, en tegen zijn zin had zij haar wil doorgedreven. Geïrriteerd door deze insubordinatie had de hoogedelgestrenge officier zijn rug gestrekt en haar strak aangekeken met zijn goede oog.

'En als er nu iets misgaat? In het ziekenhuis hebben ze meteen alles bij de hand.'

'Er gaat niets mis. Een kind krijgen is geen ziekte, – in tegendeel, zou ik zeggen.'

Half augustus, tien maanmaanden na hun uitbundige feest, tijdens een hittegolf, besloot Victor Werker dat het tijd werd om op te breken. De hele nacht was het kind al onrustig geweest in Gretta's buik; zij had een gevoel of zij ongesteld moest worden. 's Ochtends begon er een zekere regelmaat te verschijnen in de krampen, waarbij het was alsof zij opengetrokken werd door twee paarden met touwen.

'Ferdinand!' riep zij in paniek naar haar man, die beneden aan het ontbijt zat. 'Het is begonnen! Je moet me helpen!'

Een paar minuten later verscheen hij in de slaapkamer, in khaki uniform, drie rijen lintjes op zijn borst, in zijn hand het ochtendblad, waarin hij onderwijl las.

'Moet je dit nu toch weer horen,' zei hij, terwijl hij niet opkeek uit de krant. 'Die Soekarno heeft westelijk Nieuw-Guinea opgeëist, bij de viering van de zevende verjaardag van zijn zogenaamde Republiek Indonesië. Maar dat zal die schoft niet lukken.'

'Ferdinand, alsjeblieft...'

Wijdbeens, haar ontzaglijke borsten rustten op haar buik, zat zij op de rand van het bed, het laken om haar schouders; het was alsof de witte ballon van haar buik zodadelijk langzaam zou opstijgen, haar kantelend en wiegend meenemend, om dan zacht verend tegen het plafond tot stilstand te komen. Haar gezicht was op een vreemde, weerloze manier geopend, alsof het vroeger nooit bloot was geweest. Uit haar vagina droop wat bloederig slijm. Het was alweer warm; de ramen stonden open en van de binnenplaats kwam de heilige geur van versgebakken brood, vermengd met zoete vlagen van de koffiebranderij, een straat verderop. Tijdens elke wee bewoog zij haar bovenlichaam steunend voor- en achteruit, als in een oriëntaals gebed.

Het was ernst. Hij ging naast haar zitten en gedurende een half uur noteerde hij in de marge van de krant de weeën:

$$7{:}15{:}40 \rightarrow 7{:}16{:}30$$
$$7{:}19{:}20 \rightarrow 7{:}20{:}20$$
$$7{:}22{:}45 \rightarrow 7{:}23{:}40$$
$$7{:}26{:}40 \rightarrow 7{:}27{:}40$$
$$7{:}30{:}20 \rightarrow 7{:}31{:}25$$

$$7{:}33{:}55 \rightarrow 7{:}34{:}42$$
$$7{:}36{:}44 \rightarrow 7{:}37.09$$
$$7{:}38{:}30 \rightarrow 7{:}39{:}11$$
$$7{:}42{:}38 \rightarrow 7{:}43{:}40$$
$$7{:}46{:}08 \rightarrow 7{:}47{:}08$$

'Nu geloof ik het wel,' zei hij en stond op. 'Om de drie minuten een wee van een minuut. Ik ga de vroedvrouw bellen. Hoe heet ze ook alweer?'

'Mevrouw Bloch.'

Nadat mevrouw Bloch hem had aangehoord, zei zij dat het kind vandaag kwam, maar voorlopig nog niet; eerst ging zij op haar gemak ontbijten, want het was laat geworden gisteravond. Vervolgens belde hij zijn bureau, het garnizoen moest het vandaag maar zonder hem stellen. De sergeant-majoor, die op het punt stond hem af te halen met de jeep, zag in dat het landsbelang hier natuurlijk moest wijken: de russen zouden vandaag wel niet komen.

Werker had mevrouw Bloch niet eerder ontmoet; toen zij tegen half tien verscheen, schrok hij van haar. Een kolossale, ongeacht het hoogzomerse weer volledig in het zwart geklede gestalte, die het licht in de deuropening bijkans verduisterde: diepzwart haar, een felwitte lok bij haar linker slaap, groot, wilskrachtig gezicht, op haar bovenlip de schaduw van een snor, – een vrouw als een kerel, die beslist niet van plan was zelf ooit zwanger te worden. Verontrust vroeg hij zich af met wat voor bezigheden zij het gisteravond zo laat had gemaakt. Zij op haar beurt had ook hem snel van top tot teen opgenomen.

'Kijk eens aan,' zei zij, 'de aanstaande vader heeft zich gekleed voor de gelegenheid.'

Onmiddellijk vulde zij het hele huis met haar aanwezigheid. Zij waste haar handen, luisterde met een stethoscoop naar de hartslag van het kind, stak zonder omslag haar vingers in Gretta's vagina, constateerde een ontsluiting van drie centimeter en was even later weer verdwenen, op weg naar een andere bevalling, niet ver hier vandaan. Voor het eerst drong het tot Werker door, dat overal in de stad onophoudelijk kinderen ter wereld kwamen, ter vervanging van de stervenden, – een achter muren verborgen, onnoemelijk proces, een vliegwiel met het vermogen van de aarde die om de zon draaide. Met steeds luider gekreun kwamen de weeën nu om de minuut, Gretta elke keer uitgeput achterlatend, als een bundel druipend, uit zee opgehaald wier. Was er nog maar een vrouw in huis! Hij bette haar gezicht met een nat washandje en blies haar koelte toe met de föhn in de koude stand. Waar bleef mevrouw Bloch? Gretta zag zijn hulpeloosheid, maar zij kon hem niet bijstaan. Het was haar of zij uit twee verdiepingen bestond: op de bovenste nam zij alles waar wat er om haar heen gebeurde, op de onderste was zij uitsluitend bezig met het reguleren en het beheersen van de pijngolven, die haar overvielen. Misschien was er nog een kelderverdieping, waarin zij aanwezig was bij haar kind, maar dat wist zij niet.

Na een half uur belde mevrouw Bloch en informeerde hoe het er mee ging. Zij was niet erg onder de indruk van Werkers verslag; het beste, zei zij, kon mevrouw Werker nu onder een lauwe douche gaan zitten. Werker trok zijn uniformjas uit, zette een houten keukenstoel in de douchecel, rolde zijn mouwen op, regelde de kranen en ondersteunde Gretta's kolossale gestalte naar het water, dat op de stoel plensde. Die aanblik deed haar even denken aan een dadaïstische *readymade*, van Marcel Duchamp, of van Man Ray, met een mallotige titel als 'De kluizenaar verbiedt de Niagara, ook'. Terwijl er weer een wee kwam, ging zij schrijlings zitten, haar armen gekruist op de rugleuning.

'Te heet!' zei zij, terwijl zij een afwerende beweging naar de douchekop maakte.

Hij draaide de koudwaterkraan wat verder open en hield zijn hand in het water.

'Zo goed?'

'Ja.' Zij legde haar voorhoofd op haar armen. 'Laat mij nu maar even.'

Beneden stond zijn onderbroken ontbijt met het half leeggegeten ei. Hij nam een krakende hap van een koud en hard geworden snee toost, ging voor het open raam staan, trok zijn das los en stak een sigaret op. De hitte trilde alweer over de stad, in de verte was de rivier veranderd in een lint verblindend zilverpapier; het was alsof het de stad zelf was die de mateloze blauwe koepel schiep. De kreten van Gretta, nu nog eens versterkt door de tegels van de badkamer, herinnerden hem aan de martelingen die hij had bijgewoond. Zijn hele leven mocht dan min of meer in het teken van de dood staan, hij kon de pijn die zij leed nauwelijks nog verdragen, – ofschoon het toch, om zo te zeggen, geen negatieve maar positieve pijn was, in dienst van het leven. Dat was de wereld van de vrouwen, en als man had hij daar geen ervaring mee, ook al was hij zelf vijfendertig jaar geleden de pijniger van zijn eigen moeder geweest.

'Ferdinand!'

Met drie treden tegelijk sprong hij de trap op. Schreeuwend van pijn probeerde Gretta van de stoel te komen.

'Wat is er?'

'De geiser is uit!'

Snel draaide hij de kranen dicht, sloeg een badjas om haar schouders en hielp haar overeind: haar huid was koud, haar haren leken natter dan wanneer zij in de zomer uit zee kwam. Terug op de rand van het bed wachtte zij op de volgende wee, maar die bleef uit. Het proces was verstoord. Dat gaf haar een gevoel van opluchting, nu kon zij een beetje uitrusten, maar zo kon het natuurlijk niet blijven: het kind moest er uit.

'Ik heb zo'n koude voeten.'

Hij haalde twee hardrode wollen sokken uit de kast, knielde neer en deed ze haar aan. Pas een half uur later kwam er weer een wee.

'Dit kan zo toch niet blijven,' zei Werker. 'Konden we mevrouw Bloch maar bereiken. Zal ik niet liever de dokter bellen?'

'Overdrijf niet zo. Het komt allemaal best in orde.'

Ook de volgende wee liet weer een half uur op zich wachten. Om kwart voor een belde mevrouw Bloch eindelijk, hoorde over de koude douche, zei 'Mooie boel' en een kwartier later had zij weer bezit genomen van het huis.

'Ik zou de vliezen kunnen breken,' zei zij op onheilspellende toon, 'maar dat doe ik alleen in het uiterste geval. Laten we het nog maar even aanzien. Om een uur of drie ben ik er weer. Eerst nog even een tweeling op de wereld helpen.'

Gretta zag dat Ferdinand begon te wennen aan het steunen en jammeren. De weeën kwamen nu met hypnotische regelmaat, waardoor zij het gevoel van tijd verloor; steeds als de pijn wegebde keek zij hem op de rand van het bed uitgeput en bezweet aan, met een ontstegen uitdrukking in haar ogen. Ook zag zij, dat hij zich na een half uur zelfs moest bedwingen om niet te lachen bij het opkomen van een volgende wee, zo voorspelbaar en machinaal was het, alsof zij was veranderd in een klok.

'Volgens mij begin je je te vervelen,' zei zij. 'Ga maar iets doen, je kunt me toch niet helpen.'

Dat hoefde zij geen twee keer te zeggen. Kennelijk ging hij aan een rapport werken, want wat later hoorde zij het ratelen van zijn schrijfmachine, onderbroken door de schelle bel aan het eind van een regel en de knersende ruk waarmee hij de wagen terugduwde, – maar die vertrouwde geluiden waren opeens onverdraaglijk: als messen die over een bord krasten.

'Hou op! Hou in godsnaam op!'

Na een uur begon zij rugweeën te krijgen, die nog pijnlijker waren. Zij vroeg hem, met allebei zijn handen stevig op haar nierstreek te drukken; omdat hij

geen kracht kon zetten trok hij zijn schoenen en sokken uit, ging achter haar met zijn rug tegen de muur
zitten, plantte zijn voeten tegen haar middel en duwde
zo stevig hij kon. Zij moest zich schrap zetten om niet
op de grond geduwd te worden, maar het hielp. In de
tussenpozen, als het kermen een paar minuten wegstierf, zag zij hem in de spiegel van de kleerkast zitten
in zijn nieuwe rol, als op een bobslee, gekleed in de resten van zijn uniform.

'Neem me niet kwalijk wat ik je aandoe, Ferdinand, maar jij hebt mij nog meer aangedaan.'

'Vrouwen krijgen kinderen,' knikte hij, 'mannen
niet.'

Zij moest denken aan een gebeurtenis uit haar
vroege jeugd, toen zij een jaar of vijf was, in 1932, en
zij wilde het hem vertellen, maar een nieuwe wee
voorkwam het. Daarna was zij het vergeten.

Met haar moeder ging zij op kraamvisite bij haar
tante, die een kind had gekregen. Naast de wieg met
de baby lag haar tante in bed.

'Bent u ziek?' vroeg zij.

'Helemaal niet. Hoezo?'

'Waarom ligt u dan in bed?'

Nog zag zij haar moeders gezicht, dat op haar
neerkeek.

'Omdat de ooievaar in tantes been heeft gepikt.'

Meteen had zij de gebeurtenis voor zich gezien. De
ooievaar die plechtig door het raam naar binnen
vloog, de baby in zijn snavel, in een soort mitella, zoals dat op de geboortekaart te zien was geweest. Haar
tante die voorzichtig de baby er uit haalde, maar ken-

nelijk toch tegen de zin van de ooievaar, die plotseling in de aanval ging. Tante in gevecht met de ooievaar, fladderende vleugels, rondstuivende veren, tante die de baby achter haar rug hield en naar de ooievaar schopte, en toen opeens een welgerichte pik van de lange snavel in haar been. De vogel sloeg op de vlucht en hevig bloedend moest tante naar bed – maar zij had gewonnen: zij had de baby!

'En hoe is het met de tweeling afgelopen?' vroeg Werker, terwijl hij mevrouw Bloch op blote voeten voorging naar de slaapkamer.

'Slecht. Bleek een drieling te zijn.'

Het kostte hem een paar seconden, dat antwoord te doorgronden.

'Alles goed met iedereen?'

'Tot nu toe wel. Het zijn spichtige zevendemaands kindjes, hopelijk halen ze het.'

Op de drempel bleef mevrouw Bloch even staan en knikte goedkeurend bij de aanblik van de uitgeputte Gretta.

'Zo zie ik het graag.'

Even later toucheerde zij weer, keek schuin omhoog naar de droogbloemen op de kleerkast en zei:

'Acht centimeter. Moet nog iets meer worden.'

Opgelucht dat een vrouw de leiding had genomen, ging Werker naar de keuken, gooide een paar handen water in zijn gezicht en zette de fluitketel op het gas. Nadat hij zijn sokken en schoenen weer had aangedaan, nam hij de kubusvormige koffiemolen tussen zijn knieën, draaide de weerbarstige slinger en dacht: als het er op aankomt, vormen niet de mannen maar de vrouwen het sterke geslacht. Nu was hij het, een hoofdofficier, die in de keuken stond. Terwijl hij bij het fornuis een dunne straal heet water op het filter liet lopen, ging de bel en er verscheen een tweede vrouw: een knap meisje van begin twintig, dat zich voorstelde als Elly, de kraamverpleegster. In alles was zij een tegen-Bloch, blond, frêle, gekleed in een roomkleurige overhemdjurk. Hij wilde haar de slaapkamer wijzen, maar zij zei:

'Ik ga wel op het steunen af. Maakt u maar alvast beschuit met muisjes klaar.'

Beschuit met muisjes! Zij aten nooit muisjes, maar hij vond ze in een kast boven het aanrecht, kennelijk al ingeslagen door Gretta. Hij smeerde vier beschuitjes en ging met een dienblad naar boven. Op de drempel bleef hij staan en keek naar het tafereel.

'Ik moet poepen,' kreunde Gretta. Achterover lag zij op bed, haar benen gespreid, de knieën opgetrokken, in de vorm van een M. Hij zag dat zij het eind van haar krachten naderde: zijn grote, sterke vrouw was veranderd in een hulpeloos schepsel, druipend opgehaald uit zee.

'U moet helemaal niet poepen,' zei mevrouw Bloch. 'U moet persen. Perst u maar mee.'

Elly had intussen de wieg naar binnen gerold. Al een paar weken stond het toestel leeg in de toekomstige kinderkamer, meer als het overblijfsel van een gestorvene dan in afwachting van een ongeborene; nu werd het met kussentjes en lakentjes opgetuigd als een kerstboom. Werker zette het dienblad neer en ging op de vensterbank zitten, met gekruiste armen en over elkaar geslagen benen. Hij voelde zich totaal overbodig; dat hij misschien toch beter naast Gretta kon gaan zitten, met een arm om haar schouders, kwam niet in hem op. Terwijl de persweeën nu om de paar minuten optraden, keek hij naar Elly, die kleertjes op de commode klaarlegde. Zonder dat hij het wist, had Gretta die dus gekocht, – kleren voor iemand die er nog niet was: kleren zonder keizer!

Pijn, puffen, wachten, luisteren, pijn, aanmoedigingen, de koffie werd koud, de beschuitjes bleven onaangeroerd, en na een uur zei mevrouw Bloch:

'Het duurt te lang. Het is nu vier uur. U bent al een uur aan het persen, het schiet te weinig op. Als het zo doorgaat zitten we hier om acht uur nog.'

'Nee!' schreeuwde Gretta. 'Dat heb ik niet meer! Ik doe zo mijn best, ik kan niet meer! Het doet zo'n zeer, godverdomme! Niet nog vier uur!'

Werkers ogen werden plotseling vochtig. Hij knielde bij haar neer, legde een hand tegen haar wang en zei:

'Volhouden, Gretta, je moet volhouden.'

'Ik kan niet meer! Ik wil weg, godverdomme! Ik ga naar Amerika! Doen jullie het zelf maar!'

Mevrouw Bloch kwam overeind en wierp een klinische blik op Gretta.

'Waar kan ik hier telefoneren?'

Werker bracht haar naar de woonkamer.

'Wat gaat er gebeuren?'

'Ik laat een ambulance komen.'

Toen tien minuten later de bel ging, hadden de twee vrouwen Gretta provisorisch aangekleed, onderbroken door weeën waarbij zij zich nu volledig liet gaan, met krijsende, beestachtige uithalen. Zij had het opgegeven, zij hoorde nauwelijks nog wat er tegen haar gezegd werd, – maar toen de twee ziekenbroeders met een brancard in de kamer verschenen, zei haar technische instinct haar dat de trap te steil was om naar beneden gedragen te worden, in een hoek van zeventig graden.

'Donder op met dat ding! Ik ga lopen!'

Voetje voor voetje, ondersteund door Werker en een broeder, ging zij de treden af, voorafgegaan door de broeder met de brancard, gevolgd door mevrouw Bloch en Elly met een tas kleertjes. Op het moment dat zij buiten kwam, begon zij weer zo hard en doordringend te gillen dat iedereen ontzet bleef staan, rondom in de ramen verschenen verschrikte gezichten, – in al die eeuwen dat het bestond, hadden op het kleine plein zulke kreten niet weerklonken. Ook Werker had nog nooit een vrouw zo horen gillen, zelfs niet in Duitsland. Wie was zij? Wat schreeuwde daar door haar heen? Snel werd zij op de brancard gelegd, vastgesnoerd en in de auto geschoven; even later reden zij met sirene en zwaailichten door de bochtige straten, alles en iedereen opzij jagend.

En weer slaagde Gretta er in, op het juiste moment paniek te veroorzaken. Nauwelijks was zij de centrale hal van het hospitaal binnengerold, waar herstellende patiënten in kamerjassen en op pantoffels koffie dronken en koekjes knabbelden met hun bezoek, of zij begon weer te loeien vanuit een domein dat zich ergens in het pleistoceen moest bevinden. Werker, in zijn slordige uniform, zonder pet, maakte een gebaar dat hij er ook niets aan kon doen; in een lift, groot genoeg voor brancards en doodskisten, gingen zij naar boven. Bij de behandelkamer werden Gretta en de twee vrouwen doorgelaten, maar toen hij hen wilde volgen werd hij tegengehouden door een grijzende hoofdzuster.

'U kunt daar in de wachtkamer plaatsnemen.'

'Ik wil er bij zijn,' zei Werker beslist.

'Het spijt mij, dat is niet gebruikelijk.'

Daarop keek Werker haar aan met die blik, waarmee hij nog kortelings op Java al te weerspannige kamponghoofden placht aan te kijken. Dat was afdoende. Zij deed een stap opzij en liet hem door.

'Ik wil een keizersnede!' schreeuwde Gretta. 'Haal het weg! Haal het in godsnaam weg, godverdomme!'

De arts, een lange, grijzende dame die eerder op een bibliothecaresse leek, geflankeerd door twee verpleegsters, keek haar koeltjes aan.

'Als u de energie van dat geschreeuw nu eens gebruikt om te persen, mevrouw.'

Kennelijk had zij overwicht op haar. Ondersteund door mevrouw Bloch deed Gretta wat zij kon, maar het leidde tot niets. Werker zat aan de andere kant van het bed naast haar, hij ving iets op van een 'vacuümverlossing', zijn hoofd liep om, hij zag dat er een catheter in Gretta werd gestopt om haar blaas te ontlasten, de dokter gaf haar een injectie ergens bij de schaamlippen, – en plotseling begonnen toen de echte persweeën, waarbij zij nu ook niet meer schreeuwde. Tot Werkers ontzetting verscheen even later tussen haar benen een besmeurde, kleverige klomp afval zonder gezicht. Hij verstarde. Maar even later, floep, bleek het toch een baby te zijn; het gezicht zat aan de andere kant, vormeloos glimmend, als een overvaller met een nylonkous over zijn hoofd. Toen de dokter de vliezen had verwijderd, werd er door iedereen geapplaudisseerd, Elly begon zelfs te juichen.

'Het is een jongen,' zei mevrouw Bloch en legde het kind voorover op Gretta's buik. Terwijl een verpleegster een doek over hem heen vlijde, zei zij:

'Wat een reus.'

Werker gaf een kus op Gretta's wang, die zij niet beantwoordde.

'Hij is aan het poepen!' lachte zij, alle ellende op slag vergeten.

'Het is,' zei de dokter en keek op haar horloge, 'tien over vijf in de middag, twintig augustus negentienhonderdtweeënvijftig.' Zij zei het op een toon, alsof zij er nog aan wilde toevoegen: '...na Christus.' Zij trok haar handschoenen uit en gaf Werker een hand.

'Ik veronderstel dat u de vader bent. Gefeliciteerd. Hoe heet hij?'

'Victor,' stamelde Werker. Al die maanden had hij gedacht, dat hij 'een' kind zou krijgen, nu zag hij opeens dat hij niet 'een' kind had gekregen, maar *dit* kind. Nooit had hij vroeger 'een' kind willen hebben, en dat was dus ook niet gebeurd.

Toen een verpleegster een paar minuten later de navelstreng met een hemelsblauwe klem had onderbonden, reikte de dokter hem een schaar met korte, gebogen bladen.

'Gaat uw gang.'

Werker stond op en zette enigszins trillend de schaar aan, zorgvuldig kijkend wat hij deed, want met zijn ene oog kon hij geen perspectief zien. Hij moest kracht zetten, het was alsof hij een taaie caoutchouc slang doorknipte: *krak*.

Akte B

DE ZEGSMAN

de tranen van de dood
de maden van kristal
Lucebert, HET VLEES IS WOORD GEWORDEN

Vijfde stuk
Eerste schrijven

UNIVERSITY OF CALIFORNIA, BERKELEY
DEPARTMENT OF BIOLOGY

12 januari 1994

Lieve Clara!

Ja, ik weet het, ik heb bezworen je niet meer op te bellen, maar over schrijven hebben wij niets afgesproken. Deze zending is dus geen woordbreuk. Bovendien is dit schrijven niet aan jou gericht, maar aan onze kleine Aurora, die het niet lezen kan. Het is een afschrift. Misschien verheldert het ook voor jou sommige dingen.

Victor

***

Zondag 2 januari. – Vanochtend was ik in San Francisco getuige van een voorval dat mij niet loslaat. Market Street is een brede, drukke straat, die schuin door het rechthoekige stratenpatroon loopt, net als Broadway in New York. Voor een oud huis, kennelijk zonder lift, stond een hoge heftruck die een jongen in een invalidenwagen naar de tweede verdieping hees. Naast hem stond een zwarte verpleegster in een grasgroen uniform. De jongen was een jaar of tien, een been was afgezet en hij was helemaal kaal, zijn huid blauwach-

109

tig wit, glazig als een gekookt kievitsei. Wat hij uitstraalde was niet een meelijwekkend kankerpatiëntje,
maar met de blik van een farao rees hij omhoog als
naar een andere wereld, – terwijl op het brede trottoir, onder hem, twee reusachtige zwarte jongens met
een stuiterende bal speelden. Ik kon geen stap meer
verzetten. Als een kogel boorde het tafereel zich in
mijn ziel. Wilde men hem thuis laten sterven? Die
krachteloze jongen, die twee gespierde jongens... wie
had de meeste kracht? Ik kan niet beschrijven wat er
in mij omging, maar op hetzelfde moment wist ik dat
ik jou dit wilde vertellen, Aurora.

Ik schrijf dit op de campus in Berkeley, aan de andere
kant van de baai. De paden en grasvelden baden in de
californische winterzon, in de bosjes buitelen de eek-
hoorns, dat zou je moeten zien. De administratie- en
collegegebouwen en de laboratoria zijn wit en classi-
cistisch, er staat een campanile, in het klein nageaapt
van die op de Piazza San Marco in Venetië, en daar-
tussen een aantal blokhutachtige houten bouwsels,
nog echt Wild West, waarin de faculty clubs gevestigd
zijn. Alles is groen en overal hier op Lower Sproul
Plaza hangen studenten rond, de meesten met grote
kartonnen bekers in hun handen, waaruit zij drinken;
zelfs als zij voorbijstuiven op roller skates, met walk-
mans op hun hoofd, drinken zij. Amerikanen drinken
eeuwig en altijd; als in een amerikaanse film iemand
thuiskomt, is het eerste wat hij doet zich iets inschen-
ken. Dat is denk ik nog steeds de nadorst van de grote
drooglegging; misschien is het hun manier om aan ge-

schiedenis te doen. Ik zit nu op een bank in de zon, mijn laptop op mijn schoot, en ik rook een sigaret. Dat betekent hier, dat ik met groter afkeer word bekeken dan een AIDS-patiënt, ofschoon die ziekte hier toch min of meer is uitgevonden – als we even afzien van afrikaanse apen. Wat zeg ik: afkeer? Wie AIDS heeft is hier bijkans heilig, maar wie rookt is een moordenaar van zichzelf en anderen. Ik heb trouwens een theorie over die anti-rookhysterie, die ik mijn studenten soms voorleg, waarna zij heel zeker weten dat ik niet goed bij mijn hoofd ben. Nadat zij de indianen hebben uitgemoord, moet nu ook de laatste herinnering aan hen worden uitgewist, en dat is dus het roken, hun geschenk aan de mensheid. Want wat rookten zij? De vredespijp. Daarom was ook Hitler zo tegen het roken.

Enfin, het leven hier heeft ook voordelen. Het klimaat bij voorbeeld. Zomer en winter, altijd is het aangenaam weer, nooit te warm en nooit te koud. En het feit dat vrijwel iedereen in Berkeley zo'n beetje een genie is. Ik meen dat hier tien Nobelprijswinnaars doceren, maar ook als student moet je hier aan eisen voldoen die in Nederland een golf van democratisch-egalitaire verontrusting teweeg zouden brengen. Bij ons wordt de spanning van de ketting aangepast aan de zwakste schakel, hier aan de sterkste. Op een of andere manier straalt ook het geweld van het achterland af op deze universiteit: de nucleaire laboratoria, het elektronische Walhalla in Silicon Valley. Je begrijpt dus, dat ik er heel tevreden mee ben dit semester hier Regent's Lecturer te zijn. Ik ben volkomen vrij, ik doe onderzoek in het lab, geef nu en dan een college, en als ik advies nodig heb schiet ik een of ander superbrein in een korte broek aan.

Maar vooral geven deze maanden, ver weg van Europa, mij de gelegenheid met mijzelf in het reine te komen, en dus met mama. Je kunt nog zulk belangrijk werk doen, als de situatie thuis niet deugt heb je er niets aan. Ik moet denken aan een opmerking van Kierkegaard over het wereldomvattende systeem van Hegel: – Wat heb je aan een paleis als je zelf in een schuur er naast woont?

Vanochtend heb ik dus de BART naar San Francisco genomen, – zo heet de ondergrondse hier, – om je grootmoeder gelukkig nieuwjaar te wensen; gisteren was zij bij een van haar opdrachtgevers in Sausolito. Zij woont en werkt in een klein appartement in de binnenstad, niet ver van Union Square, waar de mooie winkels zijn en het gebouw van Frank Lloyd Wright, dat hij naderhand op groter schaal heeft herhaald voor het Guggenheim Museum in New York. Dit zeg ik er bij omdat het eerste wat zij ondernam, toen zij hier zestien jaar geleden arriveerde, een wandeling naar dat ronde gebouw was, met de omhoogspiralende omgang, die je eventueel te paard zou kunnen bestijgen. Ik herinner mij nu trouwens, en mama weet het ook nog wel, want wij waren er samen, dat in de campanile op de Piazza San Marco ook zo'n opgang voor ruiters is. God weet, misschien heeft Sigmund Freud het in zijn ondoorgrondelijke wijsheid zo geregeld, dat mijn moeders belangstelling voor architectuur er toe heeft geleid dat ik verslingerd raakte aan een binnenhuisarchitecte, jouw moeder.

Je merkt, ik schrijf maar raak, want zo is mijn stemming op het ogenblik. In mijn wetenschappelijke werk komt alles aan op nauwkeurigheid, tot op de letter en het kleinste symbool, daarom veroorloof ik mij nu deze nonchalance. Hoe het zij, wij hadden afgesproken in het Saint Francis Hotel, en daar, in die uitbundige lobby met marmeren zuilen, die amerikaanse koortsdroom van macht en rijkdom, die in tientallen films te zien is, vertelde zij mij iets verbazingwekkends. Ik dacht dat ik wel zo'n beetje alles wist over mijn familie, maar nu kreeg ik iets te horen waar mijn mond van openviel. Ik heb drie broers! Dat wil zeggen, geen echte broers, ook geen bloedbroeders, maar zoiets als melkbroeders. Omdat mijn moeder bij mijn geboorte te veel melk had, vroeg de vroedvrouw of zij de overtollige portie wilde afstaan aan een drieling, zevendemaands kindjes, die dezelfde dag als ik geboren waren. Het gevolg was dat je grootvader, toen ik meen nog overste bij de landmacht, elke dag je grootmoeder moest melken – 'kolven' heet dat, geloof ik.

Wat vind je van zoiets? Zij vertelde het heel onaangedaan, verbaasd eigenlijk alleen over mijn verbazing. Daar zat zij, een grijze dame van 66 jaar, in een wijd zwart gewaad, met veel kettingen, ringen en armbanden, zoals het een beeldhouwster past, haar borsten nog steeds groot en rond. Zij had er eenvoudig nooit aan gedacht mij dat te vertellen – was het dan zo belangrijk? Nee, voor haar misschien niet, maar voor mij wel. Met al haar ruime belangstelling, vooral voor artistieke dingen, heeft zij dit soort nieuwsgierigheid van mij nooit begrepen; van mijn vader heb ik het ook niet, dus is het mijn eigen mutatie.

'Waarom vertel je me dat nu pas, mama?'

'Is het zoiets bijzonders dan?'

'Natuurlijk is het dat! Ik ga onmiddellijk proberen, die drieling op te sporen. Die zijn nu dus ook eenenveertig jaar oud.'

Zij haalde haar schouders op.

'Ik dacht dat een geleerde als jij andere dingen aan zijn hoofd heeft.'

'Maar die kinderen hebben in hun eerste weken toch dezelfde melk ingedronken als ik, dan moet er toch iets gemeenschappelijks zijn tussen ons. Dit zeg ik nu als geleerde.'

'Je doet maar.'

'Weet je nog, hoe die familie heette?'

'Natuurlijk niet.'

'Ik hou je in elk geval op de hoogte.'

'Hoeft niet. Ik denk liever aan mijn kleinkind.'

Het is waar, ik doe maar, dat is eigenlijk altijd mijn leidraad geweest. Vandaag nog, uiterlijk morgen zal ik een brief schrijven naar de Burgerlijke Stand in Nederland, waarin ik ze de zaak uitleg en om nadere informatie verzoek; dat moet niet moeilijk zijn. Intussen heeft dat gesprek met mijn moeder mij plotseling teruggestuurd naar mijn jeugd, waaraan ik zelden pleeg te denken.

En weet je wat mij opeens opvalt? Dat mijn leven vrijwel exact parallel loopt met de ontwikkeling van

114

mijn eigen onderzoeksterrein, – althans wanneer ik het laat beginnen op het moment dat ik mijn eerste woorden leerde spreken. Ook filosofisch is daar denkelijk wel wat voor te zeggen: het leven begint met spreken, zoals de mens zich door te spreken onderscheidt van het dier. Ik ben geboren in 1952, maar mijn filosofische geboorte vond dus in 1953 plaats: het cruciale jaar in de microbiologie. Toen stelden Watson en Crick hun model van het DNA-molecule op, de beroemde *double helix*. Desoxyribonucleïnezuur, zoals het in het nederlands heet, is een anorganisch molecule dat fungeert als informatiedrager. Het is de essentie van alle leven. Daar, op dat allerdiepste niveau, is er niet alleen geen enkel verschil meer tussen mensen onderling, joden en antisemieten bij voorbeeld, maar ook niet tussen mensen en muizen en geraniums en AIDS-virussen. In elke celkern van jouw lichaam, Aurora, zit de genetische informatie voor de bouw van je hele lichaam, van de kleur van je ogen en de vorm van je oorschelp tot de constructie van je kleine hart: een boek van een miljoen dichtbedrukte bladzijden – dat komt overeen met zo'n vijfhonderd Bijbels met elk drieëneenhalf miljoen letters. En dat dus honderd triljoen keer. Een collega van me, David Suzuki, heeft eens uitgerekend, dat een volledige set van het tot een onontwarbare knoop verstrengelde DNA in een menselijke celkern – het zogenaamde 'genoom' – ruim tweeëneenhalve meter lang is als je het recht kon trekken; en dat alle DNA van al je cellen bij elkaar een lengte heeft van een miljoen keer naar de maan en terug.

Diezelfde James Watson, die naderhand een beslissende rol in mijn leven heeft gespeeld, is overigens ook hier in Berkeley. Nu en dan spreek ik hem en minzaam hebben wij elkaars lof in ontvangst genomen. Zelf voert hij niet veel meer uit; onderzoekers die meer dan één cruciale ontdekking op hun naam hebben staan komen vrijwel niet voor, al zijn er uitzonderingen, zoals Frederick Sanger, ook een biochemicus, die twee keer de Nobelprijs voor scheikunde heeft gekregen. Daar klamp ik mijzelf dan maar aan vast. Ik doe mijn werk met de mummies nu in elk geval zo alsof ik nooit iets anders heb gedaan.

Verder werd in mijn filosofische geboortejaar een opzienbarend experiment genomen, waarmee ik ook veel te maken heb. Uitgelokt door een sovjetgeleerde, Oparin, vond in de jaren veertig een discussie plaats over hoe het leven op aarde was ontstaan. Zijn motief was natuurlijk om – na Darwin – God nog definitiever uit te schakelen. Iedereen was het er over eens, dat bij het ontstaan van het leven een hoofdrol werd gespeeld door twintig aminozuren, de bouwstenen van eiwitten, maar hoe waren die tot stand gekomen? Een brutale student, Stanley Miller, dacht toen het soort geniale gedachte dat niet in het hoofd opkomt van een verstandig mens: laat ik het eens uitproberen. Met het soort scheikundig instrumentarium dat elke leergierige puber op zolder heeft staan, bootste hij de vermoedelijke conditie van de toenmalige aardse atmosfeer na, met waterstof, methaan, ammonia, bliksem, enz., hij liet de vonken door zijn mengsel spatten, – en wat denk je? Al na een week kon hij de vorming van allerlei essentiële aminozuren aantonen. Zelf mag ik ook niet mopperen met mijn eobiont (ten slotte heeft zelfs de paus de mensheid voor mij gewaarschuwd), maar die blinde eenvoud van Miller slaat mij met ontzag.

Zo ziet mijn wetenschappelijke geboortehoroscoop er dus uit. Ik *ben* de moderne microbiologie, om zo te zeggen. En om dit nu nog even door te zetten: in het jaar 1956, toen mijn moeder mij leerde lezen en schrijven, – de volgende stap na het spreken, – werd mama geboren.

Dinsdag 4 januari. – Het is avond. Ik zit op het balkon van mijn kamer, iets buiten de campus. Aan de overkant van de straat is een soort pizzeria, Panini, die gedreven wordt door Jeffrey Moussaief Masson. Dat is een sanskritist, een knappe, charmante man, die overhoop ligt met de internationale psychoanalytische beweging. Hij stond op de nominatie om heel hoog te worden in die club; maar nadat hij, naar men zegt, in Londen onder Anna Freuds bed was gekropen om geheime brieven van haar vader te zoeken en bovendien een nogal ontluisterend boek over hem had geschreven, brak de psychoanalytische hel los. 'Panini' betekent hier overigens niet 'broodjes', zoals iedereen denkt, maar het is, zoals hij mij vertelde, de naam van een vermaard indisch grammaticus uit de vijfde eeuw v. Chr. Het is druk, ook op straat zitten de terrassen vol, studenten en professoren, alles door elkaar. Het is hier zoiets als de intellectuele navel van de wereld, wat nog benadrukt wordt door de ontelbare haveloze gekken die hier rondlopen, schreeuwende freaks, catatone zombies op de straathoeken: het is of de genieën hun extra verstandelijke vermogens uit hen weggezogen hebben. De kakofonie van de straatmuzikanten maakt de zoele avond nog voller. Ik had een rustig huis in een buitenwijk kunnen krijgen, of de mooie grote kamer in de Men's Faculty Club, maar ik zit liever in het gedoe. Voor de deur staat mijn open witte Cadillac, die ik heb overgenomen van Noam Chomsky, de linguïst.

Ik ga nog even door, deze losse schrijverij bevalt mij goed. Misschien ben ik trouwens wel een gemankeerd schrijver. Toen ik een jaar of dertien was wilde ik romanschrijver worden, maar daar was van het begin af aan iets mis mee. Ik was niet zo zeer geïnteresseerd in literatuur, want ik las vrijwel nooit romans of gedichten, maar in schrift. Of, preciezer: in ontcijferen. Urenlang kon ik met opa rebussen maken en oplossen: een huis tekenen en daarnaast schrijven: $h = m$. Een boek over de vondst van de Dode-Zeerollen vond ik spannender dan een jongensboek. Ergens had ik ook een boekje over egyptische hiëroglyfen op de kop getikt en gedurende een paar maanden probeerde ik ze onder de knie te krijgen, terwijl andere jongens op school en op straat revolutie maakten. Die moeite is niet helemaal vergeefs geweest, die hiëroglyfenstudie bedoel ik, want als ik nu een egyptische tekst onder ogen krijg, weet ik er heel vaag toch wel iets mee te beginnen; ik ken een paar honderd van die tekens, en dat komt mij momenteel goed van pas. Wat mij er aan boeide, en eigenlijk nog steeds, was dat het beeld-

tekens zijn en geen abstract-geometrische letterte-
kens: er gelden geen spellingregels voor, uitsluitend
esthetische overwegingen. Maar tegenwoordig heb ik
alleen nog met letters te maken – een praktisch oneindig aantal lettercombinaties, en dan bovendien van
steeds dezelfde letters: A, G, T en C, die naar de essentiële bouwstenen van het DNA verwijzen. Maar
zonder die vier letters waren er, bij wijze van spreken,
ook geen egyptenaren geweest, en jij en ik even min.

In diezelfde jaren had ik een laboratorium, waar ik
scheikundige proeven nam. Vooral door twee daarvan werd ik gebiologeerd; die herhaalde ik eindeloos.
De ene bestond er uit, dat ik een bekerglas vulde met
een oplossing van waterglas, waarin ik een kristal kopersulfaat liet vallen. Wat je dan ziet, is het ontstaan
van een langzaam groeiende, zich voortbewegende
blauwe rups. Dat is een simpel osmotisch verschijnsel;
maar wat je ziet is iets anders dan een simpel osmotisch verschijnsel: een levend wezen. Dat is het natuurlijk niet, en toch is het dat op een of andere manier.
Het is een tegelijk levend en niet levend wezen. Jij zou
het ook prachtig vinden. Voor het andere experiment
waarop ik niet uitgekeken raakte, heb je natriumthiosulfaat nodig, – 'hypo' genaamd in de fotografie, waar
die stof wordt gebruikt voor het fixeren. Als je er een
oververzadigde oplossing van maakt in bijna kokend
gedestilleerd water en haar laat afkoelen blijft alles hetzelfde. Maar als je er dan na een paar uur een enkel
kristalletje natriumthiosulfaat in laat vallen, dan begint
het te groeien tot een lange tak, die breekt, de stukken
groeien elk verder, breken, net zo lang tot de hele be-

ker is gevuld met de matwitte kristallen. Ik heb ontdekt (misschien niet als eerste) dat je dat wonderbaarlijke proces ook kunt starten door met je nagel een harde tik tegen het glas te geven.

Ook schiet mij nu mijn model van de projectie van de vierde dimensie te binnen. Op een rond vel papier tekende ik een rechte hoek: de twee dimensies lengte en breedte, die beschouwd konden worden als de projectie op het platte vlak van drie dimensies, waarbij de derde loodrecht op het hoekpunt stond. Vervolgens tekende ik een derde lijn, zodanig, dat er een gaffel-kruis ontstond: Y (de 'letter van Pythagoras'). Daarop vervouwde ik het papier op zo'n manier, dat de lengte- en de breedtelijn tegen elkaar kwamen te liggen en één lijn vormden, waardoor het papier in het hoekpunt loodrecht overeind ging staan: met de derde lijn als de derde dimensie dus. Als nu, redeneerde ik, ook de derde-dimensielijn topologisch samengeklapt kon worden met de twee andere, zou een vierde lijn zich in de vierde dimensie verheffen; maar aangezien dat niet mogelijk was zonder het papier te verkreukelen, was mijn model dus een projectie van de vierde dimensie in de driedimensionale ruimte. Nu ja, zo ongeveer. Het zag er in elk geval mooi uit: de dwarsdoorsnede van mijn model vormde een zogeheten limaçon, ook wel de 'slaklijn van Pascal' genoemd, – een heel interessante figuur, verwant met de Ring van Möbius. Enfin, laat maar. Ik beschouwde het als een diep geheim, waar niemand iets van mocht weten.

Zo'n soort jongen was je vader dus. Tegen die tijd was mijn leven overigens al sinds jaren ingrijpend ver-

anderd. In 1960, ik was acht, waren mijn ouders uit elkaar gegaan. Hoe dat precies zat tussen die twee heb
ik eigenlijk nooit begrepen, en eerlijk gezegd wil ik het
ook niet weten. Ik zou het mijn moeder nu kunnen
vragen, maar dat doe ik niet; het is trouwens twijfel-
achtig of ik een antwoord zou krijgen. Het enige dat
zij mij ooit heeft gezegd, is: 'De grootste fout van mijn
leven is, dat ik met je vader ben getrouwd; de op één
na grootste, dat ik van hem gescheiden ben.' Ik bleef
in elk geval bij mijn vader, wat niet erg gebruikelijk is,
maar wij bewoonden een ruim appartement met uitzicht op de Amstel en hij kon zich veroorloven een
huishoudster te nemen, Corry, een schattige suri-
naamse met formidabele billen en zo zwart als de
nachthemel; de manier waarop zij nederlands sprak,
veranderde die taal van een gure hollandse wind in
een tropische bries op een caraïbisch eiland. Het ging
goed met zijn carrière in de krijgsmacht: ik geloof dat
hij toen al brigadegeneraal was. Ik ben nooit zo thuis
geraakt in al die rangen, ofschoon hij ze herhaaldelijk
op papiertjes voor mij heeft opgeschreven. Toen ik
mij het oud-egyptisch eigen maakte, was hij meen ik
generaal-majoor, en toen ik in 1969 eindexamen deed
luitenant-generaal en commandant van het eerste le-
gerkorps – wat dat dan ook mag zijn. Gevochten
werd er in elk geval niet, want, afgeschrikt, deinsde de
rus terug.

'Mijn beroep,' placht hij te zeggen, 'is om te voorkomen, dat ik het moet uitoefenen.'

Mijn moeder daarentegen, toen nog geen veertig
en zelf portrettiste, had zich in de artistenwereld ge-

stort. Als dochter van een anarchist, jouw overgroot-vader dus, was het leven tussen al die uniformen en officiersvrouwen met plooirokken en parelkettingen toch kennelijk niet haar *cup of tea*, èn zij had nu een verhouding met een scenarioschrijver, Aldo Tas ge-heten, die er ook eerder uitzag als een anarchist dan als een opperofficier. Volgens mij was hij gek, maar ik mocht hem graag. Over zijn doorgroefde gezicht waarde steeds een onbegrijpelijk lachje, terwijl hij on-afgebroken neuriede en in zichzelf praatte. Ik denk dat hij over een of andere sexuele truc beschikte, waaraan mijn moeder verslingerd was geraakt. Nooit heb ik hem zonder hoed gezien, een totaal verfom-faaid zwart vod, vettig en vol gaten; ook binnen had hij hem op, in mijn moeders atelier, waar zij samen-woonden. Dat was een paar straten verder, op de eer-ste verdieping van een oud pakhuis, alleen via een steile ladder en een luik te bereiken. Ik kwam er graag. Overdag poseerde er meestal iemand; 's avonds zaten zij te lezen, bij een fles rode wijn en zachte klassieke muziek, hij met zijn hoed, mijn moeder met haar zwarte nagels. Op de modelleerbok was de kop waar-aan zij werkte in plastic verpakt, zodat de klei niet zou uitdrogen. Zij heeft talent en zij is productief, maar echt creatief is zij niet, zij schept geen eigen wereld; haar talent kan zij alleen gebruiken om de bestaande wereld te verdubbelen.

Hoe mijn vader intussen aan zijn gerief kwam, ik heb geen idee. Met Corry had hij in elk geval niets, ondanks die prachtige billen. Misschien had hij een verhouding met een of andere secretaresse op het ministerie van Defensie, of met een ander soort dame, ergens in Den Haag, op een flat die hij voor haar had gehuurd; maar misschien ook niet. Vermoedelijk was er niets. Als hij 's avonds thuisgebracht werd in zijn donkerblauwe dienstauto zag ik nooit een teken van enige uitspatting, al was het maar een iets loszittende das.

Wat moest ik gaan studeren? Egyptologie? Mijn leven doorbrengen als conservator van het Museum van Oudheden in Leiden, waar ik regelmatig heen liftte? In een stoffige achterafkamer met een pincet snippers papyri op een glazen plaat leggen en proberen er een touw aan vast te knopen? Misschien opgravingen doen in Oxyrhinchus? Wie eigenlijk niet weet wat hij wil studeren, kiest meestal rechten, maar zo ernstig was het met mij niet gesteld – en de oplossing kwam precies op het juiste moment. In 1968, toen de revolutie in Amsterdam en Parijs haar hoogtepunt had bereikt, ik was zestien, viel mij het zojuist verschenen boek van James Watson in handen: *The Double Helix*, het verslag van de grandioze ontdekking, die hij in samenwerking met Crick had gedaan.

Daar was opeens alles wat ik wilde. Over ontcijferen gesproken! Hier ging het niet over obscure palimpsesten uit de oudheid, maar over de kern van alle leven, het mijne inbegrepen. Nooit eerder had ik zo'n spannend boek gelezen; ik begreep niet meer dan de helft, maar dat was voldoende. Dat superieure speurwerk, de dwaalwegen, de verrassingen, de spanning, de euforie – dat alles in een sfeer van vriendschap, maar ook van intriges. Kennelijk moet je zulk soort werk met zijn tweeën doen: zij vormden ook zelf zoiets als een dubbele helix. Jammer genoeg kan ik dat niet zeggen van mij en Brock, mijn medewerker bij mijn eigen uitvinding. Hij was niet mijn vriend (ik heb eigenlijk geen vrienden), hij was uiteindelijk niet meer dan mijn technische knecht; omdat hij dat niet wilde inzien, ontaardde onze samenwerking ten slotte in haat en vijandschap.

Ik combineerde mijn oorspronkelijke liefdes: ik ging scheikunde studeren. Op de achtergrond, schiet mij nu opeens te binnen, speelde misschien nog iets anders mee. Ooit, toen ik een jaar of twaalf was, op een hete zomerdag, had ik met een vergrootglas een mier verbrand. Ik richtte het verzengende zonlicht op het diertje, dat zwart ineenkrulde, waarop gedurende een seconde een dunne grijze rooksliert loodrecht omhoog steeg, als bij het offer van Abel; maar ik voelde mij eerder als Kaïn, ik snakte naar adem, ik weet nog dat ik dacht: – Die dood kan ik alleen goedmaken door op een dag een mier te fabriceren. Je mag alleen iets kapotmaken wat je zelf ook maken kunt – dus ook niet je eigen kind.

Tijdens mijn studie werd mijn vader, inmiddels generaal, de hoogste soldaat van het land: chef van de generale staf. Onafgebroken lag hij door zijn politieke uitspraken overhoop met de minister van Defensie, maar gezien zijn populariteit in de krijgsmacht durfde die hem niet aan te pakken. Dat vervulde mij met een zekere trots als ik er over las in de krant; thuis sprak hij nooit over zaken, zoals hij dat noemde. Politici noemde hij onveranderlijk 'politico's'; in een militaire dictatuur van niet al te bloeddorstig karakter zou hij goed gefunctioneerd hebben. Maar toen ik mijn kandidaats had gedaan, was alles opeens voorbij: generaal Eenoog, de laatste oorlogsveteraan, ging met pensioen, uitgeluid met een mooie parade en door een diepe zucht van opluchting van de politico's.

Zijn uniformen gingen voorgoed de kast in, van zijn stoere camouflagepakken tot en met het lakense galatenue, waarin hij het altijd zo warm had, zijn onderscheidingen verdwenen in een schoenendoos, Corry werd ontslagen en hij ging kleiner wonen, in de buurt van de basiliek. Daarna leek het of hij met zijn uniform ook zijn identiteit had uitgetrokken. Tegen de tijd dat ik afstudeerde, was hij een ander mens geworden: groezelig, slordig gekleed, slecht geschoren, onherkend en vergeten.

Woensdag 5 januari. – Gisteren kwam ik er niet toe, verder te schrijven aan dit epistel. 's Middags was ik met een paar egyptologen bezig in het lab en 's avonds dineerde ik bij een nederlands filosoof, een specialist op het gebied van indiase rituelen, die in een riant huis in Oakland woont, met uitzicht over de baai. Omdat hij er originele gedachten op nahield, is hij door het academische establishment uit Nederland verdreven; nu doceert hij al sinds jaren hier in Berkeley. Na het eten stelde hij voor, een vriend van hem in San Francisco op te zoeken. Ik had gedacht in een met boeken volgepropt geleerdenhol te komen, maar wat ik te zien kreeg was een grote, lege, lichte kamer met daarin uitsluitend twee zwarte, manshoge geluidsboxen, waaruit *Siegfrieds Tod* te voorschijn daverde. De vriend, een thaise jongeman, zat er in Boeddhazit op de tatami naar te luisteren en vormde een volmaakte gelijkzijdige driehoek met de speakers. Meetkundig was er voor ons eigenlijk geen plaats in de ruimte. Hij groette ons nauwelijks, keek alleen even naar de vitiligo op mijn handen en ook verder werd er niet gesproken. Na drie kwartier stonden wij op en reden zwijgend terug over Bay Bridge.

Overigens, al die dingen uit mijn jonge jaren heb ik zelfs nooit aan mama verteld. Ik was nooit zo spraakzaam, zo min als zij trouwens; wij hadden allebei ons werk, 's avonds plachten wij elk aan ons bureau te zitten, met de ruggen naar elkaar toe. Intussen interesseert het haar vermoedelijk helemaal niet meer, voor haar is het voorbij, terwijl ik het gevoel heb dat het eigenlijk nooit goed begonnen is. Ik heb daar iets over te zeggen, maar eerst moet ik nog een paar andere dingen kwijt.

In 1976 emigreerde oma naar Amerika met haar Aldo Tas. Hij was uitgekeken op de nederlandse film en wilde nu zijn geluk in Hollywood beproeven. Dat lukte niet erg, maar zij konden leven van oma's portretten: al gauw had zij een stel goed betalende klanten uit de high society, vooral producers die Tas geen kans gaven, maar wel hun kinderen geportretteerd wilden hebben. Ik zag hen regelmatig; ter voorbereiding van mijn proefschrift werkte ik toen eerst een half jaar in Illinois, op het lab van Carl Woese (de ontdekker van de Archaea, waarover mijn dissertatie

126

moest gaan), en daarna een paar maanden aan Cal-Tech in Pasadena, vlak bij Los Angeles. Maar twee jaar later werd Tas, neuriënd en mompelend en wel, door een paar mexicaanse jongens op straat overvallen, beroofd en vermoord. Misschien was dat uitgelokt door zijn hoed. Terug naar Europa wilde mijn moeder intussen niet meer; omdat zij Los Angeles nu haatte, haar miljonairs uit Beverly Hills ten spijt, pakte zij haar boetseerspullen in en verhuisde naar San Francisco.

Dat zij in Californië wilde blijven, had met het klimaat te maken, – maar misschien ook met de verslechterende toestand van je grootvader. Hij woonde nog steeds alleen, en alsof er niets gebeurd was tussen 1945 en zijn pensionering keerde blijkbaar plotseling de oorlog terug: de liquidaties, de angsten, de concentratiekampen. Van zijn benedenburen hoorde ik, dat hij soms nachtenlang door zijn kamers heen en weer stampte en vreemde kreten slaakte, alsof hij indringers op de vlucht wilde jagen. Als ik hem vroeg of het wel goed met hem ging, deed hij of hij zelfs de vraag niet begreep. Ik had mijn moeder daarover geschreven, en misschien was zij bang dat hij op haar terug zou vallen als zij naar Nederland kwam.

Ook ik werd op een dag het slachtoffer van zijn trauma's. Voor het eerst had ik een vaste vriendin, Astrid Rost van Tonningen, studente nederlands, een echte blonde hollandse. Ik zeg haar achternaam er bij, want toen mijn vader die hoorde ontstak hij in razernij.

'Rost van Tonningen? Die smerige landverrader!

Die hebben ze in vijfenveertig terecht in de gevangenis van Scheveningen over de reling gegooid. Is dat haar vader?'

'Maar papa, hoe kan dat nu? Het is negentienachtenzeventig, Astrid is twintig, haar vader is een brave uroloog uit de provincie.'

'Dan is het natuurlijk haar grootvader!'

'Wie weet, ik zal het haar eens vragen. Wat doet het er toe?'

'Wat doet het er toe? Alles doet het er toe. Ik wil niet, dat mijn zoon met een dergelijke familie omgaat. Je weet net zo goed als ik, dat die weduwe Rost van Tonningen nog steeds actief in de weer is met neonazi's.'

'Ja papa, ik lees ook de krant.'

'De zwarte weduwe is dus haar grootmoeder!'

'Of niet. En zo ja, dan nog niets. Astrid is toch iemand anders dan haar grootmoeder.'

'Ik wil het in elk geval tot de bodem toe uitgezocht hebben.'

Het kwam er op neer, dat hij een detectivebureau wilde inschakelen. Ik zei hem, dat ik dat een idioot idee vond, en nogal immoreel ook, en dat het in elk geval geen enkele consequentie zou hebben, maar er viel niet met hem te praten. Ik kreeg plotseling medelijden met hem; er zat natuurlijk meer achter, misschien had hij die Rost destijds zelf over de reling gegooid, toen hij bij het Militair Gezag zat. Het moest dan maar.

Dit alles had ik natuurlijk meteen aan Astrid moeten vertellen, maar daar geneerde ik mij voor. Een paar weken later kreeg ik een afschrift van het rapport, waarin stond dat de beruchte nazi inderdaad een of andere behuwd oud-achteroom van haar was, maar dat haar directe familie geen enkele blaam trof. Maar in plaats dat ik het verscheurde, liet ik het in mijn kamer rondslingeren, waar zij het vond. Dat was het einde van onze verhouding.

Vrijdag 7 januari. – Vannacht had ik een nogal hilarische droom, die ik je niet wil onthouden. Toen ik wakker werd was ik hem vergeten, maar onder de douche herinnerde ik mij hem weer. Op reis door Italië was ik in Milaan en moest ergens heen, ik geloof naar de kathedraal. Ik ben nooit in Milaan geweest en in het hotel zei de conciërge, dat ik rechtsaf de Via Cavour in moest, dan linksaf de Corso Vittorio Emanuele in, vervolgens schuin oversteken naar de Via Garibaldi, en zo verder. Met de plattegrond van de stad ging ik op pad, maar er klopte niets van. De Via Cavour was niet rechtsaf, maar linksaf, de Corso Vittorio Emanuele was heel ergens anders in de stad en de Via Garibaldi kwam niet uit op een plein met een krijtwit beeld van Canova, zoals men mij had gezegd, maar bij een reusachtige, bewerkte zuil met het beeld van een romeinse keizer er bovenop. Tot ik opeens merkte, dat ik niet de plattegrond van Milaan in mijn handen had, maar die van Rome. Het was zoals wanneer je een slok thee neemt en het blijkt koffie.

Ik heb het gevoel dat het op een of andere manier ook een onheilspellende droom was. Hier in de U.S. is die situatie trouwens nog veel actueler, met al die straten die geen namen hebben maar nummers. San Francisco is een beetje een uitzondering, maar probeer in New York maar eens te verdwalen. Buiten Greenwich Village is er zelfs geen straat of avenue met een bocht. Denk aan de schitterende bocht van Regent Street in Londen – zoiets vind je in heel Amerika niet. Als ik stedebouwkundige was, zou ik nooit een rechte straat tekenen, want alleen een bocht omarmt je als een moeder. In de Middeleeuwen hebben ze dat beter begrepen. Maar in een amerikaanse stad kijk je op elk kruispunt in vier windrichtingen de stad uit. Of andersom gezegd: op elk kruispunt razen de onmetelijke afmetingen van dit continent op je af.

Dit schrijf ik overigens in het vliegtuig. Vandaag moest ik heen en weer naar Stanford University, waar ik een afspraak had met Cairns-Smith, wiens theorie ik heb gebruikt voor mijn synthese. Hij vroeg nog, hoe het nu met de kwestie-Brock stond. Pijnlijk; dit zal mij wel de rest van mijn leven achtervolgen. Ik zei dat hij zich nog steeds niet had neergelegd bij zijn teleurstelling, en dat dat ook wel nooit zou gebeuren, en dat ik blij was in Amerika een tijdje van hem af te zijn. Over zijn dreigementen en anonieme telefoontjes heb ik maar niets gezegd. Hier in Berkeley moet ik trouwens ook een beetje oppassen. Al die fundamentalistisch-christelijke bewegingen, die zo tegen abortus zijn en de moord op ontkiemend leven, zijn even min gediend van de schepping van leven door iemand anders dan God.

Zaterdag 8 januari. – En na Astrid kwam Bea. Er liep natuurlijk nog een aantal losse dames tussendoor, maar ik bepaal mij hier tot mijn grote liefdes, waarvan mama de derde is – of was. Je voelt natuurlijk wel, dat ik straks bij haar uit zal komen. Bea was begin dertig, dus een paar jaar ouder dan ik. Haar haar begon grijs te worden, maar dat had een genetische oorzaak; haar moeder was al op haar veertigste zo wit als de meeste mensen nooit worden. Zij was getrouwd geweest met een gezagvoerder bij de KLM, die bij een vliegongeluk om het leven was gekomen. Sindsdien geloofde zij, dat zij iedereen ongeluk bracht. Haar helblauwe ogen loensten een beetje, wat haar goed stond, en zij waarschuwde mij voor zichzelf. Mij amuseerde dat soort onzin en ik zei, dat ik buitengewoon goed op mijn tellen zou passen. Van haar weduwenpensioen kon zij zich een mooie flat veroorloven, waar zij vrijwel elke avond voor mij kookte en mij ook verder begaafd verwende. Zij had grote borsten, misschien iets te dunne benen en een wat ruwe huid.

Mijn vader leerde zij kennen bij mijn promotie – cum laude, als ik zo vrij mag zijn. Sjofel zat hij naast haar op de voorste rij in de aula. Terwijl ik mijn proefschrift verdedigde (*The Energy Pathway of Methaneproducing Archaea*), zelf keurig in rok, zag ik hem met een vreemde blik in zijn ogen naar mij kijken, alsof hij nauwelijks nog wist wie die jongeman was, die daar sprak over kortelings ontdekte, eencellige wezens, zogenaamde extremofielen, die alleen konden leven in heftig kokend water, bij een druk van 300 atmosfeer, zich voedden met kooldioxide, stikstof en waterstof en die gedood werden door zuurstof. Tijdens de receptie stonden zij in een hoek onafgebroken met elkaar te praten en na afloop zei zij, dat mijn vader een van de interessantste mensen was die zij ooit had ontmoet. Enfin, je begrijpt het. Een paar dagen later zochten wij hem op in zijn verwaarloosde appartement en zij was van mening, dat er toch eens opgeruimd moest worden bij die eenzame, door zijn verleden gekwelde man; zijn pakken moesten toch eens naar de stomerij; zijn ijskast moest toch eens uitgemest worden; en ga zo maar door. Hoe het zich allemaal precies heeft afgespeeld weet ik niet, en dat wil ik ook niet weten, maar het kwam er op neer dat zij mij voor hem inwisselde. Noch met haar noch met hem heb ik daar naderhand over gesproken; maar, haar kennende, geloof ik dat zij voor een sexuele renaissance in zijn leven heeft gezorgd. Zij nam hem bij zich in huis, en dat was dat. Ik denk dat hij haar meer over zichzelf heeft verteld dan ooit iemand anders. Dat ik de erotische toeleverancier van mijn eigen vader was, heeft mij eigenlijk nooit dwarsgezeten.

En vervolgens stierf hij. Dat was op 15 november 1982, vijfenzestig jaar oud. Maagkanker, net als Napoleon (misschien stopte de keizer daarom zijn hand altijd op maaghoogte in zijn vest). Zelf was ik toen dertig, – en omdat een kind pas vanaf zijn dertigste zijn ouders leert kennen, heb ik hem eigenlijk nooit gekend. Bea was het die zijn ogen sloot. Toen zijn mond steeds weer openzakte, plakte zij de lippen op elkaar met tweecomponentenlijm. Toen kon hij definitief niets meer zeggen. Ik wist dat ik haar nu – na gedane arbeid – terug kon krijgen; maar ik wilde niets meer met haar te maken hebben. Naderhand ontmoette ik haar nog een keer in de stad, intussen bijna volledig wit geworden; zij was in gezelschap van haar nieuwe vriend, een orkestviolist, een nogal neerslachtige joodse man. Ik zag onmiddellijk, dat hij mijn vaders nieuwe schoenen droeg. Een paar jaar later was ook hij gestorven, aan een hersentumor. Het laatste dat ik over haar hoorde, was dat zij tegenwoordig in Athene woont, in een grot onder de Acropolis.

Maandag 10 januari. – Op het mededelingenbord in Dwinelle Hall had ik gelezen, dat Slavische Talen een opvoering gaf van Karel Čapeks *R.U.R.* Vaag had ik wel eens van dat stuk gehoord; ik heb het altijd eens willen zien. R.U.R. is de afkorting van 'Rossum's Universal Robots' – en daar duikt het woord 'robot' voor de eerste keer op; in het programmablad las ik, dat het is bedacht door zijn broer Josef, ook een schrijver. Het gaat niet over machinemensen, maar over de aanmaak van kunstmatige mensen van vlees en bloed, die de mensheid met het oorspronkelijke 'protoplasma' naar het leven staan. In 1921 ging het in première in Praag. De zaal in het reusachtige, labyrinthische gebouw was half gevuld met pizza-etende en cola-drinkende studenten, de walkman nauwelijks een centimeter van hun oren af geschoven. Dat was wat mij misschien nog het meest trof: het contrast tussen die bevoorrechte kinderen in hun zonnige Californië en het oeroude, mistige Praag van driekwart eeuw geleden. Hadden zij er eigenlijk wel een idee van, waar het werkelijk over ging? Zelfs Japan is hier op allerlei manieren dichterbij dan Europa; dwars over de Pacific straalt het met zijn exotische Japantowns en ontelbare sushibars af op de hele westkust. Anderzijds is het natuurlijk ook zo, dat hier *R.U.R.* wordt opgevoerd, terwijl ik daar in Europa nooit van heb gehoord.

Woensdag 12 januari. – Een half uur geleden, tegen vijven in de ochtend, waren er een paar lichte aardschokken. Ik werd wakker omdat mijn wekker van het nachtkastje viel; in mijn bed voelde ik de deining als op een schip, ik wilde mij ergens aan vastgrijpen, maar alles bewoog mee, een nogal verkillende ervaring. In de diepte van de aarde schoven de schollen van de San Andreas Fault weer eens een paar meter over elkaar heen. Na een halve minuut was het voorbij, afgezien van een paar kleine naschokken. Overal op straat stonden intussen zwijgende mensen, in badjassen en op pantoffels. Voor alle zekerheid belde ik oma, maar zij had niets gemerkt, ik maakte haar wakker.

'Mij kan niets gebeuren,' zei zij, 'dit huis is van hout. Ga maar weer lekker slapen.'

Maar ik kon niet meer slapen. Ik heb een douche genomen, koffie gezet en een T-shirt en een spijkerbroek aangetrokken. Nu zit ik voor de open ramen te schrijven; de straat is weer leeg en de oostelijke hemel begint al die kitscherige rose kleuren aan te nemen waarin de natuur excelleert, als een amateur-schilder. Die opkomende zon komt bij mama vandaan; bij haar is het nu drie uur in de middag. Het is of ik haar zie zitten achter haar tekentafel. Zij is bezig met de verbouwing van een villa voor een of andere rijke man, die elke week opbelt omdat hij de keuken toch liever aan de achterkant heeft, of aan de zijkant, of ondersteboven, zodat zij steeds opnieuw kan beginnen. Nu en dan kijkt zij op haar horloge: nog twee uur en zij kan naar huis. Wacht daar iemand op haar? Heeft zij al een nieuwe vriend? Weet jij het?

Misschien ben ik nog steeds niet helemaal wakker, maar ik beschouw die kleine aardbeving als een wenk aan mijn adres, dat ik nu een punt moet zetten achter dit bericht. Ik ben bij mama aangeland, Aurora. Na Astrid en Bea kwam zij drie jaar geleden in mijn leven als de derde van mijn drie grote liefdes. Na mijn promotie in 1979 had ik gedurende tien jaar een geprivilegieerd onderzoekersleven geleid in laboratoria in Washington, Straatsburg, Cambridge en Zürich, waar zich het idee voor mijn eobiont ontwikkelde. Wonder boven wonder werd ik financieel in staat gesteld het eigenlijke werk in Nederland te doen, en de drie jaar die ik daarvoor nodig had vielen samen met onze 'relatie', zoals dat tegenwoordig heet met een plastic woord. De manier waarop ik haar leerde kennen, was voor mij altijd een teken dat zij niet eenvoudig de derde was, waarop een vierde zou volgen, en een vijfde, maar dat dit het nu was. Naar het schijnt, heb ik mij daarin dus vergist. Zal ik je vertellen hoe die ontmoeting in zijn werk ging?

Ik was op de terugreis van een weekend dat ik had doorgebracht bij een duitse collega in Neustadt, in de

buurt van Hannover, met wie ik niet zo zeer had gesproken over biologie, maar over de hondenfarm die
zijn vrouw beheerde. Tientallen, misschien honderden honden. 'De mooiste dood,' zei zijn vrouw, terwijl zij Pflaumenknödel opschepte, 'is om verstikt te
worden onder een berg van duizend jonge hondjes.'
Misschien. Liever in elk geval dan onder duizend
Pflaumenknödel. Er was een provinciestation met
twee open perrons; in de kleine wachtkamer stond
een meisje achter een toonbank en verkocht bier en
worstjes aan de paar reizigers, die er verder nog waren. Om de smalle ruimte wat groter te laten lijken,
was aan de wand achter haar een grote spiegel aangebracht, net als aan de tegenoverliggende muur, waar
ik op een houten bank zat. Mijn trein ging om vijf
over twaalf; ik was te vroeg en ging de krant lezen. Na
een minuut of tien keek ik even op de klok die in de
spiegel boven de toonbank was gemonteerd. Het was
vijf voor twaalf: ik had nog tien minuten en las verder,
terwijl er nu en dan treinen aankwamen en vertrokken. Toen ik weer wat later opkeek, zag ik dat het inmiddels tien voor twaalf was geworden. Na een paar
seconden, waarin ik mijn oriëntatie volledig kwijt was,
keek ik nauwkeuriger. Het was geen klok die in de
spiegel was gemonteerd, het was een weerspiegelde
klok, die in werkelijkheid boven mijn hoofd hing. Ik
had mijn trein gemist. Zo kwam ik in de volgende tegenover een vrouw met een intrigerend, asymme-
trisch gezicht te zitten. Zij las een boek en sloeg even
haar ogen naar mij op. Hoe werken hersenen? Haar
blik deed mij denken aan een regel van Calderón:

Wonden en ogen
zijn monden die nooit logen.

Aan dat bijkans transcendentale misverstand had ik niet alleen mama te danken, en vervolgens jou, maar ook mijn appartement. Dat appartement heb ik nog steeds.

De zon is opgekomen en heeft het licht over Berkeley ontrold, zoals iemand met een golvende beweging een wit laken over een bed gooit. Telegraph Street komt alweer tot leven, de kraampjes worden ingericht, de eerste klanten gaan Cody's Books binnen. Ik voel mij plotseling doodmoe − niet alleen omdat ik te weinig geslapen heb.

Ik ga dit nu faxen. Ik hoop dat mama ook deze zin leest, want dan zal zij het gelezen hebben.

Zesde stuk
Tweede schrijven

HOTEL DES BAINS

LIDO DI VENEZIA

24 juni 1994

Lieve Clara!
Hierbij weer een afschrift.
Victor

***

Dinsdag 21 juni. – En wat denk je? Terwijl ik gisteren met mijn koffer de trap af ging, op weg naar Schiphol, en nog even in de brievenbus keek, lag er een brief van de Burgerlijke Stand. De drieling is gelokaliseerd: zij heten Albert, Marnix en Sjoerd Dodemont. Om te achterhalen waar zij nu zijn, moet ik mij wenden tot het Gemeentearchief. Doe ik vandaag nog.

Zoals je ziet uit het briefhoofd sleurt de wetenschap haar bescheiden dienaren niet naar de beroerdste plekken op aarde. De keren dat mama en ik in Venetië waren, in een of ander klein hotel in een steeg, ontvluchtten wij soms de hitte en gingen op het Lido zwemmen. Dan moesten wij een stampvolle vaporetto nemen, of een van die grote stoomboten, de Aquileia, of de Marco Polo, ook volgeladen met toeristen, en moesten vervolgens door de drukke winkelstraat dwars over het eiland wandelen om op het afgeladen vrije strand te komen. Daar zagen wij dit hotel dan altijd in zijn witte pracht aan zee liggen, met zijn eigen strand, en dachten: daar zou je eens een paar dagen moeten wonen. Nu woon ik er dus, voor een congres natuurlijk weer: *The Origins of Life in the Universe*. Die titel is een variatie op het boek van Stanley Miller (die ook hier is) en Leslie Orgel: *The Origins of Life on the Earth*. Door de uitbreiding van de aarde tot het universum wordt voorkomen, dat wij weer fantastische verhalen te horen krijgen volgens welke het leven op aarde ergens anders uit het heelal stamt, zoals in de vorige eeuw al werd beweerd door Svante Arrhenius en tegenwoordig weer door Francis Crick. (Aldus *zijn* manier om na een grootse prestatie weer aan de slag te komen.) Dat verplaatst het probleem natuurlijk alleen maar, want hoe is het *daar* dan ontstaan? Zelf ben ik om een aantal redenen er van overtuigd, dat uitsluitend op aarde leven van betekenis voorkomt: het is niet ergens anders vandaan hierheen gebracht, maar het zal hier vandaan ergens anders heen gebracht worden.

Ik zit in een suite boven de hoofdingang, met een reusachtig balkon, waar ik dit nu schrijf. Ik heb de schemerlamp naar buiten gesjouwd en naast mijn computer staat een fles Pinot Grigio. Het scherm is zo blauw als overdag de zee. Nu is zij donker, er vaart een geïllumineerd wit cruiseschip naar een sprookjesachtige bestemming, Egypte misschien. Boven zee staat de wassende maan naast een paar transparante wolkenvegen, die Tiepolo behaagd zouden hebben, geflankeerd door een stralende Jupiter. Hoe ik dat zo zeker weet? Mercurius is alleen vlak na zonsondergang zichtbaar, Venus, de avondster, weinig later, voor Mars is zijn licht te helder, en Saturnus is vrijwel onzichtbaar voor het blote oog. Dus is het Jupiter.

Beneden op het terras is het een vrolijke boel. Daar viert een rijke amerikaan de verjaardag van zijn hond, een brave, oerlelijke mops. Door de conciërge heb ik mij laten vertellen, dat hij elk jaar even veel vrienden uitnodigt als zijn hond jaren telt, met tickets uit Amerika en kamers in het hotel. Ik geloof dat het mormel vandaag tien wordt, hij zal dus steeds nieuwe vrienden moeten maken. Daar zit natuurlijk een verhaal aan vast, maar dat ken ik niet (als ik een schrijver was, zou ik het kunnen verzinnen). Ja, Aurora, ik vertoef tegenwoordig in de grote wereld. Van de hotelmanager hoorde ik, dat Thomas Mann in deze suite placht te logeren, en hier lonkte hij niet alleen naar de knappe kelners, die nu ook negentig zijn of al lang dood (wat heeft het toch allemaal voor zin?), maar hier heeft hij ook *Der Tod in Venedig* geschreven. Er is een film van gemaakt, door Visconti, die hier is opgenomen. Het congres vindt plaats in de Viscontizaal: een hoge, onbeschrijflijk schitterende ruimte met venetiaanse kroonluchters en korinthische zuilen en spiegels en betimmeringen van onder tot boven. Verder is er elke avond iets officieels: gisteren, de eerste dag, een ontvangst met buffet door de burgemeester van Venetië, in de reusachtige Sala del Magior Consiglio in het Dogepaleis; vanavond in het paradijselijke Teatro La Fenice twee kleine opera's van Menotti: *The Medium* en *The Telephone*. Vooral het laatste niemendalletje was heel amusant.

Dat ik deze fraaie suite toegewezen heb gekregen, toont aan welke plaats ik tegenwoordig inneem in de internationale. hiërarchie. Het openingsreferaat werd vanmiddag gehouden door Manfred Eigen, een duitse autoriteit uit Göttingen, en morgen ben ik de *keynote speaker*. Ik moet er zelf nog steeds aan wennen, want voor jezelf blijf je toch altijd die jongen op een zolderkamer die droomt van grote ontdekkingen, ook al heeft hij die intussen gedaan. Je zult me misschien niet geloven, ook jij zult je vader ongetwijfeld voor arrogant houden, net als bijna iedereen, maar ik beeld mij niets in. Wat in mijn geval voor arrogantie wordt versleten is niets anders dan een pantser tegen opdringerigheid. Het is toch niet mijn *verdienste*, dat ik op ideeën kom waar een ander niet op komt! Mijn verdienste is hoogstens, dat ik niet te beroerd ben de tijd en de moeite te nemen om ze uit te werken, – en eigenlijk zelfs dat niet, want vermoedelijk is dat een erfenis van mijn vaders militaire discipline, die het ook weer van iemand anders had. Ik ben geneigd te zeggen, dat niemand zich ooit ergens op mag beroemen, – maar dan kom ik in moeilijkheden: in dat geval hoeft ook niemand zichzelf ooit iets te verwijten. Misschien mogen alleen *anderen* iemand roemen of prijzen, dan wel verwijten of straffen. Ja, over prijzen gesproken: over de Nobelprijs spreekt hier niemand. Mijn positie, op de drempel van die ultra-elite, leidt hier natuurlijk ook tot scheve ogen, want in de wetenschap is het niet anders dan in de literatuur of overal elders, – behalve bij de altijd goedgehumeurde Eigen overigens, want die verkeert al in de zweedse staat van heiligheid. Hem kan niets meer gebeuren.

Beneden op het terras is het stil geworden, de jarige amerikaanse mops is vermoedelijk al bij zijn baas onder de dekens gekropen, Jupiter is een heel eind naar rechts weggezakt, het is koeler geworden en ik ben alleen met het zachte ruisen van de zee en de onbedaarlijke sterrenhemel, die niet meer verbleekt wordt door de maan. Ik zou mij daar graag helemaal aan overgeven, maar ik word gekweld door de gedachte aan dat misbaksel, die Brock. Als ik aan hem denk, word ik meteen onpasselijk, wees blij dat je hem nooit gekend hebt. Ooit was zijn haar vermoedelijk rossig, maar het is grijs geworden op de peper-en-zoutkleurige manier, waarop rossig haar dat pleegt te doen. Daar is op zichzelf niets tegen, en het kan hem ook niet aangerekend worden, maar in zijn geval vervult het mij met afkeer. Zijn bleekblauwe ogen, de sproeterige, tot schilferen geneigde huid van zijn uitgestreken gezicht, het is allemaal even weerzinwekkend. Neem mij niet kwalijk, de fles wijn is bijna leeg en ik veroorloof mij om mij even te laten gaan. En dan die vrouw van hem! Die absolute professorenvrouw met haar knotje en plankerige enkels onder haar lange jurken.

Goed, ik zal mij intomen. Hij is natuurlijk een buitengewoon bekwaam chemicus, hoogleraar aan een algemeen geachte universiteit, – het probleem is alleen dat hij gek is en tot alles in staat. Op een of andere manier is dat de achterkant van zijn *Schöngeisterei*.

Hij is een adept van Stefan George, een hooggestemd duits dichter en profeet met allerlei eigenaardige opvattingen over een nieuwe adel, die de mensheid zal bevrijden. Zijn zoon heeft Brock Maximin genoemd, naar het jong gestorven liefje van George, dat door zijn goddelijke schoonheid en zieleadel de stralende toekomst zou vertegenwoordigen. Zelfs de paar keer die zij bij ons aten, probeerde hij ook mij die rare wereldbeschouwing aan te smeren, en natuurlijk ziet hij zichzelf als een vertegenwoordiger van die verheven elite, – maar in werkelijkheid zou hij mij liefst vermoorden, als je het mij vraagt. Die anonieme telefoontjes, ook midden in de nacht, dat zwijgen aan de andere kant van de lijn, van wie kan dat anders afkomstig zijn dan van hem? Wie heb ik verder nog zo gekwetst?

Hij vindt dat mijn werk eigenlijk het zijne is. Volgens hem heb ik hem bestolen en ben met de eer gaan strijken. Maar dat is niet zo. Hij was mijn medewerker, een hele goede, ik ben de laatste om dat te ontkennen, maar zowel het eerste idee als het ontwerp van de procedure en de beslissende synthese staat op mijn conto en niet op het zijne. Aanvankelijk was hij zelfs nauwelijks te vinden voor mijn project, het leek hem een hersenschim, hij was bang zich te blameren en ik moest hem met veel moeite overhalen. Vervolgens deed hij uitsluitend wat ik zei, dat hij moest doen; ik zette hem aan het werk, zoals hij op zijn beurt zijn assistenten aan het werk zette, die even min aanspraak kunnen maken op groot eerbetoon. Het is zelfs een paar keer voorgekomen, dat hij zelf de betekenis niet inzag van zijn eigen experimenten. De wetenschappelijke tam-tam zorgde er natuurlijk voor, dat iedereen wist waar-mee wij bezig waren, en dat stootte overal op het grootst denkbare scepticisme; zoals ik hoorde, bracht hem dat er zelfs toe, zijn eigen werk te relativeren te-genover collega's. Aan het slot van mijn artikel in Science heb ik hem bedankt, maar toen de zaak al een dag later enorme proporties aannam en de hele wereld in rep en roer raakte, met vermeldingen op alle voor-pagina's en in alle tv-journaals, had hij zichzelf plotse-ling als co-auteur vermeld willen zien. Afschuwelijke scènes kwam hij maken in het laboratorium, op een dag vloog hij mij zelfs aan, zodat hij door studenten van mij af getrokken moest worden. Dat hij toen pas op dat idee kwam bewijst, dat hij zich helemaal niet bewust was van de draagwijdte van ons werk. En op het moment dat mijn resultaten door anderen her-haald en bevestigd werden, en mijn gezicht verscheen op het omslag van bladen als Time en Der Spiegel, ge-volgd door geroezemoes over de Nobelprijs, zijn ken-nelijk de stoppen bij hem doorgeslagen. Hij was niet meer voor rede vatbaar, met hem praten werd zoiets als het lezen van een krant aan een winderig strand. De aanblik van de wetenschappelijke Olympus was blijkbaar toch sterker dan het visioen van het toekom-stige liefderijk à la George. Afgrondelijke haat kwam er voor in de plaats.

Ja, wat moet ik daar nu mee? Het is alweer twee jaar geleden, ik ben intussen met heel andere dingen bezig, maar het is zeker dat hij ook op dit moment zichzelf zit op te vreten, daarin gesteund door die verschrikkelijke vrouw van hem. En ik kan het ook wel begrijpen. Even scheerde hij langs het allerhoogste en toen was het weer weg. Hij is tien jaar ouder dan ik, zo'n gelegenheid doet zich nooit meer voor in zijn leven.

Goedenacht, mijn kind, ik ga slapen. Was je maar hier. Daarnet keek ik op en zag boven zee een satelliet voorbijkomen: een ster, majestueus tussen de andere sterren voortschuivend in de stilte van een droom. Stel je voor, dat zou honderd of vijfhonderd of duizend jaar geleden te zien zijn geweest – de wereld had op haar kop gestaan!

Woensdag 22 juni. – Vanavond hadden wij een luisterrijk buffet met muziek op het grote gazon naast het zwembad, omzoomd door bloeiende oleanders en bougainville. Ronde, feestelijk gedekte tafels, heen en weer rennende obers, achter de lange tafels met spijzen koks met hoge mutsen. Een verlichte fontein spoot uit het diepblauwe water, dat een wonderbaarlijk schijnsel wierp op de witte buiken van de laag overscherende zwaluwen, die er in het vliegen nu en dan een nipje van namen, als oude dames van een likeurtje. Toen de schemering inviel maakten zij plaats voor kleine vleermuizen, die als zwarte snippers verbrand papier door de lucht dwarrelden, alsof zij afkomstig waren van een grote brand in de verte. De lucht was bedekt en later op de avond begon het zacht te regenen, maar toen waren wij al aan de tiramisu toe. Met glazen en flessen wijn vluchtten de geleerden naar het hotel, de muzikanten pakten haastig hun instrumenten in en het personeel probeerde te redden wat er te redden viel van het eten. Maar ik heb mijn laptop uit mijn kamer gehaald en ik zit nu in de overkapte bar van het zwembad te schrijven, terwijl ik nu en dan een blik werp op de ruïne die er van het diner is overgebleven. Op dit moment zakt de fontein plotseling in elkaar als de ziel van een stervende, – het is of ik haar nabeeld nog zie waar zij niet meer is.

Mijn referaat is vanochtend goed ontvangen, maar tijdens de discussie ging het toch weer voornamelijk over de eobiont. Ik zal mij er vermoedelijk bij neer moeten leggen, dat dit de rest van mijn leven zo blijft. Ik ben de man van de eobiont, zoals Fleming de man is van de penicilline en Watson van het DNA-molecule. Het is beter dan het lot van Brock, die de rest van zijn leven *niet* de man is van de eobiont, maar het besef dat mijn toekomst sinds mijn veertigste achter mij ligt, en dat ik verder eigenlijk alleen nog ererondjes zal draaien, is ook niet erg opwekkend. Laat ik er maar van maken wat er van te maken is.

Overigens, welbeschouwd is Watson niet alleen de man van de dubbelhelix, waarvoor hij een gedeelde Nobelprijs heeft gekregen, maar ook van het unieke boek dat hij over die ontdekking heeft geschreven. Niet, dat hij daarvoor ook de Nobelprijs voor literatuur had verdiend, – zo'n dubbele eer was wel weggelegd voor zijn grote rivaal, Linus Pauling, die niet alleen de Nobelprijs voor chemie heeft gekregen, maar ook die voor de vrede. Hoewel... als Watson en Crick de structuur van het DNA niet hadden ontsluierd, had een ander dat binnen twee of drie jaar gedaan, –

Pauling vermoedelijk weer, – maar die ander had vervolgens niet dat boek geschreven. Voor mijn eobiont geldt hetzelfde; maar als Kafka niet *Der Prozess* had geschreven, was die roman tot in alle eeuwigheid ongeschreven gebleven. Kortom, bescheidenheid past ons.

Ik moet daar nu aan denken omdat Cambridge University Press mij twee maanden geleden heeft gevraagd, een begrijpelijk boek van zo'n honderd bladzijden over de eobiont te schrijven. Mijn oorspronkelijke artikel in Science ('Creation of Life from Inorganic Building Blocks'), niet meer dan vijf A4-tjes, was heel technisch; en iedere uitgever weet, dat je met één formule in een boek de helft van je potentiële lezers afstoot, met twee nog eens een kwart, met drie nog eens een achtste – enfin, reken maar uit. Dat heb ik toegezegd. Ook omdat het een goede gelegenheid is om Brock – tegen mijn zin – nog eens de erkenning te geven die hem toekomt, misschien zelfs een beetje meer: het zal een pleister op zijn wond zijn, zodat hij zijn agressie hopelijk wat intoomt. Alleen, ik kon geen helderheid krijgen over de vorm die het boek moet hebben, en tot wie ik mij eigenlijk moet richten. Bij een romanschrijver, althans een goede, doet dat probleem zich vermoedelijk niet voor; ik ben niet zo op de hoogte, maar ik denk dat hij zijn boek schrijft op de manier, waarop dat *boek* geschreven wil zijn. Het is een machine die zichzelf bouwt en de lezer moet maar zien. Nu doet het merkwaardige feit zich voor, dat mijn eobiont in feite ook een machine is die zichzelf bouwt, het is een organisme, maar ik kan er niet op dezelfde manier over schrijven, want bij non-fictie gaat dat niet op. Ik had twee voorbeelden voor ogen: het boekje van mijn inspirator Cairns-Smith, *Seven Clues to the Origin of Life*, en *Stufen zum Leben* van Eigen, die zij in de jaren tachtig schreven – na de publicatie van hun primaire artikelen in vaktijdschriften en hun technisch-wetenschappelijke werken. Verder natuurlijk ook Jim Watsons *Double Helix*, dat ruim vijfentwintig jaar geleden mijn wetenschappelijke leven heeft bepaald. Maar de eerste twee, weliswaar voor een breder publiek geschreven, zijn toch nogal streng, vooral dat van Eigen, terwijl het derde vooral ook een spannende autobiografie is, waartoe ik het talent niet bezit. Bovendien heeft Watson dat dus al gedaan. Ik zocht naar een vorm er tussenin, maar die kon ik niet vinden.

Maar nu weet ik hoe ik het moet aanpakken. Mijn vorige brief, waarin ik je iets over het DNA vertelde, heeft mij op het spoor gezet: ik zal mij tot jou richten. Ik geef je de leeftijd van Alice in Wonderland (wat dat betreft zitten we dan al in de eenentwintigste eeuw) en het moet een serie gesprekken worden, bij voorbeeld tijdens een vakantie op het Lido di Venezia, aan de rand van het zwembad, op het strand, in de stad. In Amsterdam laat ik je in het laboratorium de lange rij zoemende robots zien, die in het kader van het internationale Genoom Project dag en nacht het volledige menselijk DNA in kaart brengen; daar stel ik je voor aan mijn drie assistentes met hun vlammende ogen, en natuurlijk aan mijn medewerker dr. Barend Brock, een buitengewoon sympathieke man met een schat van een vrouw, zonder wiens wetenschappelijke hulp en vriendschappelijke steun ik misschien nooit mijn resultaat had behaald. Niet dat ik hier onder dit druipende afdak nu aan dat boek ga beginnen, maar misschien kan ik komen tot een allereerste, ruwe opzet er van.

Ik denk dat het moet bestaan uit twee delen. In het eerste spreken we over het genetische mechanisme, zoals het tegenwoordig is. We gaan het hebben over de vijfhonderd Bijbels van je DNA, waardoor je helemaal bepaald bent. Dat is ontstaan toen een zaadcel van mij een eicel van mama binnendrong, waarna mijn DNA versmolt met dat van mama. Nu is de Bijbel geschreven in een taal met tweeëntwintig letters, terwijl de nederlandse vertaling gebruik maakt van zesentwintig letters, – maar als je je mijn brief uit Berkeley herinnert, weet je dat het DNA is geschreven in een taal met een alfabet van niet meer dan vier letters: A, G, T, C. Dat zijn de beginletters van de namen van bepaalde chemische stoffen. In de twee complementaire spiralen van het molecule is A steeds verbonden met T, en G met C. Op een willekeurige plek ziet een streng er bij voorbeeld zo uit:

...ACTAATTGGAAAGTTTACGGTG
CAGCCAATCTGGGTCAACAAATT
TCTTCCAATTATGTTGACAGGTG
TAGGTCCTACTAATACTGTACCT
ATAGCTTTCTGTCCACATATTTC
TATGGGTATTTGATCATACTGTC
TTACTTTGATAAAACCTCCAATT
CCCCCUGA...

'Hoe kun je dat lezen?' laat ik je dan vragen.

'Ja, nu wordt het een beetje ingewikkeld. Dat wil zeggen, in werkelijkheid is het natuurlijk ontzaglijk ingewikkeld, net zo ingewikkeld als jij zelf bent, en het is bijkans een mirakel dat het mechanisme ontsluierd is. Maar ik zal proberen het eenvoudig na te vertellen, zoals op school de leraar *Die Wahlverwandschaften* navertelt, een ingewikkelde, scheikundig geïnspireerde roman van Goethe.

'Wie is Goethe, papa?'

'Misschien moeten we Goethe een andere keer behandelen.'

Die DNA-tekst is een miniem fragment van de informatie voor de opbouw van een van de talloze eiwitten, waaruit je lichaam bestaat, laten we zeggen dat voor je ooglenzen. Maar tussen de informatie en het eiwit zelf zit nog een stap, – of eigenlijk twee, maar we zouden het eenvoudig houden. Die stap is, dat de dubbele helix overlangs opensplijt en dat de informatie voor één eiwit wordt overgeschreven in een iets andere taal, van een iets ander nucleïnezuur, waarin T is vervangen door U: U, C, A, G. Dat leidt tot het RNA-molecule, – en dan pas begint de vertaling in een eiwit. Dat gebeurt door ribosomen: heel kleine wezentjes, die wel iets op lieveheersbeestjes lijken.

'Lieveheersbeestjes?'

'Ja, ik ben een beetje verliefd op ze. In elke cel van je lichaam zitten er tienduizenden.'

'Ik voel het kriebelen.'

In het grote DNA-boek gaat het ribosoom nu één zin lezen, een gen. Maar voor een zin heb je woorden nodig, en die bestaan in deze kerntaal uitsluitend uit drie letters. Met de vervanging van T door U gaat het begin van de DNA-tekst er dan zo uitzien:

...ACU AAU UGG AAA GUU UAC GGU GCA GCC AAU CUG GGU...

Nu moet je weten, dat eiwitten bestaan uit aan elkaar gekoppelde aminozuren. Elk woord beantwoordt aan een bepaald aminozuur. Wat het ribosoom doet, is dat het met zijn kleine kop aan het woord proeft, waarop het met zijn grote achterdeel het betreffende aminozuur afscheidt, razendsnel naar het volgende woord springt en het volgende aminozuur er aan vast-plakt, – net zo lang tot het eiwit klaar is.

Maar hoe weet je, welk aminozuur door een be-paald woord wordt aangeduid? Let op. In een taal van vier letters kun je vierenzestig woorden van drie letters maken – probeer het maar.

'Dat is een hoop gepuzzel.'

'Je kunt het ook overslaan. Het is vier tot de derde, dus vier keer vier keer vier.'

Tegelijk weten we, dat er maar twintig aminozuren mee gemoeid zijn. Als je die vier-woordentaal omzet in een twintig-woordentaal betekent dit, dat er meer dan één woord is voor een bepaald aminozuur. Hoe die verdeling is, kun je zien aan de zogenaamde gene-tische code. Misschien zal mijn uitgever zeggen, dat dat schitterende schema ook te afschrikwekkend is voor een groot publiek, maar ik denk niet dat ik mij laat bepraten. Ik ken die dictionaire intussen natuur-

Tweede letter

	U	C	A	G	
U	UUU ⎫ Phe UUC ⎭ UUA ⎫ Leu UUG ⎭	UCU ⎫ UCC ⎬ Ser UCA ⎪ UCG ⎭	UAU ⎫ Tyr UAC ⎭ UAA *stop* UAG *stop*	UGU ⎫ Cys UGC ⎭ UGA *stop* UGG Try	U C A G
C	CUU ⎫ CUC ⎬ Leu CUA ⎪ CUG ⎭	CCU ⎫ CCC ⎬ Pro CCA ⎪ CCG ⎭	CAU ⎫ His CAC ⎭ CAA ⎫ Glu CAG ⎭	CGU ⎫ CGC ⎬ Arg CGA ⎪ CGG ⎭	U C A G
A	AUU ⎫ Ileu AUC ⎬ AUA ⎭ AUG Met	ACU ⎫ ACC ⎬ Thr ACA ⎪ ACG ⎭	AAU ⎫ Asn AAC ⎭ AAA ⎫ Lys AAG ⎭	AGU ⎫ Ser AGC ⎭ AGA ⎫ Aga AGG ⎭	U C A G
G	GUU ⎫ GUC ⎬ Val GUA ⎪ GUG ⎭	GCU ⎫ GCC ⎬ Ala GCA ⎪ GCG ⎭	GAU ⎫ Asp GAC ⎭ GAA ⎫ Glu GAG ⎭	GGU ⎫ GGC ⎬ Gly GGA ⎪ GGG ⎭	U C A G

(links: Eerste letter — rechts: Derde letter)

lijk uit mijn hoofd. 'Phe', 'Leu' enz. zijn afkortingen van de namen van de aminozuren. De drie stopwoorden vormen de interpunctie: de punt aan het eind van de zin. Omdat de correspondentie niet één op één is, heet de code 'ontaard'. Dit heeft twee voordelen. Het eerste is, dat niet elke fout van het ribosoom meteen fataal is: als het UUU leest in plaats van UUC, dan is het resultaat nog steeds phenylalanine. Het tweede voordeel is, dat op deze manier kleine mutaties mogelijk worden, wat de evolutie tot gevolg heeft. Maar een kleine fout kan ook fataal zijn. De reeks ...ACU

AAU..., die ik je net liet zien, moet volgens de dictionaire leiden tot het eiwit:

...Thr – Asn – Try – Lys – Val – Tyr – Gly – Ala – Ala
– Asn – Val – Gly...

Maar slaat het ribosoom aan het begin de A over, dan
leidt dat tot de woorden:

...CUA AUU GGA AAG UUU ACG GUG
CAG CCA AUC UGG U...

Daaraan beantwoordt een heel ander eiwit:

...Leu – Ileu – Gly – Lys – Phe – Thr – Val – Glu –
Pro – Ileu – Try...

Dat kan tot gevolg hebben dat je met een gespleten
verhemelte geboren wordt, of dat je later maagkanker
krijgt, zoals je grootvader. Je begrijpt nu ook, dat we
door te knippen en te plakken met die letters tot de
gekste dingen in staat zijn. We kunnen er binnenkort
bij voorbeeld voor zorgen, dat iemand net zo goed kan
ruiken als een jachthond of net zo scherp kan kijken als
een buizerd. Of dat een kind in plaats van oorschelpen
twee kippenvleugels aan zijn hoofd krijgt. Als we er zin
in hebben, kunnen we een panopticum van gereali-
seerde fabelwezens produceren, die vroeger voorbe-
houden waren aan de fantasie: chimaeren, basilisken,
eenhoorns, draken, griffioenen, centauren, sphinxen,
alles waar de mensheid ooit van heeft gedroomd.

'Of een vrouw met slangen in plaats van haren!'

'Doen we.'

'Of een muis met een mensenoor op zijn rug!'

'Maak ik morgen voor je.'

Goed, over al deze dingen, die je ook ergens anders kunt lezen, gaat het eerste deel van mijn boek. In het tweede kom ik zelf in beeld. Het onzegbaar gecompliceerde genetische mechanisme, zoals het tegenwoordig functioneert, is niet altijd zo geweest: het is evolutionair geworden tot wat het is, en nog eerder bestond het niet. Het allereerste begin moet iets heel simpels geweest zijn, dat zo'n vier miljard jaar geleden ontstond uit anorganische materie, – maar hoe? Daar zijn allerlei routes voor bedacht, zoals door Eigen en Cairns-Smith en de andere gasten van het Hotel des Bains, maar ik hoor niet helemaal thuis in dat rijtje. Ik heb met de modernste middelen een primitief organisme gefabriceerd uit anorganische materie, en dat is natuurlijk iets anders. (Het heeft ook niets met klonen te maken, want dat gaat steeds uit van iets dat al leeft.) Misschien is het ook destijds ongeveer zo gegaan als ik het deed, misschien ook niet; ik was er in elk geval niet om het te doen. Kan zijn dat het eerste leven die eerste dinsdag door God is geschapen, maar ik heb aangetoond dat het in principe zonder God kan. De gelovigen waren natuurlijk genoodzaakt, ook dat niet te geloven en mijn perverse werk te rangschikken onder het hoofd 'hybris'.

Eerlijk gezegd is het mij nog een raadsel, hoe ik zo'n technische onderneming ontechnisch moet uitleggen. Het ging in de eerste plaats om het synthetiseren van een primitieve informatiedrager, waarvan het DNA dan eventueel afstamt – of liever het RNA, want dat is ouder. Ik werd op het spoor gezet door Alexander Cairns. Volgens hem is het leven ontstaan uit klei. Klei bestaat uit kleine kristallen, al zou je dat niet zeggen. Bij een kristal denk je aan die paarse amethist in de ring van mama, die ik haar eens op haar verjaardag heb gegeven, of aan suikerkristallen, waarvan ik er elke keer een paar honderd in mijn kop thee laat glijden; maar ook kristallen van een duizendste millimeter doorsnee – zo klein als een microbe – zijn natuurlijk nog steeds kristallen. Zijn centrale idee is, dat kristallen in een oververzadigde oplossing kunnen groeien; als zij breken en de stukken groeien verder, dan planten zij daarmee dus hun specifieke onregelmatigheden voort. (Zelfs geen twee zandkorrels zijn gelijk.) Hij noemt ook mijn lievelingsexperiment met hypo, waarover ik je in januari schreef, – en misschien dat dat voorbeeld leidde tot het uitkristalliseren van de oververzadigde oplossing van mijn eigen ideeën. Misschien is het zo dat de wortels van elke belangrijke prestatie terugreiken tot in het grondwater. Hoe dan ook, dit uiterst primitieve, anorganische mechanisme, dat dus informatie doorgeeft, is het allereerste begin van het DNA. Dat wil zeggen, dat jij en ik en mama van microscopische kleikristallen afstammen. Heel consequent heeft hij zijn zoon dan ook Adam genoemd.

'Dan had jij mij eigenlijk Eva moeten noemen.'

'Nee, Eva kwam niet voort uit klei maar uit een rib van Adam. Adam was haar moeder, zou je kunnen zeggen. Nee, Lilith was dan de juiste naam geweest, maar dat vond ik te luguber. Ik heb iets anders bedacht. De naam «eobiont» is afgeleid van het griekse woord *heoos*, «dageraad», waar ook de griekse godin Eos vandaan komt. Bij de romeinen heette die godin Aurora.'

Hoe Alex zich de gang van zaken precies voorstelt – en dat is heel precies – zou je zelf moeten nalezen: verlopend van een begin in constant oververzadigde holtes in poreuze zandsteen tot de ontwikkeling van een primitieve eiwitsynthese, waarmee het echte organische leven pas begint. Het hele proces is een geval van *generatio spontanea*, zoals dat heet. Ooit dacht men dat vliegen en muizen ontstaan uit gistend vuilnis en kikkers uit rottende poelen; dat is niet het geval, maar het idee dat iets levends uitsluitend kan voortkomen uit iets levends is even min juist. Ook is het volgens hem niet zo, dat het ontstaan van het leven een unieke gebeurtenis was die vier miljard jaar geleden plaatsvond, – op myriaden plekken overal op aarde gebeurt het misschien nog onophoudelijk, maar het krijgt geen kans meer: het resultaat wordt nu onmiddellijk opgevreten door bacteriën, of, als het al iets groter is, door insecten.

Hoe het zij, ik had in mijn hoofd gezet uit levenloze materie een levend, zich reproducerend wezen te maken. Iedereen verklaarde mij natuurlijk voor gek, maar daar trok ik mij niets van aan. Mijn voorbeeld was Friedrich Wöhler, een duits chemicus en mineraloog, die in 1828 als eerste een organische verbinding had gesynthetiseerd uit anorganische stoffen: ureum, dat in je plasje voorkomt. Tot dat moment was iedereen er van overtuigd, dat organische stoffen alleen konden ontstaan door middel van een speciale 'levens-kracht'. Daar schreef hij eens over: 'Ik kan ureum be-reiden zonder nier. Ik ben getuige van het grote treur-spel van de wetenschap: het vermoorden van een mooie theorie door een lelijk feit.' Tot het laatste mo-ment zag ook Brock eigenlijk niets in mijn programma, maar dat zal ik niet vermelden; ik zal uitsluitend de na-druk leggen op zijn bekwaamheid en engelengeduld.

De eobiont, waarop ik mikte, moest de allereen-voudigste, onafhankelijke levensvorm zijn die moge-lijk was. De kleinste wezens die wij op het ogenblik kennen, behoren tot de extremofiele Archaea, – daar weet ik iets van, want zoals ik je vertelde ben ik gepro-moveerd op die gekken. Hun DNA bestaat nog steeds uit zo'n zeshonderdduizend letters, verdeeld over zo'n vijfhonderd genen, die voor eiwitten coderen. Dat is altijd nog een roman van driehonderd pagina's, maar ik had eerder een novelle op het oog, iets ter grootte van een virus, – maar virussen zijn parasieten, die an-dere cellen nodig hebben om zich te vermenigvuldi-gen: dat zijn dus wezens van later datum.

Laat ik proberen je met een voorbeeld uit de typog-rafie een denkbeeld te geven van onze procedure. Zeg dat ABC levenloze klei is en ABC levende. Hoe maak je ABC van ABC? Neem een vergrootglas en kijk eens goed naar het verschil tussen ABC en ABC:

A B C
A B C

ABC bestaat uit kale, schreefloze letters met overal dezelfde ongenuanceerde dikte, die geschikt zijn voor dienstregelingen, telefoonboeken en straatnaamborden, maar niet voor literatuur. In de jaren na de Eerste Wereldoorlog, toen al het ornamentele verdoemd werd als misdadig, werden ook modernistische romans en gedichten in die letter gezet, maar dat was onaangenaam om te lezen. Schreefloze letters zijn als onelegante bergschoenen waarop je over de hellingen sjouwt, zij zijn statisch, dood, geschikt om geraadpleegd te worden, niet om een levend, dynamisch verhaal mee te lezen. Daar zijn allereerst schreven voor nodig. Die kleine streepjes aan de letters, maar ook de wisselende dikte van de op- en neerhalen, dat alles is geen versiering, zoals de tierlantijnen van gothische letters; het is onontbeerlijk voor de aangename voortgang van het oog langs de regel: het zijn de ski's en de skistokken, waarmee de lezer soepel over de sneeuw van het papier glijdt.

Wat ons te doen stond, was dus dat anorganische ABC door middel van chemisch knippen en plakken, mengen en roeren en het scheppen van infernale omstandigheden te veranderen in het organische ABC. Wij moesten krankzinnig gecompliceerde semantische problemen oplossen, paradoxale cirkels creëren, waarbij niet alleen een begin nodig was voor het einde, maar het einde ook voor het begin. Om kort te gaan (er blijft mij niets anders over), na een onnoemelijke hoeveelheid werk, veel geluk en de beschikbaarheid van de modernste apparatuur, na eindeloos zoeken van de juiste kleisoort (mulliet), verdwalen en de weg weer vinden, knalden op een dag de champagne-kurken in het laboratorium. Mijn kleine eobiont had het levenslicht aanschouwd: een uiterst complex, chemisch hoogwaardig opgetuigd organisch kleikristal, met het karakter van proto-RNA, een soort oer-ribosoom, dat een paar korte eiwitten produceerde, zodat mijn schepseltje, door zonlicht van energie voorzien, zich voortplantte en beschikte over stofwisseling. 'We are the champions!' zongen wij, de assistenten, de laboranten, – alleen Brock zong niet mee. Hij kon nog steeds niet geloven, dat ons zoiets als de kwadratuur van de cirkel was gelukt, maar er hielp geen moedertjelief meer aan. Wij hadden een levend wezen gebaard uit de dood.

'Een soort Lazarus dus eigenlijk.'

'Maar zonder dat het al eerder had geleefd.'

'Maar toch een wonder!'

'Nee, lieve Aurora, nu juist *geen* wonder. Ik heb het wonder nu juist vernietigd met mijn «lelijke feit», om met Wöhler te spreken. Zoals hij met het uitwissen van de grens tussen anorganische en organische chemie een einde heeft gemaakt aan de mooie theorie van de levenskracht, zo heb ik met het uitwissen van de grens tussen chemie en biologie een metafysische grens uitgewist. En dat moet vervolgens natuurlijk op allerlei manieren ontkend of gebagatelliseerd worden. Als mijn demonische pretentie waar was, schreef de Osservatore Romano, de krant van de paus, dan was de basis weggeslagen onder het heilige respect voor het leven; nog definitiever dan met de godslasterlijke praktijken van abortus en euthanasie was dan de tunnel van de waanzin betreden. Ook regelrechte moord zou dan zijn absolute verwerpelijkheid hebben verloren. Maar het was niet waar. Mijn microscopische entiteit, de zogenaamde eobiont, was helemaal geen bewijs van generatio spontanea: mijn knutselwerk stelde in essentie niet meer voor dan een bekende puberproef met waterglas en kopersulfaat. Die priesters in het Vaticaan wisten niet wat een vreugde zij mij bereidden met die vergelijking. In een andere tijd was ik onherroepelijk op de brandstapel gekomen, maar ook nu waren er gevaarlijker reacties. Een godsdienstfanaticus heeft geprobeerd brand te stichten in het laboratorium, waar de eobiont onophoudelijk bezig is zich te vermenigvuldigen in zijn couveuse. Zelf krijg ik nog steeds dreigbrieven: als er geen verschil is tussen leven en dood, dan moet ik dat maar aan den lijve ondervinden! Rare zwijgtelefoontjes midden in de nacht. Van allerlei kanten, al of niet in naam van God of Allah (God is een god die God heet), wordt er op mij geloerd.'

'Is er dan helemaal geen wonder meer, papa?'

'Jawel: één. Dat jij en ik er zijn. Dat er iets is. Het ontstaan van ruimte en tijd uit niets. Ik zie niet hoe dat ooit nagebootst kan worden in een laboratorium, want dat laboratorium is er al op een bepaald moment.'

Het is diep in de nacht, ik ga slapen. Al twee keer is een veiligheidsman van het hotel verschenen om te kijken of ik hier nog steeds zit. Ik heb mij de lichtknop laten wijzen en gezegd, dat ik zelf mijn sporen wel zal uitwissen.

Als het wat wordt met dit boek, waar ik nog lang

niet zeker van ben, zal ik het noemen: *Aurora's Key to Life*.

Donderdag 23 juni. – Laatste dag. Morgen gaan we allemaal naar huis en geven het hotel terug aan de internist uit Turijn en de notaris uit München en hun gezinnen. Die boffen niet, want het weer is op echt venetiaanse manier volledig omgeslagen. Uit de Dolomieten komen onafgebroken kolossale onweerswolken aangedreven, alsof het gebergte is opgestegen om zich hier op de grens van land en water spectaculair te ontladen. Ik werd zelfs wakker van het kabaal, het leek wel de Slag bij Verdun; het regende bliksemschichten, de knetterende donderslagen hamerden op het Lido en de venetiaanse vlag van de gevleugelde leeuw met zijn klauw op het boek, die op de hoek van mijn balkon staat, had zichzelf aan flarden gewapperd. De zee, meestal een nogal roerloze blauwe vijver, was veranderd in een grauw, schuimbekkend gedrocht; op de verlaten pier, anders bevolkt door tientallen zonnebaders, waaide nu alleen een rode vlag. Je hebt mensen die bang zijn voor onweer, maar in mij ontsteekt het altijd weer een soort anarchistische vreugde, bij elke donderslag ben ik geneigd 'Juist!' te roepen. 'Bravo!' Dat heb ik misschien van je overgrootvader. Ik besloot te spijbelen en naar de stad te gaan, waar ik iets wilde opzoeken in de bibliotheek. Bij de receptie kreeg ik een grote groene paraplu met de naam van het hotel er op en een klein pakje met een doorzichtige plastic regenjas. Ik zag er uit als een monsterachtige kwalpoliep.

Over het algemeen is de taxiboot van het hotel gevuld met luchtig en smaakvol geklede vakantiegangers van het geciviliseerde soort, nu was alleen de engelse popgroep aan boord die ik kende uit de ontbijtzaal: vijf morose jongens, van top tot teen in het zwart, de getatoeëerde armen bloot tot de schouder, het lange haar in paardestaarten. Ook nu droegen zij geen jassen, zodat ik mij in mijn bangelijke uitmonstering een oude man voelde met mijn eenenveertig jaar. Na de tocht door het smalle dwarskanaal werden wij opgevangen door de lagune. De immense plaat matglas, waarop Venetië in de verte pleegt te drijven als een fata morgana, was verworden tot een overkokende pan grauwe soep; de stad was niet te zien door de slagregens. Ik moest mij vasthouden in het vooronder om niet van de bank gegooid te worden; de twee bootsmannen in hun stoere witte regenjoppers, onder de opgeslagen kap, eigenlijk bedoeld tegen de zon, hadden eindelijk eens plezier in hun werk. Even leek het of het onweer voorbij zou trekken, maar toen ik aan wal stapte bij de Brug der Zuchten barstte het weer los.

De aangemeerde gondels bij de Piazzetta steigerden als paarden, het water stroomde over de kade en onder de arcaden van het Dogepaleis schuilden honderden toeristen in hun afzichtelijke kledij, die in de hel is ontworpen omdat de schoonheid van de stad de Duivel een doorn in het oog is; ook de handelaars in duivenvoer, ansichtkaarten en smakeloze hoeden hadden daar hun karren heen gerold. Ik ging naar Sansovino's imposante Libreria Marciana aan de overkant, soms de Bibliotheek van Petrarca genoemd, waar ze ook een computer hebben waarmee je op het Internet kunt komen. Dat had te maken met mijn boek, waarover ik je gisteren schreef. Zowel Cairns-Smith als Manfred Eigen hebben de hoofdstukken van hun boeken steeds literaire motto's meegegeven, alsof de literatuur aan de wetenschap voorafgaat. Wie weet, misschien is dat zo; historisch is het in elk geval correct: de praesocraten, zoals Parmenides en Heraclitus, waren eerder literatoren dan mannen van de wetenschap. Cairns heeft de Sherlock-Holmesverhalen van Conan Doyle gebruikt, Eigen *Der Zauberberg* van Thomas Mann. Al voordat ik wist hoe ik mijn boek moest aanpakken, speelde ik met de gedachte om op een overeenkomstige manier de roman *Frankenstein* van Mary Shelley te gebruiken. Zelf heeft zij een citaat uit Miltons *Paradise Lost* op de titelpagina gezet:

> *Did I request thee, Maker, from my clay*
> *To mould me man? Did I solicit thee*
> *From darkness to promote me?*

Haar gruwelroman heb ik van huis meegenomen; nu en dan las ik er in, ook als in de Viscontizaal een referaat wat al te saai werd, en een paar toepasselijke passages heb ik aangestreept. Natuurlijk was ik ook benieuwd, *hoe* Frankenstein zijn creatuur had gemaakt. Ik zal voor de vuist weg even voor je vertalen wat de sinistere graaf daarover schrijft in zijn gefingeerde autobiografie (aan Milton waag ik mij liever niet):

'Ik zie aan je gretigheid en aan de verbazing en de hoop die uit je ogen spreekt, beste vriend, dat je verwacht geïnformeerd te worden over het geheim dat mij bekend is; daar kan geen sprake van zijn: luister geduldig tot het eind van mijn verhaal, en je zult met gemak inzien waarom ik terughoudend ben over dat onderwerp. Ik zal je niet de weg wijzen, onvoorzichtig en hartstochtelijk zoals ik toen was, naar je vernietiging en onvermijdelijke ellende.'

Ik betwijfel of de redactie van Science daar genoegen mee had genomen. En bij nader inzien liet ik het plan toch maar varen. Een geleerde die een moorddadig monster fabriceert uit de resten van kadavers... citeren uit zo'n gruwelverhaal zou misschien toch verkeerde associaties oproepen. Maar omdat van het een altijd het ander komt, was ik intussen geïnteresseerd geraakt in die Mary Wollstonecraft Shelley. Zij was negentien toen zij in 1816 haar roman schreef, waarvan de titel een begrip is geworden en die nog ruim anderhalve eeuw later steeds nieuwe romans, films en toneelstukken baart: er is een heel nieuw genre mee geschapen. Negentien! Wat was dat voor meisje? Ik wilde meer over haar weten, daarom zat ik nu in die even stoffige als eerbiedwaardige leeszaal notities te maken, terwijl buiten het onweer kennelijk besloten had nooit meer op te houden. Gelukkig wist niemand, dat dit de ideale plaats was om te schuilen.

Een paar dagen na haar geboorte stierf haar moeder. In 1814, toen zij zeventien was, ontmoette zij Percy Bysshe Shelley, de dichter, die toen tweeëntwintig was en getrouwd. Een jaar later kreeg zij een dochter, die binnen elf dagen stierf. In 1816 kreeg zij een zoon en trouwde met Shelley, nadat zijn vrouw zelfmoord had gepleegd. In 1817 kreeg zij weer een dochter, die het jaar daarop stierf, terwijl zij op weg naar Venetië waren. En in 1819 stierf ook haar zoon, drie jaar oud, maar zij baarde een tweede. In 1822 kreeg zij een miskraam en Shelley verdronk in zee. Doem, doem. Maar intussen schreef zij in 1816 dan nog haar roman *Frankenstein, or The Modern Prometheus*. In gezelschap van Lord Byron waren Shelley en zij op vakantie in Zwitserland. Het was een natte zomer en zij lazen elkaar duitse spookverhalen voor, waarop Byron voorstelde: 'Laten we elk een spookverhaal schrijven.' Alleen het hare werd voltooid, het gegeven verscheen haar in een droom. Het is mij of ik ze vóór mij zie, die drie geniale mensen daar op hun zwitserse Zauberberg.

Waarom ik dit allemaal opschrijf hier op mijn balkon (want net als in Beethovens *Pastorale* heeft het noodweer in de loop van de avond plaatsgemaakt voor een koele, heldere nacht vol sterren)? Omdat ik op het Internet een additionele ontdekking heb gedaan. In datzelfde jaar 1816 scheidde diezelfde Lord Byron van zijn vrouw, kort nadat hun dochter Ada was geboren. Wegens een incestueus schandaal kon hij niet naar Engeland terugkeren en acht jaar later stierf hij in Griekenland tijdens de vrijheidsoorlog tegen de turken, hij heeft haar nooit teruggezien. Maar net als Mary Wollstonecraft Shelley groeide dat meisje op tot een uiterst verbazend schepsel: zij werd de eerste programmeur aller tijden. De computertaal van het amerikaanse ministerie van Defensie, *Ada*, is naar haar genoemd. Op haar veertiende werd zij getroffen door een verlamming, waardoor zij gedurende drie jaar niet kon lopen; in die tijd studeerde zij wiskunde. Zij was achttien toen zij Charles Babbage ontmoette, die een voorloper van de computer had uitgevonden; haar theoretische bijdragen aan die machine waren visionair en baanbrekend, zij liepen zelfs vooruit op de theorie van de kunstmatige intelligentie. Maar op haar negenentwintigste, inmiddels Lady Lovelace geheten, stortte zij lichamelijk en geestelijk in, werd jarenlang verkeerd behandeld met brandy, opium en morfine, meende dat zij Gods profetes op aarde was, die alle geheimen van het universum doorgrondde, vergokte haar bezittingen en stierf aan kanker op haar zesendertigste, – een jaar na Mary Shelley, die zij ongetwijfeld gekend heeft, want in elk establishment kent iedereen iedereen.

Ik verbrak de verbinding met het Internet, kruiste mijn armen en dacht na. Wat een fantastisch spinneweb! Hier kwam alles bij elkaar: graaf Frankenstein, Alan Turing, computers, robots – en ikzelf ook, ik zat ook gevangen in dat fatale web. Wie of wat was de spin in het midden er van? Misschien toch de god van Ada, de profetes? Ik herinnerde mij, dat ik als jongen eens een groot spinneweb had gezien in een bos, met in het midden van het zilverige, mathematische pentagon een grote, donkerbruine spin. Toen ik dichterbij kwam om haar te bekijken, begon zij plotseling zo razendsnel op en neer te schudden in haar net, dat zij onzichtbaar werd. Dat was natuurlijk om aan roofzuchtige vogels te ontkomen, – maar, zoals alles altijd ook iets anders

is, misschien wierp het achteraf ook licht op de on-
zichtbaarheid van de procreatieve god.

Met gebalde vuisten strekte ik mijn armen uit boven mijn hoofd en rekte mij uit. Het liep tegen de
middag, ik had trek. Ik stopte de notities en uitdraaien
in mijn zak, bracht de boeken terug en ging naar buiten. Door de menigte onder de arcaden worstelde ik
mij naar Florian, terwijl de stortregens neerkletterden
op het marmeren plaveisel van de verlaten Piazza; in
de lucht kraakte en rommelde het nog onafgebroken.
Het was stampvol in de kleine kabinetten van het café,
leunend tegen een pilaster dronk ik een bellini, terwijl
ik naar de lompe campanile keek die in de steigers
stond, zoals in Venetië altijd alles in de steigers staat.
In 1902 was de duizend jaar oude toren ingestort, en
na vergelijking met afbeeldingen van het ranke bouw-
sel op schilderijen van Canaletto, Turner en anderen
was ik er van overtuigd, dat hij veiligheidshalve ten
minste anderhalve meter breder was herbouwd, ofschoon altijd gezegd wordt dat het een nauwkeurige
replica is, – maar mijn timmermansoog bedriegt mij
nooit. Beschermd door regenjas en paraplu ging ik
vervolgens naar Harry's Bar, om de hoek, aan het
Canal Grande. In een palazzo een paar honderd meter verderop had Byron jarenlang gewoond, in een
chaotisch huishouden waar hij zijn woeste feesten
hield en intussen nog tijd vond voor het schrijven van
meesterwerken.

The Beings of the Mind are not of clay...

Die regel, uit *Childe Harold*, had hij mij daar op het lijf geschreven, en je begrijpt inmiddels waarom ik hem heb onthouden.

Achter in de kleine ruimte was nog een tafeltje vrij. Zoals altijd zat het vol welvarende amerikanen en japanners, die zich koesterden in de afglans van voormalige stamgasten als Hemingway en andere beroemdheden. Ik bestelde een *risotto di pesce* en een halve fles Orvieto, leunde achterover, kruiste mijn armen – en toen overkwam mij iets vreemds. Het duurde heel kort, maar het was alsof ik opeens werd uitgetild boven mijn eigen leven en neergezet in een andere ruimte, waar alles van mij afviel wat ik ooit gedaan had en alles wat mij ooit overkomen was, wat allemaal ook anders geweest had kunnen zijn, en waar alleen datgene overbleef wat niet anders geweest had kunnen zijn: dat ik degene ben die ik ben. Mijn pure Ik, zonder verleden, zonder toekomst. Een mysterieus moment. Mijn privéleven was een ruïne, en toch leek het plotseling of dat alles op een of andere manier niet mijn kern raakte.

De deur, waar ik recht tegenover zat, ging open en er verscheen een gedistingeerde heer zo door en door nat, alsof hij over de bodem van het Canal Grande aan was komen wandelen uit de lagune. Hij was lang en mager, met golvend, dik, bijna wit haar; het jasje van zijn doorweekte witte pak droeg hij over zijn arm; ook zijn witte hemd en felrode das waren kletsnat. De gepommadeerde obers begroetten hem als een goede bekende. Druipend ging hij zitten aan het tafeltje naast het mijne, waarop een bordje *Riservato* stond; ik kreeg de indruk dat hij daar iedere middag lunchte, want zonder dat hij iets had besteld werd er een glas prosecco voor hem neergezet.

Lachend keek hij mij aan.

'Eigenlijk,' zei hij in het engels, terwijl hij met zijn servet zijn getaande gezicht afdroogde, 'zou ik liever een hete grog hebben, maar het is beter om niet van je gewoontes af te wijken. Wie op mijn leeftijd van zijn gewoontes afwijkt gaat gauw dood, en dat is eerlijk gezegd niets voor mij. Dat soort dingen pleeg ik aan andere mensen over te laten.'

Ik begreep dat ik niet met de eerste de beste te maken had. Hij had een accent dat ik niet thuis kon brengen, een engelsman of een amerikaan was hij in elk geval niet.

'Het ziet er dus naar uit,' zei ik, ook met een lach, 'dat u onsterfelijk bent.'

Met zijn koele, grijsblauwe ogen nam hij mij een paar seconden onderzoekend op.

'Het beste,' zei hij, 'is om uit alles meteen de uiterste consequentie te trekken. Dat geldt overal, in de kunst net zo goed als in de politiek en de wetenschap. Van Picasso tot Lenin en Einstein, allemaal zijn ze over de schreef gegaan. De radicalen hebben de hele wereld.'

Aan wie vertelde hij dit? Vaderlijk knikte hij mij toe, alsof hij mij moed wilde inspreken. Ik hield het niet voor uitgesloten dat hij tien jaar ouder was dan hij leek, misschien liep hij al tegen de zeventig, maar tegelijk had hij de oogopslag van een zeventienjarige. Mijn vader zou nu overigens zevenenzeventig zijn geweest; vermoedelijk was hij zo oud als mijn moeder.

'Zelfde recept?' vroeg de ober hem, terwijl hij om

onduidelijke redenen een hand om het peper- en zoutvaatje legde en ze tien centimeter verplaatste.

'Ik wacht even.'

Sinds het vertrek van je moeder eet ik tegenwoordig ook thuis een paar keer per week in restaurants; meestal ben ik de enige die alleen aan een tafeltje zit. Het ontgaat mij niet, dat ik dan soms wat meewarig word bekeken, maar dat is natuurlijk echt hollands: buitenshuis eet je alleen als er iets bijzonders aan de hand is, anders is het zonde van het geld. In België is dat al heel anders, om te zwijgen over Frankrijk. Ik vind het eerlijk gezegd een van de weinige aangename kanten van het alleenzijn; in een wereld van wit linnen en hotelzilver word je geruisloos bemoederd en je kunt rustig nadenken. Nee, 'nadenken' is het woord niet, dat duidt nog op iets actiefs, – je laat je meevoeren door de stroom van je gedachten, als een vlot op een rivier, en soms stoot je dan op iets onverwachts, als op zo'n langgerekt, sprookjesachtig begroeid eiland, zoals je die in de Rijn en de Rhône vindt. Mijn beste invallen heb ik nooit achter mijn schrijftafel of in het laboratorium gekregen, maar als ik in een tram stapte, of bij het wakker worden, of in een restaurant bij de koffie. Het idee voor de eobiont kreeg ik onder de douche. Het plan om mij te melden bij het mummie-onderzoek, waarover ik gehoord had, kreeg ik toen ik eens vanuit een hotel in Sydney mama wilde bellen, maar een onverstaanbare man aan de telefoon kreeg. 'You got Egypt now,' zei de telefoniste. Ik vind het daarom ook niet prettig als iemand zich over mij ontfermt en een praatje begint, dat kap ik altijd zo snel mogelijk af door een meegebrachte krant in te zien of mijn notitieboekje uit mijn binnenzak te halen. Maar nu, in Harry's Bar, hoopte ik dat mijn doorweekte buurman zich niet van mij af zou wenden. Ik deed dus, wat ik nooit eerder had gedaan: ik richtte uit mijzelf het woord tot hem.

'Dat u op een dag als vandaag zonder jas of paraplu bent,' zei ik, 'betekent volgens mij dat u gisteren al van huis bent gegaan.'

'U bent in de wieg gelegd voor detective, maar het kan ook iets anders betekenen, namelijk dat mijn paraplu gestolen is. Ik was in het Palazzo Grassi, daarna heb ik een espresso gedronken bij Paulin, en daar vond kennelijk iemand dat hij hem beter kon gebruiken dan ik. God weet, misschien was dat zo. Misschien was het iemand van suiker. En voordat u als rechtgeaard speurder nu vraagt, waarom ik dan niet op de Campo San Stefano iets ging eten: ik heb hier een afspraak.'

Strak keek hij mij aan, alsof hij die afspraak met mij had. Hij sprak over de stad als iemand die er woonde, waarbij hij er blijkbaar van uitging dat ik haar even goed kende als hij. Ik informeerde wat voor expositie hij had gezien.

'Er is nog niets te zien, maar dat komt. Het probleem waar je in Venetië als tentoonstellingmaker mee worstelt, is dat het op straat altijd mooier is dan in het museum. In het Palazzo Grassi probeer ik dat dilemma dit jaar dialectisch op te lossen.'

'Dialectisch? Dat klinkt niet erg modern.'

Enigszins ongeduldig trommelde hij even met zijn vingers op het tafellaken.

'Past u maar op, dat u het dialectische kind niet met het communistische badwater weggooit.'

Ik had een standje gekregen. Dat amuseerde mij en ik vroeg:

'Hoe pakt u dat aan?'

'Door alleen lelijke dingen te laten zien. Daardoor wordt het Palazzo Grassi zelf des te mooier, en als je buiten komt breidt zich dat uit tot de hele stad. Mijn eigenlijke expositie is dus Venetië. En dan maar hopen dat iemand begrijpt, dat zijn zucht van verlichting bij het verlaten van het museum de eigenlijke bedoeling was.'

Het leek mij een riskante conceptie, en voor het eerst van mijn leven kreeg ik het gevoel dat ik begreep wat de dialectiek was.

'Misschien,' zei ik, 'was de eigenlijke bedoeling van dialectici als Lenin en Stalin dus ook, dat het volk bevrijd zou opademen bij de ineenstorting van het sovjetsysteem.'

Hij knikte.

'Zonder twijfel. Maar dat weten alleen u en ik.'

Ik vroeg mij af of ik mij nu aan hem moest voorstellen, zodat ik zijn naam te weten zou komen; maar om een of andere reden leek mij dat ongepast. In elk geval moest hij een internationale coryfee zijn als hij tentoonstellingen in het Palazzo Grassi inrichtte. Plotseling leek hij een beetje in elkaar te zakken.

'Uiteindelijk is alles natuurlijk zinloos,' zei hij, meer tot zichzelf dan tot mij. 'Zelfs als het leven zin heeft, dan nog kun je volhouden dat het zinloos is, want wat heeft het voor zin dat het zin heeft?' Hij legde zijn hand om de voet van zijn glas. 'Maar binnen een zinloos bestaan is de zin van dit glas het drinken, de zin van het spreken dat ik nu doe het gehoord worden door u. De zin van mijn leven bent u op het ogenblik,' zei hij en keek mij aan, 'en ik die van het uwe. Alles heeft zin, behalve «alles».'

Langzamerhand vraag je je misschien af, waarom ik je dit allemaal vertel, – de reden is, dat jij toen ook ter sprake kwam. Nadat wij een tijdje hadden gezwegen na zijn melancholische aanval, ging de deur weer open en op de drempel verscheen een vrouw met aan haar ene hand een meisje van een jaar of vier, in de andere de lijn van een jonge zwarte teckel. Toen gebeurde er iets wonderbaarlijks. Het teefje rukte zich los en in mijn herinnering *vloog* zij over de hoofden van de gasten naar mijn buurman, met wapperende oren, de rode lijn achter zich aan slierend, landde op zijn borst en begon hem af te likken, haar twee voorpoten met gespreide vingertjes tegen zijn wangen, haar oren in haar nek, het wit boven haar ogen zichtbaar. Mijn buurman maakte geen aanstalten zich aan de liefkozing te onttrekken; met zijn handen op de zwartglanzende heupjes liet hij het begaan, zodat zijn gezicht even later weer even nat was als het daarstraks was geweest. De amerikanen rondom bekeken het tafereel met afschuw, terwijl een echtpaar uit een of ander oriëntaals land de indruk wekte dat zij het diertje liefst zouden stenigen.

Na een minuut of twee was het opeens afgelopen. De hond nestelde zich op zijn schoot en met zijn servet veegde hij zijn gezicht weer af, terwijl hij tegen mij zei:

173

'Dit is Catharina. Mijn vrouw is haar moeder, mijn dochter haar zuster, maar ik ben haar zoon. Ja, dat bestaat ook, de totale, zuivere, volmaakte liefde. De wereld is nog niet verloren. Ik houd niet alleen van dit diertje zoals u het hier ziet, maar ook van alles wat je niet ziet, haar longetjes, haar levertje, haar niertjes, haar hersentjes en haar kleine hartje. Daarom vervloek ik jagers. Hoe kan iemand op een dier schieten dat niets anders heeft dan die kleine ruimte die het in de wereld inneemt? Zouden zij weten, hoe groot het heelal is? Maar nee, zelfs die kleine heilige ruimte die een eend of een hert bezit, wordt ze misgund. Dat moet ze met alle geweld afgenomen worden, en dat is dan een genot om te doen. Dat ik nog steeds vlees eet, beschouw ik als de grootste nederlaag van mijn leven.'

Een man naar mijn hart. De vrouw, die intussen was gaan zitten, had hem pas een kus gegeven toen zijn gezicht droog was. Zij was lang en slank, met het profiel van een griekse amazone, zeker dertig jaar jonger dan hij – ongeveer even oud als mama dus. Het meisje vroeg haar iets in een taal die ik niet kon thuisbrengen, misschien was het letlands, of estnisch, of iets anders uit Ultima Thule. Beiden begonnen te lachen, waarop mijn buurman zei:

'Dit is onze Elsa. Hebt u ook kinderen?'

Als een kei viel die vraag op mijn tafeltje. Je begrijpt natuurlijk, Aurora, dat zij mij vaker is gesteld en steeds was mijn antwoord dan 'Nee', waarop ik het gesprek snel op iets anders bracht. Maar nu, bij deze man, deze sympathieke advocatus diaboli, kreeg ik het gevoel dat ik het daar niet bij kon laten. Hij keek mij aan met een vreemde blik, alsof hij al wist wat ik ging antwoorden.

'Ik zou ook een dochter gehad moeten hebben,' zei ik, legde mijn vork neer en keek hem aan, 'maar zij is gestorven.'

Meteen wist ik, dat ik nu vertrekken moest. Mijn bord was nog niet leeg, maar ik veegde mijn mond af en probeerde de aandacht van de ober te trekken. Toen mijn buurman het zag, zei hij:

'Nee nee, u was mijn gast.'

'Maar...'

'Ik sta er op. U betaalt de volgende keer. Tot ziens. De wereld is klein.'

Zijn hand was koud als die van een dode.

Ik voel mij een beetje verstijfd, ongemerkt is de nacht koeler geworden. Nog steeds ben ik in verwarring van die ontmoeting. Wat was dat voor man, die zei dat onze levens elkaars zin waren? Waarom sprak ik tegen die wildvreemde, dialectische let of est plotseling over jou?

Zevende stuk
Derde schrijven

MENA HOUSE

CAIRO

27 september 1994

Lieve Clara!
Nog steeds geen levensteken. Roepende in de woestijn, die een
paar meter hier vandaan begint.
Victor

***

Dinsdag 6 september. – Uit dit geschepte briefpapier maak je vermoedelijk op, dat ik nu weer in een luxe-hotel met vier sterren logeer, maar dat is niet het geval. Ik ben ondergebracht in een soort pension in het centrum van Cairo, vlak bij het museum en de universiteit. Met een internationaal team ben ik hier sinds een paar dagen weer bezig met het DNA-onderzoek aan mummies. Het is niet honderd procent uitgesloten, dat zij dicht voor hun opstanding staan: hun hiernamaals, waarvoor zij geprepareerd zijn, ligt misschien in een niet al te verre toekomst. Daar is het ons overigens niet om begonnen. De details van ons werk zal ik je besparen, maar het heeft iets te maken met AIDS. We willen te weten komen of er vijfduizend jaar geleden bij apen al HIV-achtige virussen voorkwamen, die tegenwoordig fataal zijn voor mensen, – dat is een idee van Jaap, de leider van ons team. We halen beenmerg uit gemummificeerde bavianen en makaken, maar het DNA is ernstig gedegradeerd; de bedoeling is dat ik dat repareer, als een soort moleculair-biologische loodgieter, zodat de lettervolgorde weer te lezen is. Daar heb ik misschien iets op gevonden. Eigenlijk ben ik overgekwalificeerd voor dit soort werk, maar ik wilde weg, het land uit, de woestijn in. Apenmummies zijn hier in overvloed, in Sakkara graven wij ze zelf op, heel spannend en avontuurlijk allemaal. Die dieren waren hier heilig, want gewijd aan de schrijver-god Thoth, die Osiris uit de dood heeft opgewekt. Stel je voor, we vinden op deze manier iets tegen die moderne pest, dan moeten we toch zeggen dat dat te danken is aan het oud-egyptisch geloof. En *ondanks* het christelijke geloof, want katholieke missionarissen hebben er alles aan gedaan om die heidense dierennecropolissen te verwoesten, wat ze goddank niet volledig is gelukt.

Het kabaal en de hitte en de stank van uitlaatgassen en geroosterd vlees in Cairo zijn met geen pen te beschrijven, althans niet met de mijne, er lopen zo'n vijftien miljoen mensen door de straten, even veel als er nederlanders zijn, en vanmiddag had ik behoefte aan wat rust. Ik heb mij laten raden door een egyptische collega, een das omgedaan en de walmende, overvolle, in al zijn voegen krakende, onafgebroken toeterende bus naar dit superhotel genomen. In een buitenwijk kwam het bovennatuurlijke moment, dat de pyramiden van Gizeh als een fata morgana boven de daken van de huizen uitstaken, zoals ergens anders raffinaderijen of hoogovens. Je zou zeggen, dat de stad op een flinke afstand van die wonderwerken gehouden moet worden, maar zo gaat dat hier niet. Het is niet ondenkbaar, dat zij op een dag midden in Cairo liggen, zoals bij ons middeleeuwse stadsmuren, al zal de minister van toerisme dat hopelijk voorkomen.

Dit is het soort hotelpaleis, waar ik mij nog net een kop koffie kan veroorloven: zoete, overheerlijke drab uit een kleine koperen steelpan, met een mierzoet arabisch koekje. Alles is hier hoog, weids, een en al oriëntaalse luxe met houtsnijwerk, spiegels en wandtapijten, Duizend-en-één-Nacht, *Alf laila wa laila.* In een hoek van de gekoelde lounge hangt een opvallend maar enigszins uitgeblust gezelschap in de fauteuils, een man of twintig, dertig. Ofschoon zij een zijden shawl nogal strak om haar hoofd heeft geknoopt, alleen haar gezicht vrijlatend, herkende ik een van de dames: Jacqueline Kennedy Onassis. Zij ziet er slecht uit. Ik vroeg de ober wat dat voor groep is. Ongetwijfeld tegen zijn instructies in vertelde hij, dat het de gasten zijn van een of andere industriële tycoon, die hen ter gelegenheid van zijn verjaardag heeft getrakteerd op een privévoorstelling van Aïda in de Amontempel van Karnak; vanochtend zijn zij met een vloot helikopters aangekomen. Ja, Aurora, je hoort het, van een afstand mag ik weer even een blik slaan op de eigenaars van de aarde.

Maar als ik uit het raam met de moorse hoefijzerboog kijk, zie ik een nog veel groter eigendom: de pyramide van Cheops. Je zult het niet geloven, maar zij

178

bestaat echt. Ik had het te druk om eerder te gaan kijken, maar nu zie ik het toch, dat wereldwonder. Langs het hotel loopt een geasfalteerde weg met een boog naar haar toe. Aan deze kant van de straat is de groene hoteltuin met gazons, fonteinen, palmen en allerlei exotische bomen, waar een paar tuinmannen staan te sproeien, – aan de overkant begint de woestijn. Daar groeit niets meer. Bedoeïenen hebben er hun tenten opgeslagen, als de cocons van reusachtige insecten; er lummelen wat kamelen. De weg is niet langer dan tweehonderd meter en loopt omhoog naar het plateau waarop de drie pyramiden staan: die van Cheops, Chefren en Mycerinus. Men zegt, dat het daar nog nooit geregend heeft. En wat moet *ik* zeggen van dit verpletterende tafereel, dat mij op een of andere manier volledig uit mijzelf wegslaat? Hoe zou ik er iets van kunnen zeggen, dat nog niemand heeft gezegd? Toen Herodotus ze als eerste beschreef, in de vijfde eeuw v. Chr., waren ze al meer dan tweeduizend jaar oud. Maar misschien weet ik toch iets. Zij zijn het logo van onze planeet. Je hebt de davidsster, het hakenkruis, de sovjetster, de ster van Mercedes-Benz, maar die regelmatige veelvlakken zijn het merkteken van de aarde als geheel. Als iemand in *outer space* zou vragen: 'Hoe herken ik planeet no. 3 van het Zonnestelsel?' – dan is het antwoord: 'Kijk of je ergens in de Melkweg pyramiden ziet.'

Zaterdag 10 september. – In de bus leert men het volk kennen, maar dit keer heb ik toch maar een taxi genomen. Ik heb besloten, alleen nog hier aan deze notities te schrijven. Het ondoorgrondelijke zwijgen dat van die drie graftomben uitgaat, daar op de kust van de woestijn, herinnert mij aan dat van jou, mijn kind.

In mijn pension is de airconditioning uitgevallen, wat mij niet heeft belet veel na te denken de laatste dagen, – niet alleen over antieke retrovirussen, ook over mama. De tijd heelt alle wonden, zegt men, maar in mij is kennelijk iets resistent geworden tegen de tijd. Ik heb haar nu alweer bijna een jaar niet gezien en er is geen enkele verbetering. Niet dat ik de hele dag ongelukkig rondloop en 's nachts huilend mijn vuisten in het kussen sla, ook in het begin was dat niet zo, maar ik voel het als een soort knoop ergens ter hoogte van mijn middenrif. Ik zit in de knoop, zoals dat heet. Je zult het misschien vreemd vinden (niet als je me had gekend), maar toen dat beeld van een knoop in mij opkwam, heb ik in een encyclopedie het lemma 'Zeilvaart op de Nijl' geraadpleegd, waarin een paragraaf over knopen stond. Als ik het zo voel, en als het ook in het spraakgebruik bestaat, kon de knoopkunde mij misschien een oplossing aan de hand doen. Afgezien van de dasknoop en de strik kende ik eigenlijk maar twee knopen: het oude wijf (links over rechts en nog eens links over rechts) en de platte knoop (links over rechts, rechts over links); maar je hebt nog tientallen andere, zoals de paalsteek, de mastworp, de muilslag, de katteklauw en de driedubbele leeuwerikskop. Allemaal heel belangwekkend, maar het hielp mij niet verder. Ten slotte bestaan er nog allerlei ingenieuze goochelaarsknopen, die met een enkele ruk losschieten. Het zou mooi zijn als mijn knoop van dat soort was, helaas is dat niet het geval. Maar wel zetten zij mij op het spoor van hun tegendeel, de knoop der knopen: de gordiaanse.

In de encyclopedie sloeg ik hem op. Wie de knoop kon losmaken waarmee de dissel aan het juk van koning Gordias' strijdwagen was bevestigd, zou volgens het orakel wereldheerser worden. Er stonden twee versies vermeld van de manier, waarop Alexander de Grote dat zou hebben gedaan. De gangbare natuurlijk: dat hij hem met zijn zwaard zou hebben doorgehakt, – maar die bevalt mij niet, die is mij te grof. Volgens de andere heeft hij de stang die door het juk en de dissel liep uit de knoop getrokken. Dat is de elegante oplossing, een wereldheerser waardig; daarom is hier verderop de havenstad naar hem vernoemd. Hij had de dissel en het juk ontkoppeld zonder de knoop aan te tasten: die viel vervolgens vanzelf uit elkaar. Dit heeft dus toch het karakter van een goocheltruc. Kon ik iets leren van de Grote Boeienkoning? Ik wist alleen vaag wat een dissel en een juk waren, dus moest ik ook dat eerst weer opzoeken. Een dissel is de boom tussen de paarden van een tweespan voor een wagen; een juk is een houten blok met om de nek sluitende uithollingen om er een paar trekdieren mee voor een wagen te spannen.

Verdraaid, als ik dit overlees krijg ik het absurde gevoel, dat ik er iets mee kan beginnen. De vergelijking hinkt natuurlijk aan alle kanten, maar het is ook niet nodig om het met geweld congruent te maken. Het juk, dat mij aan de dissel en de wagen bindt, is een paradoxaal juk, want het bindt mij ook aan mama maar mama niet meer aan mij. Wat moet ik doen om haar weer in het juk te krijgen of om mijzelf er van te ontdoen? Heeft dat misschien iets te maken met die stang in de gordiaanse knoop? Die moet ik er uit trekken en de knoop de knoop laten, want die valt dan vanzelf uit elkaar. Maar wat is die stang in ons geval? Wat moet ik waaruit trekken?

Natuurlijk, ik weet het, ik laat mij nu drijven op mijn invallen en intuïtie, als een surfer op de golven en de wind, maar daar heb ik geen slechte ervaringen mee. Je moet ook die kant van jezelf ernstig durven nemen – als je haar hebt, ten minste. Sinds jaar en dag ben ik bezig met zaken van microprecisie, maar ook daar gaat altijd de verbeelding aan vooraf. Ik ga dus nog even door, want het is of ik werkelijk iets voor mij zie waar ik iets uit kan trekken. Al de hele tijd hangt het woord *leugen* in mijn hoofd. Ik –

Vrijdag 16 september. – Vorige week werd ik onderbroken door een telefoontje van mijn egyptische collega uit het laboratorium. Hij zei maar één ding: 'GGT ACC CAG CTT CCC CAA AGG TTC AAG.' Dat was zulk goed nieuws – ik had een gat in het DNA geplakt! – dat ik meteen terugging naar de stad.

Vandaag is de islamitische rustdag en ik zit weer op mijn vaste plek in Mena House, mijn mobiele telefoon op tafel. Mijn collega's beginnen al achter hun hand te kuchen als ik zeg waar ik te bereiken ben; volgens mij verdenken zij mij er van, dat ik mij heb geschaard in het internationale gezelschap pyramidioten, voor wie de pyramide van Cheops de materialisatie is van de diepste esoterische geheimen, gebouwd door mathematisch-astronomisch-religieuze superbreinen. Dat is natuurlijk onzin, maar *helemaal* uit de lucht gegrepen is hun verdenking niet. Op de onderste planken van mijn boekenkasten – mama weet het, want nu en dan sloeg zij ze voor het open raam tegen elkaar – staan een paar dozijn stukgelezen boeken uit mijn jonge jaren die ik nooit weg heb willen doen. De oudste stammen uit de tijd dat ik dertien was; ook toen al beschikte ik over een ingebouwde archivaris, die elk nieuw boek dateerde. Oude scheikunde-, biologie- en geologieboeken, biografieën van grote onderzoekers aan wie ik mij spiegelde, mijn oude boekje over egyptische hiëroglyfen, en weet ik wat allemaal nog meer. En ook een aantal werken van die koortsachtige pyramidologen. Wat mij daarin boeide, en eigenlijk nog steeds boeit, is weer die ten top gedreven ontcijferfurie. Hun fantastische ontdekkingen, hun minuscule opmetingen, hun bevlogen schema's en gecompliceerde berekeningen, hun manipulatie van de gegevens, hun ingenieuze interpretaties van afwijkingen als bevestigingen – het is allemaal de serieuze wetenschap in een lachspiegel. Zeer verkwikkend. Ik lees dat soort boeken ter ontspanning, zoals een ander detectiveromans.

En als ik nu uit het raam kijk, kan ik die bezetenheid wel navoelen. Het ijzingwekkendste boek in zijn soort, dat van Davidson, heet in de nederlandse vertaling *De stenen spreken,* en die titel drukt het precies uit: dat massieve, duizenden jaren aanhoudende zwijgen moet met geweld tot spreken gedwongen worden, waarbij geen enkel middel ongeoorloofd is, derdegraadsverhoren, leugens, bedreigingen, martelingen, alles mag, wanneer het maar tot een bekentenis leidt. De reden is, dat het de door mensenhand gemaakte dood is die daar staat. Niemand zal een boek schrijven over 'het mysterie van de Rots van Gibraltar', ofschoon die veel groter is en nog aanzienlijk ouder: haar opmeten, de positie van haar flanken ten opzichte van de Poolster en Sirius bepalen, nameten hoe lang haar schaduw is op 21 juni om 12 uur, vaststellen dat zij dan precies naar Stonehenge wijst, enz. De Rots van Gibraltar is niet geheimzinnig omdat zij geen mensenwerk is – maar is dat eigenlijk wel een essentieel verschil? Mijn bloedeigen eobiont overbrugt dat verschil toch eigenlijk. In die hoedanigheid is mijn levende kristal in feite zelf het essentiële.

Weet je wie naar mijn smaak de beste kenschets van de pyramiden heeft gegeven? De veelgesmade Hegel. 'Kolossale kristallen' noemde hij ze: het zijn de bovenste helften van octaëders, regelmatige achtvlakken, waarvan je je de onderste helft in het woestijnzand kunt voorstellen, waar zij naar het middelpunt van de aarde wijzen. Iets weerhield mij er tot nu toe van, er heen te lopen en ze van dichtbij te bekijken, maar daarstraks ben ik zelfs *in* het kolossaalste kristal geweest.

Door de taxi liet ik mij afzetten in de hitte op het plateau, waar al een rij autobussen stond. Er heerste grote drukte van toeristen, die in groepen achter opgestoken paraplu's aan liepen; overal bedoeïenen op bontversierde kamelen, die rondritjes probeerden te slijten. Een van hen tastte in zijn boernoes en bood

mij een oud-egyptisch beeldje uit de vierde dynastie te
koop aan, ongetwijfeld gisteren door hemzelf vervaar-
digt. Toen ik hem afwimpelde, zei hij:

'Go to hell!'

Hoe dichter ik de pyramide van Cheops naderde,
hoe meer veranderden haar schuine, gladde zijvlakken
in een woeste opeenstapeling van blokken met uitsluitend verticale en horizontale zijden – maar ook dat,
bedacht ik, was in overeenstemming met haar vorm:
voor een octaëder geldt, dat zijn hoekpunten de mid-
delpunten zijn van de zijvlakken van een kubus. De
blokken zijn stuk voor stuk verweerd en gehavend. De
mens vreest de tijd, luidt een arabisch gezegde, maar
de tijd vreest de pyramiden; en je kunt zien hoe de tijd
haar tanden stukgebeten heeft op dat enig overgebleven wereldwonder. Terwijl ik er naar keek, kreeg ik
werkelijk het gevoel dat ik met het blote oog de atomen van een kristal zag. Met een diepe zucht – alsof ik
eindelijk iets heel belangrijks in mijn leven had bereikt – legde ik allebei mijn handen op zo'n blok van
een kubieke meter, warm van de zon die er sinds duizenden jaren dag aan dag op scheen, en keek omhoog.
Goudbruin tekende de ontzaglijke steenmassa zich af
tegen de blauwe lucht; zij straalde zo'n zwaarte uit, dat
het mij verbaasde dat de pyramide niet al lang door de
aardkorst was gezakt en in het magma gestort.

Het is meestal aangenaam om achteraf over iets on-
aangenaams te vertellen. Het mag natuurlijk niet al te
onaangenaam zijn geweest, maar wie eens door het ijs
is gezakt zal daar later lachend over verhalen. Dat ijs
zit nu in het min of meer illegale glas whisky dat voor

mij staat, hier in deze weldadig gekoelde ruimte, en met genoegen denk ik terug aan mijn helse tocht naar de koningskamer, een paar uur geleden. Hartpatiënten wordt dat bezoek afgeraden. Je gaat de pyramide in door een gat, dat er duizend jaar geleden in is gehakt door een op goud beluste kalief, de zoon van Haroen al-Rashid, de held van *Duizend-en-één-Nacht*. Maar je gaat er niet alleen in. Je gaat er in met drommen japanners, amerikanen, engelsen, duitsers, fransen, italianen en wat Ra verder nog op de wereld heeft gezet, je worstelt je in de schemering tussen al die zwetende lijven door bochten en een nauwe opgaande gang, waar je alleen gebukt kunt lopen, terwijl andere drommen naar beneden komen, en vervolgens door de hoge stijgende galerij met haar bovennatuurlijke maten, die een tijdsschaal zou vormen van de schepping van hemel en aarde tot het jaar 1953 (toen Watson en Crick hun dubbele spiraal van het DNA presenteerden). Intussen wordt het steeds heter en bedompter in die zesenveertig eeuwen lang verhitte oven, je voelt de druk van die miljoenen blokken steen om je heen; het gedrang, het onafgebroken spervuur van de blitzlampen, het gebrek aan zuurstof, het besef van de plek waar je bent, dat alles bij elkaar tast je bewustzijn aan en maakt er Duizend-en-één-Nachtmerrie van. Ten slotte, na weer een paar meter gekropen te hebben, sta je in de koningskamer. Een kale, vrij kleine ruimte met een lege sarcofaag van zwart graniet, waar een hoek van afgeslagen is. Het is er druk als in een overvolle lift en je hebt intussen geen idee meer waar je bent: diep in de aarde, hoog in de lucht, in een andere wereld?

Dit laatste misschien nog het meest. Maar ik moet bekennen, dat mij geen mystieke openbaringen deelachtig werden, mijn gedachten waren bij mama.

Haar opdrachtgever, die megalomane reus met zijn Jaguar, zou daar beslist een visioen hebben gekregen over de manier, waarop de pyramide vertimmerd zou kunnen worden tot een hotel annex appartementsgebouw, World Trade Center en internationaal multicultureel centrum onder auspiciën van de UNESCO. Je hebt mensen die schrikken voor niets terug en hij is er één van. Maar laat ik mij niet over hem beklagen, want aan hem heb ik uiteindelijk mijn eigen woning in het voormalige godshuis te danken.

Dinsdag 20 september. – Nieuws! Vanmorgen kreeg ik de post nagestuurd door de huismeester: de drieling is opgespoord. Van het Gemeentearchief moest ik mij wegens personeelstekort wenden tot een genealoge, die nu geantwoord heeft. Albert Dodemont woont in Haarlem, ik heb zijn adres, fax- en telefoonnummer. Hij schijnt een bekend typograaf te zijn. Zijn twee broers, Marnix en Sjoerd, zijn lang geleden naar Australië en Canada geëmigreerd; of zij nog leven, kon de mevrouw niet zeggen. Zodadelijk zal ik je haarlemse melkoom een fax sturen om een afspraak te maken. Wat ik er eigenlijk mee wil – geen idee.

Vrijdag 23 september. – De airconditioning in mijn kamer was intussen gerepareerd, maar is nu weer stuk. Het beste is dan maar om het raam wijd open te zetten naar de hitte en het kabaal, ik heb alles uitgetrokken, tot en met mijn onderbroek, en in deze naakte toestand wil ik je nu vertellen over de drie dagen in mijn leven, die mij nooit meer zullen loslaten. Het is vandaag weer rustdag, dus ik heb alle tijd.

Toen mama vertelde, dat haar bureau de opdracht had gekregen de basiliek te verbouwen, dacht ik aanvankelijk dat de meedogenloze projectontwikkelaar nu definitief gek was geworden. Maar het ging zoals die man in Harry's Bar al zei: de radicaalste wint. Op haar voorspraak kon ik toen die prachtige flat huren, waar wij een paar gelukkige maanden hebben doorgebracht, waar jij bent verwekt en gestorven, zonder te zijn geboren, en waar vervolgens ook verder alles in het honderd liep.

Je bent nu in de hemel, Aurora, en je hebt er recht op te weten, hoe het allemaal in zijn werk ging. Ooit heb ik gelezen, dat middeleeuwse theologen worstelden met het probleem hoe dat nu moest in de hemel. Immers, de een was seniel gestorven op zijn negentigste, de ander als zuigeling in het kraambed, – bevonden die zich nu ook als zodanig in de hemel? De een als een afgetakeld wrak, de ander als een krijsende baby? Dat kon natuurlijk niet, want hoe moesten die God aanschouwen? Iemand hakte toen de knoop door, ik weet niet meer wie, misschien de heilige Thomas van Aquino, en hij postuleerde dat in de hemel alle zielen drieëndertig jaar zijn. Geniaal! Ik spreek je dus nu toe als een vrouw in die Christusleeftijd – ook al ben je nooit ouder geworden dan minus drie weken.

Dat je een meisje was wisten mama en ik van de

echo, die de gynaecoloog van je had gemaakt toen je minus een paar maanden oud was; dat gebeurde voor alle zekerheid, mama liep al tegen de veertig. Daardoor konden wij je toen al een naam geven. Die foto is de enige die we van je bezitten: een soort omgekeerde pyramide, net als de Nijldelta, met daarin het beeld van een extragalactisch sterrenstelsel. Alles was klaar voor je geboorte, wieg, kleertjes, luiers, en toen werd het op een avond heel stil in mama's buik. Dat was een week eerder ook al eens gebeurd, toen was er een CTG gemaakt, een cardiotocogram, en alles bleek in orde. Toch maakte zij zich ongerust en de volgende ochtend ging zij weer naar het ziekenhuis. Zij vroeg of ik meeging, maar dat kwam mij slecht uit: ik had Woese uit Illinois op bezoek; hij was op doorreis naar Straatsburg en zou maar een dag blijven. Bovendien was ik er van overtuigd, dat het ook dit keer loos alarm was.

Je was dood. Je had jezelf opgeknoopt aan de navelstreng. Er was een lus ontstaan, die zich als een strop om je nek had gelegd; daardoor was je niet gestikt, want je ademde nog niet, maar daardoor werd de toch al getordeerde streng volledig afgeklemd en de bloedtoevoer geblokkeerd. Van de dokter hoorde ik later, dat mama begon te gillen bij dat bericht en schreeuwde: 'Ik wist het! Ik wist het!' En: 'Ik ga gek worden!' Daarna werd zij op slag abnormaal rustig.

Op dat moment at ik met Woese gerookte zalm, geflankeerd door een fles Sancerre in een koeler; ook naderhand belde zij mij niet op. Toen ik aan het eind van de middag thuiskwam, zat zij met haar handen gevouwen op haar dikke buik op de grond naast de bank en keek naar buiten. Ik zag onmiddellijk dat de situatie fataal was. Zij draaide haar hoofd niet om toen ik binnenkwam; pas toen ik bij haar neerhurkte, keek zij mij aan. De blik in haar ogen had ik nog nooit bij iemand gezien. Het was of ik in een donkere put keek, een diepe waterput, zoals die op venetiaanse pleinen staan, waarboven je een steen loslaat die pas seconden later in de zwarte onderwereld een kille plons veroorzaakt. Toen ik vroeg wat er was gebeurd, schudde zij alleen haar hoofd, zij kon het niet zeggen. Maar zij hoefde het ook niet te zeggen. Ik begreep dat zij veranderd was in een graf.

Ik ging naast haar zitten, sloeg een arm om haar brede schouders en legde ook een hand op haar buik. Het was of ik de stilte daarbinnen kon voelen. Hoe moet ik omschrijven wat er in mij omging? Het was niet zoiets als 'verdriet', om jou nog het minst, want je bestond en je bestond niet en ik wist niet wie je was of geworden zou zijn; het was eerder de afwezigheid van emotie, een soort verstening, die alleen te maken had met mama. Voor haar was je iets anders dan voor mij, een deel van haarzelf, niet alleen van haar lichaam maar ook van haar ziel, van haar identiteit als vrouw. Natuurlijk was je ook mijn kind, daar twijfelde ik niet aan; maar toch was je het niet met dezelfde absolute zekerheid als het feit, dat je haar kind was. Dat een kind ook een vader heeft, is een vrij late ontdekking. Toen mama in verwachting van je bleek te zijn, hebben wij overwogen om te trouwen, maar zij had daar even min behoefte aan als ik, misschien zelfs minder.

Enigszins voor de grap heb ik toen gezegd: 'Laten we dan trouwen als het kind geboren is. Eerst zien, dan geloven.'

Nadat wij een kwartier zwijgend naast elkaar hadden gezeten, begon de zon onder te gaan in een grootse creatie van oranje en paars, – de natuur, die zich over het algemeen doodverveelt, is altijd bereid als illustrator van het menselijk lot op te treden. Toen het tumult wat later wegstierf in een grijze schemering, zei ik:

'Zullen we trouwen, Clara?'

Er kwam geen reactie. Pas na een halve minuut schudde zij langzaam haar hoofd.

Ik schrok. Het was het moment waarop mij voor het eerst de angst bekroop, dat misschien ook onze verhouding stervende was. Ik voelde mij schuldig omdat ik niet met haar mee was gegaan naar het ziekenhuis, maar was dat de enige reden? Zij had moeten knikken, en dat dan eventueel later herroepen; wij hadden dichter bij elkaar moeten komen, daar in die situatie op de grond naast de bank, maar in plaats daarvan leek het alsof zich een kloof tussen ons opende. Ik nam mijn arm van haar schouders en ging tegenover haar zitten, zodat ik haar kon aankijken.

'Wat zeiden ze dat er nu moet gebeuren?'

'Niets. Ik wilde meteen een keizersnede, maar dat heeft de vroedvrouw uit mijn hoofd gepraat. Een fantastisch mens. Het moet langs natuurlijke weg komen. Ze zei dat dat in alle opzichten beter voor me is, niet alleen fysiek.'

'En hoe lang gaat dat duren?'

'Als het niet binnen drie dagen komt, gaat ze de weeën opwekken.'

Gedurende de drie dagen die volgden was je moeder een levende sarcofaag. Het is alweer een jaar geleden, maar nog steeds als ik er aan terugdenk is het alsof ik een deur openmaak en aan de andere kant van de drempel strekt zich een peilloos ravijn uit, zoals je die in de Rocky Mountains hebt. Mijn maag draait zich om, ik moet mij vastgrijpen. Ik had de dood in haar geplant – en het is mij achteraf een raadsel, hoe wij die dagen zijn doorgekomen. Er was natuurlijk geen denken aan, dat ik haar alleen zou laten en naar mijn werk gaan. Met haar dikke buik liep zij door de kamers, zat zij tegenover mij aan tafel, lag zij naast mij in bed. Wij spraken weinig. Wij waren met ons drieën, en toch met ons tweeën; maar in plaats dat dat besef ons verbond, scheidde het ons. Ik durfde haar niet te vragen hoe zij zich voelde. Terwijl ik uit mijn ooghoeken naar haar keek, probeerde ik het mij voor te stellen, maar hoe kan een man zich zoiets voorstellen? Nooit eerder heb ik zo zeer de afstand tussen man en vrouw ervaren. Ik kon mij min of meer indenken hoe het zou zijn als ik een grote tumor in mijn buik had, alleen is dat bijkans het tegendeel, – zo'n gezwel is in aanleg de dood zelf, die het op iemands leven heeft voorzien, en dat dan ook zelf sterft, als een kamikazepiloot; maar jij was voorbestemd om te leven, je was er niet op uit je moeder te doden. En nu ben jij dood, terwijl mama leeft, al weet ik niet onder welke omstandigheden.

'Zullen we de stad uit gaan?' vroeg zij de tweede dag.

Daarmee formuleerde zij precies waar ik, zonder het te weten, ook zelf behoefte aan had.

'Waar wil je heen? Naar zee? Naar het bos?' Onder andere omstandigheden had ik er bij gezegd, dat dat het verschil is tussen het horizontale en het verticale, en dat zij natuurlijk voor de zee zou kiezen, maar nu was het niet het moment voor zulk soort exercities.

Het was zo'n milde, noord-europese nazomerdag, waaraan ik met heimwee terugdenk hier in deze klamme hitte. Boven de duinen hing een heel lichte nevel, zoals wanneer je even tegen het vensterglas hebt geademd; dun scheen de zon op de helm en het witte zand, dat de overgang vormde van het groene land naar de grauwe zee. Ik had verwacht in de stilte terecht te komen, alleen een paar mensen met hollende honden langs de vloedlijn, misschien een enkele ruiter, maar de boulevard stond vol geparkeerde auto's en ook op het strand heerste grote drukte. Er was een vliegerwedstrijd aan de gang; uit luidsprekers kwam een harde stem, die de gevoelens van de menigte vorm probeerde te geven. Ik vroeg mama of zij liever naar een rustiger deel wilde, maar zij zei dat zij het wel leuk vond. Ik bood haar mijn arm en wij daalden de schuine trap naar het strand af, met die brede, zanderige treden, afgesloten door houten balken, verweerd, uitgeloogd door zee en zon. Bij een onttakeld strandpaviljoen gingen wij op de grond zitten.

In mijn tijd hadden vliegers uitsluitend de vorm van echofoto's, als ik zo mag zeggen, of van een soort verlengde kubussen. Nu dreven er reusachtige gevaartes in de lucht, kleurige chinese draken, lange, zilverige zeeslangen die plotseling spectaculair omlaag doken, vlak over het strand scheerden, om even later op grote hoogte weer soeverein tot stilstand te komen. Het mooist vond ik een paar zwarte vliegers, die als bloedzuigers of spermatozoa tegen de bleekblauwe hemel kronkelden, alsof zij zich een weg ergens heen zochten.

'Zoiets als dit,' zei Clara, terwijl zij haar kin op haar handen steunde, 'zal zij dus nooit te zien krijgen.'

Maar ook niet *niet*, wilde ik zeggen, maar ik hield mij in. Daar zaten wij, op de grens van land en water, mama met een lijk in haar buik. Dat woord 'lijk' schrijf ik nu heel hard neer, maar dat was het alleen voor mij; voor mama was jij het, haar kind. Voor de eerstvolgende kust, oostwaarts, moest je naar Vladivostok, tienduizend kilometer verderop. Wat was dat voor vreemdsoortige gedachte op dit moment? Misschien wilde ik uit zelfbehoud ons ongeluk in een groot kader van ruimte en tijd plaatsen, zodat het klein werd, een miniem incident, dat op een dag vergeten zou zijn, als mama en ik er niet meer waren. Dat zal ongetwijfeld gebeuren, maar is het daarmee ook verdwenen? Natuurlijk niet. Het leed kan niet ongedaan gemaakt worden. Zoals je ook andere behoudswetten hebt, zo postuleer ik nu de Wet tot Behoud van Smart. Nooit heb ik begrepen, hoe de theologen kunnen beweren dat in de hemel de zielen zich verheugen in de gelukzalige aanschouwing van God. Hoe kun je in hemelsnaam gelukzalig zijn na alles wat er gebeurd is in de loop der tijden? De hemel is alleen denkbaar als het Rijk van de Amnesie, dat wil zeggen als een psychiatrische inrichting. Ja, Aurora, dat geldt zelfs voor jou. Als er iemand zonder zonde is en dus gerechtigd God te aanschouwen, dan ben jij het wel. Maar heeft hij je met je drieëndertig hemelse jaren ook verteld wat er aan de hand is in het leven op aarde, dat je nooit hebt gekend? Of heeft zijn moeder zijn lippen dichtgeplakt met tweecomponentenlijm?

Ik weet niet, misschien begint de hitte naar mijn hoofd te stijgen. Plotseling is de avond gevallen, maar koeler wordt het niet. Uitlaatgassen, walm van verbrandend vlees, getoeter, geschreeuw, als een dampend oriëntaals gerecht drijft dat alles mijn raam binnen uit de oven van de stad. Gelukkig schrijf ik op mijn kleine computer, met een vulpen en papier was het manuscript al lang veranderd in het zweterige geklieder van een kleuter.

Uit de luidsprekers op het strand kwam nu het soort harde, stampende muziek, dat je ook hoort uit een bepaald type auto's dat met open ramen bij een stoplicht wacht.

'Waar denk je aan?' vroeg ik.

'Aan morgen.'

'Voel je al iets?'

'Ik voel helemaal niets. Je gaat toch mee naar het ziekenhuis?'

'Allicht.'

'Je hebt dus geen belangrijke afspraken?'

'En al had ik die.'

'Heb je een sigaret voor me?'

Al die maanden had zij niet gerookt, nooit ook maar een glas wijn gedronken, zoutarm gegeten en trouw haar zwangerschapsgymnastiek gedaan. Ik presenteerde haar een sigaret, die zij diep inhaleerde. Meteen daarop begon zij te snikken.

'Wat moeten we nu toch, Victor?'

Haar ellende trof mij als een dart midden in de roos, – misschien ook omdat zij mijn naam noemde, wat zij zelden deed. Toen zij haar hoofd op mijn schouder legde, kreeg ik een bevrijdend gevoel van geluk. Had ik mij vergist in haar? Was het toch zo, dat de catastrofe ons niet scheidde maar verbond, zoals ook een levend kind dat had gedaan? Of begreep ik tot op dit moment niet, wie je moeder eigenlijk was?

'Wij gaan dit samen oplossen,' zei ik, met mijn wang tegen haar kruin. 'Als het achter de rug is, gaan we een paar dagen ergens heen waar het mooi is. Zeg jij maar wat je wilt.'

Ik voelde dat zij knikte. Uit het zuiden kwamen drie straaljagers laag over de tweede zandbank aandenderen, als om het papieren volkje te tonen wie de baas is in de lucht. Uit zee begon een kille nevel het land in te drijven.

Zo naakt als nu heb ik mij nog nooit gevoeld. Wel te rusten, mijn kind. Ik ga ook proberen wat te slapen.

Zaterdag 24 september. – De hele dag verdaan met vergaderen op het kantoor van de Hoge Raad van Oudheden. Op de voorpagina van Al Ahram, de grootste krant hier, blijkt een bericht te staan van de correspondent in de Benelux, die beweert dat wij aan de hand van mummies willen bewijzen, dat AIDS uit Egypte afkomstig is. Schande! Zelfs sommige farao's zouden er volgens ons aan zijn gestorven. Wij besmeurden het heroïsche verleden van de natie, terwijl iedereen wist dat AIDS tot de huidige dag niet in Egypte voorkwam. Bovendien had de krant ontdekt, dat ook ik een rol in het onderzoek speelde, ik, de man die Allah concurrentie wilde aandoen met zijn blasfemische eobiont. Wij vormden geen team onderzoekers maar eerder een bende misdadigers, in dienst van Satan. Paniek dus. Onze vergunningen liepen gevaar, als er niets gebeurde zouden wij ons werk moeten staken en misschien zelfs het land worden uitgezet. Eindeloze conferenties, heen en weer getelefoneer, wachten op ambtenaren die over een uur zouden komen en dan toch niet kwamen, misverstanden, achterdocht. Gelukkig is ook in Egypte nog steeds niet iedereen gek, en het lukte Jaap het gevaar voorlopig te bezweren. Alleen, de grote vraag is natuurlijk: waar had die journalist dat idiote verhaal vandaan? Van Brock? Ik acht hem tot alles in staat.

De anderen zitten nog bij elkaar om de zaak te bespreken, maar ik ben naar mijn kleine kamer op het instituut gegaan, waar ik nu zit te schrijven. Ik betrapte mij er op, dat ik tijdens al dat gedoe steeds ook met mama en jou bezig was. Dat kwam natuurlijk door mijn notities van gisteren, en ik wil je nu ook het vervolg vertellen. Heel lang heb ik er zelfs niet aan kunnen denken zonder van slag te raken, maar kennelijk is het ogenblik gekomen om er over te spreken. Ik doe het niet alleen voor jou, ook voor mijzelf.

Prompt de volgende dag begonnen de weeën en om tien uur waren wij in het ziekenhuis. Het was alsof de pijngolven kwamen aanrollen uit een pijnzee in de verte en in mama braken. Gedurende acht uren was geen wee gelijk aan een andere, maar wat het verschil was kan ik niet zeggen. Probeer maar eens de branding aan het strand te beschrijven, dat lukt niet, je kunt het alleen laten zien, op een film. Andy Warhol deed zulke dingen. Sinds miljarden jaren zijn geen twee golven gelijk aan elkaar geweest. Zo goed ik kon probeerde ik mama bij te staan, maar het was of het morbide proces ook mij van binnenuit aanvrat. Nu en dan ontvluchtte ik de kamer en liet haar over aan de zorgen van de vroedvrouw, op wie zij zo gesteld was: een indische dame, die op een of andere manier uitstraalde dat zij nog contact had met een heel andere gynaecologie, zoals die van indiaanse vrouwen, die hun kinderen hurkend ter wereld brachten, zich met twee handen vasthoudend aan een lage boomtak. Het atrium van het hypermoderne academische ziekenhuis was een reusachtige, torenhoge, witte ruimte met bloemenstallen, kiosken, restaurants, alles oergezellig, de dood nergens te bekennen, maak je geen zorgen, niets aan de hand, komt best in orde. Maar als ik met trillende handen een espresso gedronken en een lauw saucijzenbroodje gegeten had, moest ik toch weer terug naar mama's kamer, waar zich steeds meer deskundigen in witte jassen verzamelden, aangezien daar de dood bezig was ter wereld te komen.

Wat een gruwel. Het is zo geregeld dat de mens, anders dan de dieren, in smart kinderen moet baren; als het kind dan geboren wordt, slaat de smart op slag om in blijdschap. Maar voor mama was die neutralisering niet weggelegd. Na het geconcentreerde zout-zuur zou geen base komen, zoals natronloog, maar geconcentreerd salpeterzuur: koningswater noemden de alchimisten dat mengsel, *aqua regia*, omdat zelfs goud er in oplost. Mijn hoofd liep om. Ik zat naast haar op het bed en wiste het zweet van haar voor-hoofd, toen ik de vroedvrouw hoorde zeggen:

'Ik zie het kopje staan.'

Mama had het ook gehoord en riep:

'Ik heb het nog! Ik heb het nog!'

Op dat moment gebeurde er iets onbegrijpelijks met mij. Plotseling begon ik te transpireren en over mijn hele lichaam te beven, zoals mij maar een paar keer eerder in mijn leven was overkomen. Was het de angst, dat ik zodadelijk een monster te zien zou krij-gen – ontstaan door allerlei fouten bij het overschrij-ven en vertalen op het DNA-niveau? Die mogelijk-heid hadden mama en ik besproken met haar arts. Toen ik zei dat wij misschien moesten hopen dat je een afwijking had, zodat het maar beter was dat je niet meer leefde, had hij gezegd: 'Nee, meneer Werker, dat moet u niet hopen.' Maar als er nu toch iets gedrochte-lijks met je aan de hand zou zijn, behalve dat je dood was, dan zouden al die getrainde functionarissen dat beslist voor mama weten te verbergen door je snel in een doek te wikkelen en weg te moffelen. Maar ik zou het zien. Mij zou het de rest van mijn leven achtervol-gen. Hoe dan ook, opeens had ik mijzelf niet meer in de hand, ik rende de kamer uit.

Hijgend bleef ik op de gang staan, ik moest natuur-lijk onmiddellijk terug, maar ik kon het niet. Iets verderop zag ik een deur met het opschrift *Rookkamer*. Ofschoon ik zelf nog steeds een overtuigd roker ben, was het of ik in het voorgeborchte van de hel kwam. De kleine ruimte was gevuld met tientallen patiënten en bezoekers die, omvat door een dikke walm, zwijgend zaten te inhaleren als in een opiumkit. Zelf een sigaret opsteken zou het beste verweer zijn tegen die verschrikking, maar het stuitte mij tegen de borst mij te voegen bij die stakkers, die samenschoolden in dit kankerhol, dat met duivelse dialectiek was toegestaan in het steriele areaal van het ziekenhuis. Alleen in een vensterbank was nog plaats. Ik weet niet meer hoe lang ik daar gezeten heb eer ik terugging, misschien een kwartier, een half uur.

Hoofden draaiden zich naar mij om toen ik de deur opende. Nooit eerder heb ik mij zo geschaamd. De artsen wisten natuurlijk wie ik was: de fabrikant van de eobiont, de wereldberoemde levenmaker die, als de dood aan de orde is, op de vlucht slaat. Alleen mama en de vroedvrouw keken mij niet aan. Mama zat rechtop in bed, alweer onder de lakens, en de vroedvrouw reikte jou aan haar met het soort gebaar, waarmee koninginnen worden gekroond. Je galg was verwijderd, bloed en slijm afgewassen, en wat ik zag was geen monster maar een serene verschijning uit een andere wereld. Met jou in haar armen keek mama op je neer als een *Pietà*. Je was even wit en stil als het marmer van Michelangelo in de Sint-Pieter. Je was slap, lang, uitgerekt, je ogen waren gesloten. Ook mama leek veranderd in een beeld, zij sprak niet, huilde niet, leek zelfs niet te ademen. Ik ging naar haar toe, knielde neer naast het bed en legde een hand op je smalle borst. Je was warm! Je was dood en toch warm! Maar het was niet jouw warmte, het was die van mama. Van nu af zou je van minuut tot minuut afkoelen, tot je de kamertemperatuur van je dood had bereikt. Even was je langs de wereld gescheerd, jouw hiernamaals; daarna zou je vergaan in de aarde, die je nooit hebt gezien. De stilte die van je uitging, was stiller dan stil: het was het eeuwige zwijgen dat tussen de sterren hangt. Ik keek naar mama, maar zij beantwoordde mijn blik niet. Toen zag ik op haar hemd, ter hoogte van een tepel, de vochtige vlek verschijnen van een druppel melk.

Die druppel, denk ik soms, heeft mij vernield. Ofschoon je het niet koud kon krijgen, kleedde de vroedvrouw je aan en legde je onder een dekentje in een wieg. Pas op dat moment besefte ik, dat mama dus kleertjes voor je meegenomen had. De een na de ander verdwenen de artsen, mama nam een douche, gaf nog een kus op je voorhoofd en zwijgend gingen wij met ons tweeën naar huis.

Pas toen ik de sleutel in het slot had gestoken, zei ik: 'Neem mij niet kwalijk... ik kon het niet opbrengen.'

Zij schudde haar hoofd, nog steeds zonder mij aan te kijken.

'Ik begrijp het wel.'

Is het denkbaar, dat zij mij van toen af in de meest letterlijke zin nooit meer heeft aangekeken? Ik weet het niet zeker, maar dat gevoel besluipt mij nu plotseling. Omdat ik behoefte had aan een requiem, zette ik de Vierde van Mahler op; eer ik ging zitten om te luisteren, draaide ik de sleutel in het slot van de babykamer om. Mama weet het niet, maar sindsdien is die deur niet meer open geweest. Om een of andere reden durfde ik het niet. Nu en dan doe ik ook werk met fossiel DNA en op een nacht droomde ik, dat er een monster in je kamertje zat, – geen dinosauriër maar een reusachtige, viltige mot, die van je kleertjes en je poppen leefde.

Drie dagen later begroeven wij je in je kleine kist op een deel van het kerkhof, dat Het Hofje heet. Hier en daar bloemen op de zerken, teddyberen en ander speelgoed; op de meeste niets meer. Wij begroeven je als een mens, die nooit een laatste adem heeft uitgeblazen omdat hij nooit een eerste heeft ingezogen. Je was gestorven zonder te zijn geboren. Dat is onmogelijk, en daarmee werd volgens alle regels van de logica de hele wereld onmogelijk. Jij hebt dat onmogelijke volbracht, Aurora.

Zondag 25 september. – In plaats dat ik mijn vrije tijd aan *Aurora's Key to Life* besteed, schrijf ik jou nu dagelijks. Vandaag – ik zit weer aan mijn vertrouwde tafeltje in het Mena House – ga ik je vertellen over twee brieven die ik heb ontvangen.

Een paar dagen na je begrafenis vlogen wij naar Marseille, waar wij de trein namen naar Arles. Omdat mama geen besluit over onze bestemming kon of wilde nemen, had ik die sprookjesachtige kleine stad aan de Rhône uitgekozen; in mijn studententijd was ik er eens geweest. Ik had de illusie, dat de schoonheid het kon opnemen tegen ons ongeluk, maar daar denk ik nu anders over. De schoonheid regeert niet alleen de kunst, ook de wetenschap, de techniek, de sport, bijna alles wat je bedenken kunt; volgens sommigen zelfs de oorlog. Maar tegen het individuele leed is geen esthetisch kruid gewassen, zo min als een kankergezwel verdwijnt door het kijken naar een zelfportret van Van Gogh, of door het luisteren naar de Vierde van Mahler. Alleen het geloof schijnt het amorfe verdriet – weliswaar niet weg te nemen, maar althans enige vorm te kunnen geven. Best mogelijk, mama en mij ontbreekt het aan religieus talent.

Naar kerken, die verdrietverwerkende machines, hoef je niet lang te zoeken in Arles. De mooiste is natuurlijk de middeleeuwse kathedraal Saint Trophime, die wij bezichtigden op de Place de la République met de obelisk. Alleen, zij was niet bedoeld om mooi te zijn, eerder als een soort emotioneel overslagbedrijf, waar het lijden van de enkeling als een kleine rivier uitmondt in de onmetelijke oceaan van Christus' lijden en sterven. Wie haar alleen om haar schoonheid bewondert, zoals vrijwel iedereen die binnen was, een paar oude vrouwtjes uitgezonderd, geeft daarmee te kennen dat hij God verloren heeft.

Dit soort dingen had ik toen tegen mama willen zeggen, maar zij was zo in zichzelf gekeerd dat het mij niet mogelijk was. Zwijgend liepen wij die eerste dag door de kerken en kloosterhoven en de kolossale romeinse overblijfselen, de Arena, het Amfitheater, zwijgend zaten wij 's avonds in het restaurant tegenover elkaar – en mijn gedachten gingen terug naar die middag aan het strand, toen zij haar hoofd op mijn schouder had gelegd. Het leek of er niets was overgebleven van dat moment, maar ook daar kon ik niet over spreken. De volgende dag bij het ontbijt zei zij, dat zij de ochtend graag alleen wilde doorbrengen, ik moest mijn gang maar gaan, om lunchtijd zouden wij elkaar weer in het hotel zien. Ik vond het onaangenaam, maar natuurlijk respecteerde ik het. In het zachte nazomerweer slenterde ik door het stadje, bezocht een museum, dronk op een terras een espresso, en op een bank aan de kade keek ik lang naar de Rhône, die rivier tussen haar dichtbegroeide, overhangende, betoverde oevers, met haar glinsterende stromingen en tegenstromingen. Nu en dan dreven grote dorre takken voorbij, als de geweien van herten die over de bodem liepen. Was het dan toch de schoonheid, de niet door mensenhand gemaakte, tijdeloze schoonheid van de natuur die troost kon schenken?

Toen ik terugkwam in het hotel was mama vertrokken. Haar deel van de klerenkast was leeg, haar koffer weg, haar paspoort en ticket verdwenen. Op de kleine schrijftafel bij het raam, dat uitzag op de intieme, rechthoekige Place du Forum, lag haar brief. Ik heb hem hier niet, maar ik ken hem uit mijn hoofd:

Lieve Victor,

Het spijt mij, ik kan niet anders. Ik heb het geprobeerd, maar het lukt mij niet. Ik ga bij je weg en ik kom nooit meer terug. De reden is, dat je niet bij de geboorte van Aurora was, dat je mij alleen hebt gelaten. Ik zei dat ik het begreep, en dat is ook zo, maar ik kom er niet overheen. Ik kon niet weglopen. Als je gebleven was, hadden wij het samen kunnen oplossen, zoals je zei, maar nu kan dat niet meer. Er is iets helemaal stuk. Neem mij niet kwalijk, ik kan niet goed uitdrukken wat ik voel. Wij hebben een mooie tijd gehad samen, maar dat is voorgoed voorbij. Bezweer mij, dat je mij niet zult opbellen om er op terug te komen, want dat heeft geen zin. Ik zal mijn broer vragen contact met je op te nemen om mijn spullen te verhuizen. Pas goed op jezelf.

Clara

Het was of ik een klap midden in mijn gezicht had gekregen. Ik besefte, daar in die kamer in Arles met die brief in mijn handen, dat ik de kardinale fout van mijn leven had begaan. Zij was weg. Eerst jij, nu zij. Ik werd overweldigd door een onstuitbare huilbui. Ik liet mij voorover op het bed vallen en gedurende tien minuten raasde de ellende door mij heen als een storm door een boomkruin. Achteraf vraag ik mij af of dat misschien iets te maken had met het vertrek van mijn moeder, toen ik acht jaar was. Destijds trok ik mij dat niet erg aan, voor zover ik mij herinner; misschien zocht het verdriet daarover zich pas bij deze gelegenheid een uitweg. Maar goed, laat ik mij hoeden voor dat soort psychoanalytische overwegingen, want dan is niets meer wat het is.

Wat nu? Ook meteen vertrekken? Wat had ik nog te zoeken in Frankrijk? Om het bloed uit mijn hersens te verdrijven en naar mijn maag te sturen, ging ik in een restaurant aan de overkant van het hotel copieus lunchen, allerlei overheerlijke gerechten *à la provençale*, waarbij ik een fles Gigondas dronk en bij de koffie nog twee armagnacs. Ik weet nog, dat aan een ander tafeltje een geblondeerde amerikaanse zat met een facelift: zij zag er uit als vijftig en toch zag je dat zij tachtig was. Nogal aangeschoten liep ik vervolgens de stad weer in, en ook weer uit. Hoe ik er kwam weet ik niet meer, maar op zeker ogenblik zag ik dat ik in Les Alycamps was. Bij mijn vorige bezoek aan Arles, twintig jaar geleden, was ik er ook al eens geweest; maar ik had mij voorgenomen er niet met mama heen te gaan, omdat het haar misschien te veel zou aangrijpen. Het behoort tot de mythische plekken op aarde, zoals die waar ik nu zit te schrijven. Een statige, rechte laan, aan beide kanten omzoomd door sarcofagen, die als wachtende schepen voor een sluis in elkaars verlengde liggen, hier en daar onderbroken door grafmonumenten en herdenkingskapellen, alles overschaduwd door filigraan geboomte. De necropolis stamt uit de romeinse tijd, toen zij Elysii Campi heette, de Elyseese Velden, waar de zaligen vertoeven; naderhand is die naam verbasterd tot Alycamps. Dante schrijft er over in de Negende Zang van zijn *Inferno*, waarin de graven hels heet zijn van de vuren die er tussen branden, en in *Orlando furioso* laat Ariosto op deze Champs Elysées zijn Razende Roeland de saracenen in de pan hakken, wat in de toekomst hopelijk wederom zal gebeuren, want nooit is iets voorbij. (Diezelfde saracenen leven volgens hun eigen jaartelling nu in het begin van de vijftiende eeuw, en dat klopt dus ongeveer.) De plek is zo heilig, dat in de Middeleeuwen arme mensen in het noorden de lijken van hun dierbaren in vurenhouten kisten de Rhône lieten afdrijven, zodat zij in Les Alycamps terecht zouden komen.

Je merkt, ik schrijf er ontspannen over, het is een jaar geleden en mijn mededelingen zouden in een reisgids niet misstaan, – maar toen was ik totaal van streek. Niet ver van een gedenkteken voor Van Gogh, die hier vaak placht te schilderen, leunde ik tegen een sarcofaag zonder deksteen, waarin peuken en cola-blikjes lagen, om mijn hoofd een zoemende vlieg, aangetrokken door de furie die er in woedde. Wat moest ik in hemelsnaam beginnen? Het was niet alleen radeloosheid omdat ik door mijn vriendin was verlaten, maar vooral ook omdat jij nu nog definitiever was uitgewist dan je al was, – en dat allemaal door mijn eigen toedoen. Met wie kon ik er nu nog over spreken? Hoe kon ik goedmaken wat ik haar had aangedaan? Er was iets helemaal stuk, had zij geschreven, ik moest bezweren haar niet meer op te bellen. Dat zou ik dus ook niet doen – maar wat dan? Er moest toch een uitweg zijn, een omweg, een achterdeur!

Toen ik de volgende dag thuiskwam bleek haar broer, jouw oom Karel, nog niet in actie te zijn gekomen. Al haar dingen waren er nog, maar anders dan anders: alsof ook zij gestorven waren. Haar mooie empire secretaire, met aan weerszijden van de klep de vierkante zuiltjes, aan de bovenkant bekroond door bronzen vrouwenkopjes, aan de onderkant afgesloten door bronzen voetjes; de schraag met tekeningen, waaraan zij 's avonds vaak nog wat werkte; en al die andere voorwerpen, verspreid door de kamers. Met mijn jas nog aan, op mijn schoot de stapel post dat ik uit de bus had gehaald, zat ik op de bank en keek er naar. Mijn oog viel op de deur van jouw kamertje, de omgedraaide sleutel in het slot. Ook met die verboden plek zou ik dus alleen moeten leven. Moest ik haar misschien onmiddellijk ontruimen? Elk spoor uitwissen?

Na alle kleurige onzin op glanspapier in de prullenmand gegooid te hebben, sorteerde ik de kranten, de tijdschriften en de brieven. Eén envelop beviel mij meteen op het eerste gezicht niet: een exemplaar van het goedkoopste soort, zonder afzender, met hanepoten in ballpoint geadresseerd aan *De hooggeleerde V. Werker*. Ook deze tweede brief heb ik hier niet, maar ook hem ken ik uit mijn hoofd. Op een gelinieerd vel slordig afgescheurd blocnotepapier stond in grote letters:

Gefeliciteerd! Heb je nu je zin? Je hebt de eobiont betaald met je eigen kind. Oog om oog, tand om tand! Binnenkort ben je zelf aan de beurt, klootzak!

Dat was alles, maar ik verstarde van die paar zinnen. Wie kon er zo infaam zijn? Natuurlijk dacht ik meteen aan Brock: kon hij werkelijk zo diep zijn gezonken? Het handschrift was niet het zijne, maar de stunteligheid was kennelijk opzet; hij was links, misschien had hij het met zijn rechterhand geschreven. Moest ik er mee naar de politie? Ik was bedreigd, en een bedreiging is op zichzelf al een misdrijf, en wie kennis heeft van een misdrijf is verplicht aangifte te doen, anders is hij medeplichtig. Medeplichtig aan mijn eigen dood! Maar dan zou ik moeten vertellen wie ik verdacht –

en als hij het vervolgens niet bleek te zijn? Dan had hij pas werkelijk reden om mij te vermoorden.

Maandag 26 september. – Vanmorgen een fax van je melkoom Albert Dodemont. Hij was stomverbaasd dat verhaal over oma's overtollige melk te horen; dat had hun moeder hun nooit verteld. Elk najaar hebben hij, zijn australische broer Marnix en zijn canadese broer Sjoerd een reünie bij een van hen. Dit keer is het in Haarlem; hij stelt voor, dat wij elkaar volgende maand ontmoeten. Ik zal ze bij mij thuis in Amsterdam uitnodigen. Ik ben reuze benieuwd!

Overigens, ik ben hier nu ruim drie weken, onze concessies lopen af en deze laatste paar dagen moet er nog hard gewerkt worden, zodat ik geen tijd meer zal hebben voor deze notities. Maar intussen weet je eigenlijk alles. Ik had graag nog wat rondgereisd door dit denkbeeldige land en je daar verslag van gedaan, maar dit keer zal het er niet meer van komen. Tot vanmiddag had ik zelfs de Sphinx nog niet gezien. Moet je je voorstellen: drie weken in Egypte en de Sphinx niet gezien! Het is alsof iemand terugkeert uit de hemel en zegt dat hij God niet gezien heeft. Te druk. Geen tijd gehad. Maar vanmiddag, voordat ik naar het Mena House ging, heb ik tijd gemaakt en ben er heen gegaan, een wandeling van tien minuten.

Hoe moet een mens spreken over het zwijgen? Als een reusachtige goudbruine teckel met uitgestrekte voorpoten, vijftig of zestig meter lang, twintig meter hoog, ligt hij voor de pyramide van Chefren in de zon. Er achter is alleen nog de woestijn. Anders dan griekse sphinxen is het een 'hij', met het gezicht van de farao. De neus is verdwenen, er af geschoten door baldadige artilleristen van Napoleon als ik mij goed herinner, zodat hij er uitziet als een bokser. Het spijt mij, maar weer is het Hegel, die naar mijn gevoel het laatste woord over dat wezen heeft gesproken: 'het symbool van het symbolische'. In Griekenland geeft zij raadsels op ('Welk wezen loopt 's ochtends op vier benen, 's middags op twee en 's avonds op drie?'), hier is hij het raadsel zelf. Gedurende een half uur heb ik naar hem staan kijken, terwijl een bloedende scheme- ring viel en rondom paarden en kamelen in de van hitte sidderende lucht rose woestijnzand opwierpen en ergens in de verte de elektronisch versterkte stem van een moëddzin klagelijk opriep tot het avondge- bed. 'De mens,' luidt traditioneel het antwoord van Oedipus, maar hier ervoer ik niet zoiets algemeens. 'Ken uzelf' luidt een grieks adagium, te lezen in de tempel van het delphische orakel ('Ontken uzelf' zeg- gen ze een eind verderop, aan gene zijde van de In- dus, waar Alexanders opmars eindigde), – hier werd ik overvallen door een nog verontrustender raadsel. Stel, je kent ten slotte jezelf, je bent die en die, – dan verrijst toch de allerlaatste vraag: waarom? Waarom ben je die en die? Omdat je DNA er zus en zo uitziet? Maar waarom ziet er het zus en zo uit? Dat is de vraag die de Sphinx zelf is, en daar is geen antwoord op. Daarmee ben je definitief in de woestijn beland. Daarmee kun je verdorsten.

***

Zaterdag 1 oktober 1994

Snel even een postscriptum over de wraak van de farao! Ik ben hier net aangekomen, mijn koffer ligt nog onuitgepakt op het bed. Morgen heb ik een afspraak met een collega aan de Hebreeuwse Universiteit, vandaag is het sabbath en ik kijk uit over de Oude Stad: een zandgele fata morgana van koepels en kerken, in het gouden avondlicht roerloos uitgespreid over de heuvels.

Vanochtend, op het vliegveld van Cairo, werd ik tien minuten lang scherp ondervraagd door een israelische veiligheidsbeambte. Ik had een machine van El Al, dat wil zeggen een object waarvoor bepaalde palestijnse groeperingen bijzondere belangstelling koesteren. Toen we na een mooie boog naar rechts over de Middellandse Zee vlogen, werd er een film gestart; het toestel was matig bezet, de meeste passagiers trokken de klep van hun raampje omlaag, maar ik bleef naar buiten kijken, waar een mooiere film te zien was. Op mijn schoot lag *Alice's Adventures in Wonderland*, waarin ik naar citaten zocht voor *Aurora's Key to Life*. Plotseling raasde een twee meter lange vlam uit de motor. Ik schrik niet zo snel, Aurora, maar nu verstarde ik. Het oranje vuur bleef wapperen als een infernale vlag in een orkaan en ik was de enige die het zag! Omdat ik natuurlijk geen paniek moest veroorzaken, drukte ik op het knopje voor de purser. Zwijgend wees ik naar buiten. Hij bukte zich, keek even en liep toen snel naar voren, naar de cockpit. Nog geen minuut later was hij terug en ging zonder mij aan te kijken op de lege stoel voor mij zitten, kennelijk om op bevel van de gezagvoerder de brand in de gaten te houden. Even rommelde en plofte er iets in de motor en de vlam verdween, maar ik kreeg geen gelegenheid om opgelucht te zijn, want even later was zij er weer, tegen de vredige achtergrond van de zee. Ik begon te zweten van angst. De palestijnen! Nooit eerder had ik de dood zo dichtbij gevoeld, uit elke seconde kon hij te voorschijn springen als een bol brandende kerosine zo groot als het vliegtuig. Terwijl iedereen ontspannen naar de film keek, scheurde ik met trillende handen de achterste, blanco bladzijde uit Carroll's boek en schreef met potlood heel snel een kort afscheidsbriefje aan mama, vouwde het op en stopte het in de borstzak van mijn overhemd, zodat men het misschien zou vinden als er nog iets van mij aan een of andere kust zou aanspoelen.

Het vuur is toch onder controle gekomen, niemand heeft iets gemerkt, maar als ook ik een filmliefhebber was geweest had ik het misschien niet overleefd. De brief zit nog in mijn borstzak, maar nu haal ik hem er uit en met een gevoel van gêne schrijf ik hem voor je over:

Lieve Clara,
    De motor brandt. Mijn laatste gedachten zijn bij jou. Ik vraag je om vergiffenis.
    Victor

Akte C

HET GESPREK

Achtste stuk
Avond

Ondoorgrondelijk glimlachend kijkt Clara hem aan. In haar witte gewaad zit zij wijdbeens in de schaduw van het rotsblok, voor de ingang van de Grot van Oedipus, aan de voet van de Acropolis, de appel in haar hand. Tijdens hun griekse vakantie was hij daar voor de curiositeit met haar heen gegaan, om te zien of zij Bea konden vinden, zijn vorige vriendin, die hij ooit aan zijn cyclopische vader heeft overgedaan, – maar alle grotten waren verlaten.

Hij schrikt op van de benedenbel. Terwijl hij naar de intercom in de vestibule gaat, bet hij zijn ogen en kijkt op zijn horloge: zeven uur. Precies op tijd.

'Ja?'

'Meneer Werker? Dinner Service.'

'Neemt u de lift naar de vijfde verdieping, ik kom u tegemoet.'

Niemand kan ooit de weg vinden in de verbouwde, neogothische basiliek waarin hij woont. De kolossale ruimte, op het laatste moment ontfutseld aan de slopershamer, is in de zijschepen op de begane grond gevuld met winkels, cafés, galerieën, een bioscoop, een bowlinghal, een kinderopvang, een klein theater in de voormalige consistoriekamer, een wijnlokaal in de sacristie en een discotheek in de crypte; ook is er een italiaans restaurant, Mirafiori, waar hij een paar keer per week eet. De hogere verdiepingen, met imposante, fel gekleurde zuilenstelsels aan de pilaren en zuilen verankerd, zijn verdeeld in tientallen appartementen, bevolkt door welgestelde huurders, maar ook door kantoren van kleine uitgeverijen en reclamebureaus, idealistische advocatencollectieven, adviesbureaus, redacties van marginale tijdschriften, en door ondoorzichtige ondernemingen met namen als 'Interhabitus b.v.', in de wandeling 'de boeven' genoemd; vooral in de massale vieringstoren, boven de kruising van de hoofdbeuk en de transepten, waarin een zilverglanzende bodem is opgehangen, zijn zij bij elkaar gekropen.

Hij zet Mahler af, pakt de telefoon, en over de spiegelende vloer van de gang, waarop de helrode deuren uitkomen, geflankeerd door gekruiste aluminium spanten, via avontuurlijk-verwarrende trappen, binnenpleinen en loopbruggen, alles geconstrueerd met metalen, meccano-achtige elementen, loopt hij naar de liften. Als hardblauwe kevers kruipen zij op en neer langs een wand van de grote schacht, die zich als de ziel van het bouwwerk uitstrekt van de absis tot het met glas opengewerkte gewelf, waarvan de kruisribben in een brutaal soort geel zijn geschilderd, dat de hand van Clara verraadt. Hier en daar groeien uit halfronde uitstulpingen tussen de gebrandschilderde ramen ranke bomen, die de geconstrueerde binnenwereld een paradoxaal air van buitenwereld geven.

De lange, frêle bediende is in rok, met een zwarte vlinderdas, zoals het hoort voor een ober. In elke hand draagt hij een stapel glanzende pannen, maakt een nette buiging en stelt zich voor als 'Frank'. Dat er vaak geen achternaam meer wordt genoemd, daaraan heeft Victor zich langzamerhand gewend, zij het met enige moeite; vroeger was dat alleen gewoonte in de onderwereld. Kennelijk was de hele wereld bezig te veranderen in de onderwereld. Hij wordt getroffen door de glanzende, koortsachtige blik in Franks ogen: ogen als zwarte plassen in een park, daar achtergebleven na een wolkbreuk; door het midden van zijn dikke, donkere haar loopt een rechte scheiding, wit hoofdvel tonend, – alsof, denkt Victor, een secure beul daar plaats heeft gemaakt voor de bijl, die zijn schedel moet klieven. Hij is in gezelschap van een vrouw met een ruw, leeg gezicht, dat zijn leegheid openlijk draagt. Uit een rieten tas steken stokbroden. 'Felia,' zegt zij en geeft hem een slappe, vochtige hand.

'Ik zal jullie de keuken wijzen.'

Nadat zij hun last op het aanrecht hebben gezet, wijst hij hun de weg in zijn appartement, dat zich aan de mooiste kant van het dwarsschip bevindt. Sinds Clara's broer haar spullen heeft weggehaald, maakt de lichte woonkamer nog steeds een onttakelde indruk. De witte boekenkasten zijn nog maar half gevuld en aan verkleuringen op de muren is te zien, waar iets heeft gehangen. Alleen Clara's secretaire staat er nog. Hier kijkt hij eigenlijk alleen nog naar de televisie, 's avonds laat, met een glas wijn.

'Wordt er hier gegeten?' vraagt Frank en wijst naar de ronde eettafel.

'Nee, dat is meer iets voor het gezinsleven. Vanavond wordt het een diner voor vier heren.'

Op de drempel van zijn grote werkkamer, waarin hij nu vrijwel uitsluitend leeft, ziet hij Frank even stokken. Als uitzendober van de catering komt hij natuurlijk in allerlei behuizingen, maar zoiets als dit hier heeft hij kennelijk niet eerder gezien, en tegelijk is hij sensitief genoeg om het op te merken. De inrichting heeft nauwelijks iets te maken met die van de vorige kamer, waar Clara de hand in heeft gehad. De vloer is van wand tot wand bedekt met donkerrood tapijt, waarop een plas bloed niet zou opvallen; een paar perzische kleden breken de rode vloed, de muren zijn betimmerd met donker hout. De hoge boekenkasten, die een hele muur in beslag nemen, zijn uitsluitend gevuld met boeken die betrekking hebben op zijn werk; de papieren stofomslagen zijn er afgehaald, zodat de mooie donkerblauwe en groene banden van Oxford en Harvard en andere universiteits-uitgeverijen zichtbaar zijn. Op sommige planken en een paar lange tafels liggen manuscripten, aantekenschriften en fotokopieën in overzichtelijk geordende stapels. Hier was een hand aan het werk die of geen chaos kent, of daar een geslaagd gevecht tegen heeft geleverd. 'Ik heb,' pleegt hij te zeggen, 'mijn leven met jaren verlengd doordat ik nooit iets hoef te zoeken.' Er hangen uitsluitend etsen en prenten in zwartwit, alsof ook het geringste sprankje frivoliteit geweerd moet worden in de serene ruimte. Op zijn bureau met de kleine zwarte computer, waar orde heerst, maar niet overdreven, staat een klein marmeren borstbeeld van Hermes; op de linkerschouder ligt een klein handje, van het verdwenen Dionysuskind dat hij in zijn afgebroken armen moet hebben gedragen. Er naast een antieke 'yat' van ivoor en bewerkt zilver, eindigend in een handje met uitgestoken wijsvinger, voor het aanwijzen van de woorden in de Torah, die niet met de hand aangeraakt mogen worden, – en die in de technische wereld is teruggekeerd als de muiswijzer op zijn LCD-scherm, dat bestaat uit vloeibare kristallen. Op de rand van het bureau ligt een langwerpig, groezelig pakje van grauwbruin linnen, dat ooit helder wit geweest moet zijn: de mummie van een baby-aapje, zoals een röntgenfoto heeft uitgemaakt.

Het is de kamer die hij al wilde hebben toen hij een jaar of zestien was en nog op het gymnasium zat, – dezelfde leeftijd waarop hij er vast van was overtuigd, op een dag de Nobelprijs voor literatuur te krijgen. Op gelinieerde blocnotevellen tekende hij toen de plattegrond van de schrijverskamer die hij zich later wenste. Bij het inrichten stond hem de atmosfeer voor ogen die hier nu hangt, zonder dat de kamer was ontstaan uit de herinnering aan die plannen, want die was hij vergeten. Maar toen hij een paar jaar geleden dankzij Clara hier kwam wonen en de kamer inrichtte, zag hij plotseling dat het die oude ideaalkamer was geworden: alles stond op zijn plaats, en hij bleek intussen precies die dingen te bezitten die nodig waren om de ruimte tot zoiets als een afbeelding van zijn ziel te maken.

Hij wijst op een rechthoekige tafel met mappen en een faxapparaat.

'Daar eten we. Rechte stoelen halen we uit de woonkamer.'

Nadat hij de tafel heeft ontruimd, gaat hij met zijn handen in zijn zakken voor het weidse raam staan, dat wordt gevormd door de bovenkant van een grote spitsboog, die in de vloer verdwijnt en ook de lagere verdiepingen van licht voorziet. De lucht is grauw, over de daken hangt een kille herfstnevel; het regent. Om half acht komen de gebroeders Dodemont, zoals hij vanuit Egypte met de haarlemse Albert heeft afgesproken; achteraf schikt het hem eigenlijk niet, maar vandaag was de enige mogelijkheid. Hij houdt een bepaald telefoontje uit Stockholm niet voor uitgesloten, waarna zijn hoofd naar andere dingen zal staan. Overmorgen is de dag waarop de Nobelprijzen bekend worden gemaakt; over de hele wereld zitten fysici, chemici, biologen en schrijvers vandaag en morgen thuis en kijken met een half oog naar het zwijgende toestel, terwijl zij hun best doen om ontspannen de krant te lezen. Bij de gedoodverfde schrijvers staan vermoedelijk nu al televisieploegen voor de deur om hen meteen te kunnen overvallen als zij aan de beurt blijken – of om zuchtend hun spullen in te pakken en te verdwijnen als de radio meldt, dat een ander de jackpot heeft gewonnen, de arme kandidaat achterlatend als degene die voor de zoveelste keer de Nobelprijs *niet* heeft gekregen. Die kan zich er mee troosten, dat hij dan nog steeds in uiterst select gezelschap verkeert, van Tolstoj en Proust en Valéry tot Joyce en Borges. Stel je voor, hijzelf is dit jaar de uitverkorene – wat doet Brock dan?

Terwijl achter hem Felia de tafel dekt, in een wit schort, vraagt hij zich af waarover hij het eigenlijk moet hebben met die drie mannen. Plotseling krijgt hij een inval. Hij besluit hen te gebruiken als een soort rechtbank, die moet oordelen over zijn situatie met Clara, van wie hij ook na zijn drie brieven niets heeft gehoord. Hij kent natuurlijk een paar mensen met wie hij er over zou kunnen spreken, maar die kent hij zo goed dat hij al van te voren weet, wat zij zouden zeggen. Misschien komt hij verder met een meervoudige kamer van onafhankelijke rechters.

Als iets over half acht de bel gaat en een grafstem 'Dodemont' zegt aan zijn oor, gaat hij weer naar de lift met zijn telefoon. Met gekruiste armen wacht hij tot de lift boven is. Wanneer de deuren openschuiven, moet hij zich bedwingen niet in de lach te schieten. Het is onmogelijk wat daar te voorschijn komt! Drie mannen, die volledig beschreven zijn als één van hen beschreven is. Gedrongen, bijna een kop kleiner dan hij, ruw gemodelleerde, enigszins proletarische gezichten, blauwe ogen; hun dunne, sluike, vaalblonde haar vanuit de slapen hemelwaarts geborsteld om hun kale kruinen te bedekken. Zij dragen donkergrijze pakken met bruine schoenen, alleen hun clubdassen hebben een iets verschillend patroon. Om het de overige mensheid makkelijk te maken, dragen zij elk een zilveren speldje op hun revers, de een met een A, de ander met een M, de derde met een S.

'Broeders!' zegt Victor en spreidt zijn armen. 'Welkom! Ik ben Victor Werker.'

'Albert.'

'Marnix.'

'Sjoerd.'

Zij schudden handen en bekijken elkaar nieuwsgierig. Ook hun stemmen hebben hetzelfde donkere timbre, alsof daarmee de betekenis van hun achternaam benadrukt moet worden. De australische Marnix en de canadese Sjoerd hebben een engels accent, maar heel licht; het zijn dus geen aanstellers. Het is Victor al eerder opgevallen, dat mensen die vijf jaar in Amerika hebben gewoond soms terugkomen met een zwaar amerikaans accent, terwijl mensen die vijf jaar in Duitsland zijn geweest nooit terugkomen met een duits accent. Aan het nederlands van zijn moeder, bij voorbeeld, die al sinds jaar en dag in Amerika woont, is niets amerikaans te horen. Behalve met aanstellerij heeft het vermoedelijk ook iets te maken met muzikaliteit.

Elk van hen overhandigt hem als presentje een pak melk, die hij met een instemmende grijns aanpakt. Als zij in zijn werkkamer op de bank en in de fauteuils zitten, en door Frank een glas champagne ingeschonken krijgen, voelt Victor zich gedwongen een verklaring af te leggen. Hij heeft geen idee hoe die zal luiden, maar de ervaring heeft hem geleerd dat je eenvoudig moet beginnen met spreken, de inhoud volgt dan vanzelf. Hij heft zijn glas en zegt:

'Ja, mijne heren, hier zitten wij nu dus. Ik denk dat wij geen van allen weten, wie van ons vieren de oudste is, maar ik stel voor dat wij elkaar tutoyeren. Daarvoor kennen wij elkaar lang genoeg, als ik zo mag zeggen. Toen mijn moeder mij begin dit jaar over jullie bestaan vertelde, viel mijn mond open van verbazing.'

'Net als die van ons,' zegt Albert, 'toen wij het van

222

jou hoorden. Onze moeder heeft er nooit iets over gezegd. Zij is net een paar maanden geleden gestorven.'

'En jullie vader?'

'Die hebben we eigenlijk nooit gekend. Onze moeder is er met ons vandoor gegaan toen we een jaar of
zes waren. Een paar jaar later schijnt hij op een ge-
welddadige manier aan zijn eind te zijn gekomen,
maar daar zijn wij het fijne nooit van te weten gekomen.'

'Jouw moeder leeft dus nog.' Aan het speldje ziet
Victor, dat Marnix aan het woord is.

'Jazeker. Zij is nu zevenenzestig.'

'Komt zij ook vanavond? Dan kunnen wij haar alsnog bedanken voor haar goede gaven.'

'Dat zal moeilijk gaan, zij woont in San Francisco.'

'Heb je een foto van haar?'

'Natuurlijk.' Victor staat op en haalt een fotoalbum
uit de boekenkast, afkomstig van zijn vader. Bij een
foto waar zij met hun drieën op staan slaat hij het
open. *In Artis, 1956,* heeft zijn vader er bij geschreven.
Clara's geboortejaar. Misschien, denkt hij, werd haar
navelstreng doorgeknipt op precies het moment dat
deze foto werd genomen door een of andere behulp-
zame voorbijganger. Op de achtergrond sluipt een
panter langs de tralies.

'Knappe vrouw,' knikt Marnix. 'Leeft je vader ook
nog?'

'Die is sinds twaalf jaar dood.' Hij kijkt naar de
strenge gestalte met de zwarte lap voor zijn oog. Als je
naar de foto kijkt van iemand die nu dood is, vraagt
hij zich af, zie je dan de levende of de dode?

'Wat was zijn beroep?'

'Soldaat. En die van jullie?'

'Aannemer.'

Victor wil vragen of zij ook een foto van hun ouders bij zich hebben, maar iets weerhoudt hem er van. De aanblik van de drie evenbeelden maakt hem een beetje duizelig, als in een spiegelkabinet. Het doet er niet veel toe, wie wat zegt, het kon ook door een ander gezegd zijn. In een niet al te verre toekomst, denkt hij, zullen er in het laboratorium duizend klonen gemaakt kunnen worden, of honderdduizend, of een miljoen. Hij probeert zich voor te stellen, dat hij zelf twee eeneiige broers zou hebben die precies op hem leken, maar hij kan zich zelfs niet voorstellen, *dat* er iemand zou zijn met dezelfde ouders als hij.

'Die blik, waarmee je nu naar ons kijkt,' zegt Marnix, 'die kennen wij.'

'Daar twijfel ik niet aan,' zegt Victor met een lach. 'Neem mij niet kwalijk, maar het is ook ongelooflijk. Ik ben zelf min of meer van het vak, en ik heb mij een beetje op de hoogte gesteld voor deze gelegenheid. Statistisch komt op elke vijfentachtig geboorten een tweeling voor, op elke vijfentachtig kwadraat een drieling, op elke vijfentachtig tot de derde macht een vierling, en zo voort. Afgezien er van dat dat getal vijfentachtig raadselachtig is, verschijnt dus op elke ruim zevenduizend geboorten een drieling, maar die ontstaan meestal uit twee of drie bevruchte eieren. Maar als ik jullie zo bekijk, krijg ik de indruk dat jullie een eeneiige drieling zijn.'

'Dat is ook zo,' zegt Sjoerd.

'En dat komt bijna nooit voor.'

'Weten we. Maar dat was voor ons geen reden om het na te laten.'

Het zijn amusante kerels. Victor krijgt een gevoel van verwantschap met ze, dat hij dan maar toeschrijft aan hun gemeenschappelijke moedermelk.

'Van welk vak ben je dan?' vraagt Albert. 'Ik kreeg je fax uit Cairo op buitengewoon interessant briefpapier.'

Kennelijk volgen zij niet het wetenschappelijke nieuws in de media. Nadat hij in grote trekken heeft verteld wat voor werk hij doet, zonder de eobiont te noemen, zegt Sjoerd, of Marnix, of Albert, dat zij alle drie in het boekenvak zitten. Albert is typograaf in Haarlem, zoals hij weet, Marnix drukker in Sydney, Sjoerd vormgever bij een uitgeverij in Toronto.

'Boeken zitten kennelijk ook in de genen,' knikt Victor. 'En dat verbaast me, want genen waren er eerder dan boeken. Hoewel,' zegt hij en maakt een vaag gebaar, 'genen zijn eigenlijk ook een soort boeken.' Terwijl Frank de glazen bijvult, neemt hij een fotokopie van de tafel en zegt: 'Wat ik trouwens ook ben tegengekomen in de literatuur, misschien interesseert jullie dat, is het geval van een man, die in twee huwelijken zevenentachtig kinderen heeft gekregen. Bij zijn eerste vrouw vier keer vierlingen, zeven keer drielingen en zes keer tweelingen; en bij zijn tweede vrouw twee keer drielingen en zestien keer tweelingen. Stel je dat voor,' zegt hij en kijkt op. 'Zevenentachtig kinderen! Zevenentachtig keer een naam moeten bedenken!'

'Heb jij kinderen?' vraagt Sjoerd.

Victor legt de fotokopie neer, kruist zijn armen en kijkt naar het grote cognacglas dat midden op de lage ronde tafel staat, tot de rand gevuld met afgedankte sleutels. Dat was een idee van Clara; als hij de sleutel van de babykamer er in deed, zou het hem moeite kosten hem terug te vinden.

'Nee,' zegt hij. En na een paar seconden: 'Evolutionair ben ik geen succes.'

De gebroeders Dodemont voelen, dat zij een zenuw hebben geraakt en zwijgen. Om de stilte te verbreken vraagt Victor:

'Hoeveel wogen jullie bij je geboorte?'

'Iets van drie pond.'

'Dan was ik in mijn eentje even zwaar als jullie drieën bij elkaar. Dat betekent dat ik nu eigenlijk... hoeveel wegen jullie?'

'Tweeëntachtig kilo.'

'Dan zou ik nu eigenlijk tweehonderdzesenveertig kilo zou moeten wegen.'

'En hoeveel weeg je?'

'Zevenenzestig. Dat is zo'n vier vijfde van één van jullie.'

'Maar je kunt in elk geval sneller rekenen dan wij drieën bij elkaar.'

Victor glimlacht.

'Best mogelijk dat dikke wiskundigen niet bestaan. Ik weet er in elk geval zo gauw geen voorbeeld van.'

Op gepaste afstand maakt Frank een kleine buiging en zegt:

'U kunt aan tafel.'

Victor staat op, en met een handgebaar spreekt hij de zin uit die hij heeft voorbereid:

'Heren, het eten is opgediend, en bedenk dat u zonder mij al eerder zou zijn verhongerd.'

Als hij eerst nog even de gordijnen dichttrekt, gaat de telefoon. Meteen begint zijn hart te bonken.

'Ja, hallo?' Volkomen stilte aan de andere kant van de lijn. 'Hallo?' zegt hij nog eens, waarop de verbinding wordt verbroken. Hij legt de telefoon weg en haalt zijn schouders op. 'Een mankement in de centrale, of een gek.' Of Brock, denkt hij. 'Ga zitten.'

Tijdens de kreeftensoep informeert hij naar hun huiselijke omstandigheden. Zij zijn alle drie getrouwd en hebben alle drie drie kinderen, twee jongens en een meisje, in dezelfde volgorde en van vrijwel gelijke leeftijden.

'Alles is gelijk bij jullie,' zegt Victor, 'alleen jullie dassen verschillen een beetje.'

'Maar niet veel,' zegt Marnix. 'Deze heb ik vorige week in Sydney gekocht, voordat ik naar Europa ging.' Zonder iets te zeggen kijkt hij naar Sjoerd.

'In Toronto. Ook vorige week.'

'En jij dus vorige week in Haarlem,' zegt Victor hoofdschuddend tot Albert.

'Zo is het.'

'Het zal nog heel lang duren eer de wetenschap jullie dassen kan verklaren. Zwarte Gaten zijn daar een kleinigheid bij.'

Na het moeilijke moment van daarnet durft kennelijk geen van hen naar zijn eigen situatie te vragen; hij moet het nu dus zelf ter sprake brengen. Na een hapje brood proeft hij de rode bordeaux, terwijl Frank hem afwachtend het etiket toont, zijn linkerarm op zijn rug. Hij knikt en zegt:

'Bij mij is alles anders dan bij jullie, ook al hebben wij dezelfde melk ingedronken. Ik heb niet alleen geen kinderen, maar ook geen vrouw. Ik ben een treurige vrijgezel. Zal ik jullie vertellen hoe het met mij zit? Ik kan mij voorstellen, dat het jullie niet interesseert.'

'Natuurlijk interesseert het ons,' zegt Sjoerd. 'Maar je moet het alleen vertellen als het niet belastend voor je is.'

'Belastend, belastend...' herhaalt Victor. 'De feiten zijn belastend, het vertellen niet. Goed dan. Cheers!'

En nadat zij geklonken hebben, vertelt hij onder het nuttigen van de rollade de geschiedenis van Clara en Aurora; ook vermeldt hij de brieven, die hij via Aurora aan Clara heeft geschreven. Als hij uitgesproken is, blijft het stil. Hij merkt dat het drietal in een wereld kijkt die zij niet kennen; zij hadden hun grote probleem bij hun geboorte en in de maanden daarna, vervolgens kwam hun leven terecht in brave, burgerlijke banen, zonder echte calamiteiten. Bovendien hebben zij steeds elkaar. Langs mysterieuze wegen zijn zij nooit alleen, ook al wonen zij duizenden kilometers van elkaar; op een of andere manier blijven zij omvat door een gemeenschappelijk ei zo groot als de aarde. Dat zij in dezelfde week dezelfde dassen kopen, heeft niets te maken met telepathie, maar dat mechanisme verloopt via hun gemeenschappelijke oorsprong, zoals sommige planten zijn verbonden door een ondergrondse wortelstok. Trouwens, denkt hij, terwijl hij zijn mond afveegt, als alle leven inderdaad is voortgekomen uit één levende oercel, de archaeoeobiont, is alles wat leeft en leefde in ruimte en tijd – van het primitiefste archaeon tot Albert Einstein, van dit rundvlees tot de sla – op een overeenkomstige manier met elkaar verbonden als de drieling. Alle levende wezens bij elkaar vormen dan zoiets als een oneindigling, – met maar één uitzondering: zijn eigen eobiont. Misschien moet hij het ook daarover hebben in *Aurora's Key to Life*.

'Vertel mij wat ik moet doen,' zegt hij.

Terwijl Frank afruimt en met een smalle, gebogen borstel de broodkruimels van het tafellaken in zijn hand veegt, kijken de drie mannen elkaar enigszins verslagen aan.

'Wat wil je precies?' vraagt Marnix. 'Dat zij bij je terugkomt?'

'Wat ik eigenlijk wil, is datgene wat ik gedaan heb – of eigenlijk niet gedaan heb – ongedaan maken.'

'Dan moet je een tijdmachine uitvinden en alsnog die kraamkamer binnengaan.'

Victor knikt.

'Ik heb de verkeerde uitvinding gedaan in mijn leven.'

'Heeft zij een vriend?' vraagt Albert.

'Een weense bariton.'

'Wat is dat voor man?'

'Geen idee, nooit ontmoet. Van onze leeftijd, geloof ik. Hij schijnt beroemd te zijn.'

'En hoe serieus is die verhouding?'

'Dat weet ik niet. Misschien is het serieus, maar ik kan mij ook voorstellen dat zij het alleen maar met hem aangelegd heeft om van mij af te komen. Ik herinner haar natuurlijk steeds aan die tijd, dat zij met de dood in haar lijf rondliep.'

'Maar als zij echt niets meer met je te maken wil hebben,' zegt Sjoerd, 'houdt alles op.'

'Natuurlijk. Alleen, daar ben ik nu juist niet honderd procent zeker van.'

'Hoezo niet?'

'Een week na ons uitstapje naar Arles heeft zij al haar dingen verhuisd, op één na. In de kamer hiernaast staat nog steeds haar empire secretaire, een heel kostbaar meubel, het mooiste dat zij bezit, met allerlei persoonlijke dingen er in. Wat is de boodschap? Vergeten kan zij het niet hebben.'

'Dus er is hoop,' knikt Albert. 'Doe dan wat voor de hand ligt.'

'En dat is?'

'Bel haar op.'

Victor schudt zijn hoofd.

'Ik heb haar bezworen, dat ik dat niet zou doen.'

'Is dat niet wat erg formeel?' Marnix kijkt hem sceptisch aan. 'Je kunt het toch doen ofschoon je hebt bezworen dat je het niet zou doen?'

'Zou je zeggen. Maar dan kom ik terecht in dezelfde situatie, die alles stuk heeft gemaakt.'

'In welk opzicht?'

'Dat ik had beloofd, bij haar bevalling te zullen zijn, en er dan toch niet bij was. Het is trouwens minder formeel dan je denkt, want in die afscheidsbrief die zij in Arles heeft geschreven, zegt zij dat ik moet bezweren haar niet op te bellen. Ik zou mij op het standpunt kunnen stellen, dat ik dat niet bezworen heb, maar dat is mij te spitsvondig.'

'En dat je je houdt aan een belofte die je niet hebt gedaan,' zegt Albert, 'is naar mijn smaak niet minder formeel maar nog veel formeler.'

'Daar zit iets in.'

'Het is wel erg subtiel allemaal.'

'Zo is mijn karakter blijkbaar.'

'Maar je hebt in elk geval haar nummer?' vraagt Marnix met een enigszins doortrapt lachje, waaruit blijkt dat volgens hem het leven soms ook minder formeel verloopt.

'Dat wel. Dat heeft haar broer mij eens gegeven in zijn onschuld.'

'Kun je haar niet toevallig tegen het lijf lopen?' oppert Sjoerd. 'Je weet toch waar zij woont.'

'Momenteel in Wenen.'

'Of hebben jullie ook iets afgesproken over toeval-lig-tegen-het-lijf-lopen?'

De ironie ontgaat Victor niet. Als Felia de aardbei-enbavarois serveert en Frank de sauternes inschenkt, zwijgen zij. Victor staart naar het glanzend gepoetste zilveren belletje op tafel, waarmee het personeel kan worden geroepen. Hij moet denken aan een ver-schrikkelijke zin die hij eens heeft gelezen, maar hij weet niet meer waar: 'Liefde is, dat jij het mes bent waarmee ik in mijzelf wroet'. Nooit heeft hij met ie-mand over zijn probleem gesproken, en nu hij het doet lijkt het of het al is veranderd. Een verontrustende gedachte is bij hem opgekomen: hoezeer wil hij eigenlijk, dat Clara bij hem terugkomt? Hij leeft nu al een jaar zonder haar, en hij kan niet zeggen dat hij gedurende die tijd zo vreselijk ongelukkig was. Met plezier heeft hij zijn werk gedaan, en wat de sexualiteit betreft doet zich altijd wel iets voor. In Berkeley was er iets met een kleine, welgevormde egyptologe, die na het klaarkomen wijdbeens op de wc gingen zitten, met de deur open, en aldaar pufte alsof zij de pyramide van Cheops had beklommen; in Venetië diende een onbestemde deense zich aan, die aan hem rukte met de snelheid waarmee men slagroom klopt; in Cairo was een indolente schotse wereldreizigster in hem geïnteresseerd, en thuis is het al helemaal geen probleem. Waar gaat het dus over? Misschien gaat het eigenlijk over iets heel anders. Misschien liggen de zaken wel precies omgekeerd dan hij steeds heeft gedacht. Kan het zijn, denkt hij, in verwarring gebracht, dat het niet zo zeer over liefde gaat maar over schuldgevoel? Wat was eigenlijk de diepste reden, waarom hij wegvluchtte bij haar bevalling? Met apen is hij ten slotte ook niet zo gevoelig. 'Het gaat de apen in' is in het laboratorium de standaarduitdrukking als die arme wezens iets afschuwelijks ingespoten krijgen, waaraan zij zullen sterven, en niemand weet beter dan hij dat in elk geval chimpansees – op een haar na – mensen zijn. Het genetische verschil is 1,6%: kleiner dan dat tussen een chimpansee en een orangoetan. In die minieme fractie schuilt misschien het feit, dat een chimpansee niet spreken kan, – maar het kan ook aan de bouw van zijn tong liggen, want het is gebleken dat hij zich wel een doofstommentaalschat van duizenden woorden eigen kan maken. Als vivisectie op mensen niet mag, dan ook niet op chimpansees. Terwijl hij dus zelfs niet terugschrikt voor zoiets als moord, waarom dan wel voor de geboorte van een levenloos kind? Was het werkelijk alleen uit angst, een monster te zien verschijnen? Trouwens... moord? Als een mens die een chimpansee doodt zoiets is als een moordenaar, dan geldt voor een chimpansee die een mens doodt hetzelfde, en dan moet ook hij in een strafproces gevonnist worden. In vroeger eeuwen kwamen zulke dierenprocessen wel voor, gevolgd door openbare executies, en daaruit sprak eigenlijk meer respect voor dieren dan tegenwoordig te vinden is. Maar dan doet dat genetische haar zich plotseling gelden, want de schuldige aap kan de aanklacht en de uitspraak niet verstaan. Dus is hij misschien toch onschuldig en niet in staat tot moorden, alleen tot doden, en in dat geval mag er misschien toch met hem geëxperimenteerd worden. Daar sust hij zijn geweten dan maar mee, – al is hij zich er van bewust, dat dan ook vivisectie gepleegd mag worden op doofstommen. Maar langs welke kronkelweg moet hij zijn geweten sussen over zijn fatale vlucht uit Clara's kraamkamer?

Liefst wil hij zijn gedachtengang vervolgen, maar hij ziet dat zijn gasten geen raad weten met de stilte die is gevallen.

'Het was redelijk smakelijk,' zegt hij, 'al was het natuurlijk niets vergeleken met de moederborst, want dat is zoiets als een duizendsterrenrestaurant. Laten we van tafel gaan,' stelt hij voor en dwingt zich tot een lach.

Terug op hun vorige plek voorziet Frank hen van koffie en een digestief en presenteert een sigaar. Van een brandende houtspaander zuigen zij zich vuur toe, terwijl Victor een sigaret opsteekt. Liefst zou hij zien dat zij nu vertrokken, en dat zouden zij zelf misschien ook liever hebben gedaan, maar gedurende een half uur spreken zij nog over hun werk en omstandigheden in Haarlem, Toronto en Sydney.

'Zijn jullie vrouwen ook van de partij?' vraagt Victor.

'Die zijn met hun drieën in de stad gaan eten,' zegt Sjoerd en kijkt op zijn horloge. 'Kom, ik geloof dat wij maar eens gaan.'

Zonder te protesteren staat Victor op.

'Groet de dames Dodemont van mij. Vormen zij ook een drieling?'

'In zekere zin wel, maar niet biologisch.'

'Wel...' zegt Victor, om het afscheid in te leiden, – maar Marnix oppert:

'Kunnen we je moeder niet even bellen? Ik zou graag haar stem eens horen.'

Victor aarzelt, hij gebruikt de telefoon nu liever niet. Hij kijkt op zijn horloge.

'Dat heeft geen zin,' zegt hij met een slecht geweten. 'In San Francisco is het nu drie uur in de middag en dan is zij nooit thuis.'

'Maar je zult haar natuurlijk onze groeten overbrengen,' zegt Albert.

'Dat spreekt vanzelf.'

Negende stuk
Nacht

Na het vertrek van Frank en Felia wordt het weer stil in huis. Hij legt de telefoon op tafel, trekt zijn jasje uit en schenkt zich een dubbele whisky in. Als hij zijn handen met de witte vlekken even in elkaar legt, merkt hij dat de ene warm is en de andere koud, maar het is niet te zeggen welke warm is en welke koud; dat weet hij pas als hij ze even tegen zijn wangen houdt. Met zijn handen in zijn broekzakken gaat hij op de bank liggen. Ten slotte, denkt hij, ben je steeds weer alleen. Wat zouden die drie mannen nu tegen elkaar zeggen, en straks tegen hun drie vrouwen? Dat zij een eenzame zielepoot hebben ontmoet die geen raad weet met zijn leven? Zij zijn natuurlijk vreemden ge-bleven, maar toch heeft hun aanwezigheid iets in hem geopend. Daarstraks wilde hij zo snel mogelijk naden-ken over die opening, maar nu wil hij het om een of andere reden uitstellen, zoals een kok plotseling denkt dat het gerecht misschien beter nog even in de oven kan blijven. Ook van zijn wetenschappelijk werk kent hij dat verschijnsel: als hij een vruchtbare inval krijgt, die hij meteen zou kunnen uitwerken, gaat hij eerst een kop koffie zetten en een tijdje uit het raam staren. Trouwens, hij kent het al van een heel ander soort werk, dat hij als jongen bedreef, – 's nachts, onderwijl goed luisterend of hij zijn vader of moeder niet hoorde naderen. Hoe andere jongens masturbeerden, wist hij niet; vermoedelijk trokken zij zich snel af, draaiden zich om en vielen in slaap. Maar hij was er soms langer dan een uur mee bezig, niet omdat hij niet kon klaarkomen, maar omdat hij nog niet wilde klaarkomen. De ene fantasie volgde de andere op en steeds als het bijna zo ver was, stopte hij en liet het bedaren. Elke keer had hij het gevoel dat het nog feller kon. In zijn herinnering aan de afgelopen dag speurde hij dan naar een aanknopingspunt en liet zijn fantasie er op los. Die vrouw die 's avonds naast hem in de bioscoop had gezeten... voorzichtig legde hij zijn hand op haar knie, waarop zij langzaam haar benen spreidde, zodat hij het ultra-erotische gebied tussen de rand van haar kous en die van haar broekje kon bereiken; vervolgens verscheen haar hand op zijn dij, kroop centimeter na centimeter naar zijn kruis en begon hem zachtjes te kneden... Die grote, donkerblonde vrouw die 's morgens op weg naar school tegen hem aan had gestaan in de stampvolle tram... haar billen pasten zo precies in zijn liezen dat zij niet kon nalaten er even mee te kwispelen, wat voor hem het sein was met zijn ene hand zijn penis te voorschijn te wurmen en met de andere haar rok op te tillen; voor de gelegenheid droeg zij geen broekje en drukte haar billen nog iets verder naar achteren, zodat hij tot de nek in haar tropische holle boom kon opstijgen, terwijl zij onderwijl verder praatte met haar echtgenoot alsof er niets aan de hand was... Dat meisje dat hij 's middags in de boekwinkel had gezien... zij was haar portemonnee kwijt, daar zat ook haar treinkaartje naar Maastricht in, zij wist niet waar zij overnachten moest; nadat hij met twee vingers in de lucht had gezworen zich netjes te zullen gedragen, kwam zij met hem mee, in bed hielden zij hemden en onderbroeken aan en gingen zo ver mogelijk uit elkaar liggen, maar midden in de nacht werd hij wakker: allebei naakt, armen, benen, lul, kut, luk, tul, alles tot een klamme klomp in elkaar gedrukt, als twee zachte kleipoppen... Waar het ten slotte op uitliep was doorgaans niet het ultra-orgasme dat hij zocht, maar een bevrediging van nogal laag allooi, terwijl zijn penis intussen beurs was gemastur- beerd, de huid glanzend van rose wondwater, met een punthoed van wit schuim op de eikel. Het orgaan zag er uit als een potsierlijk klein mannetje, – een manne- tje dat hem jaren later weer te binnen schoot, toen hij zich voor de curiositeit verdiepte in de alchimistische geschriften van Paracelsus, waarin deze de vervaardi- ging van een homunculus beschrijft, een kunstmatig mensje. Ook bij hem wordt de grote rol gespeeld door de 'Phantasey', terwijl het sperma is gescheiden van het 'levende water' als 'schuim op de soep'. Was zijn homunculus misschien het product van zelfbevredi- ging?

Hij trekt zijn das los en steekt een sigaret op. Kun je iets willen, vraagt hij zich af, terwijl je eigenlijk het te- genovergestelde wilt? Natuurlijk. Iemand kan een si- garet opsteken, terwijl hij eigenlijk wil stoppen met ro- ken, – bij nette mensen doet dat conflict zich voor bij alle ondeugden. Maar hoe zit het dan in zijn geval? De roker is zich zowel van het een bewust als van het ander, terwijl hijzelf zich maar van één ding bewust is:

237

dat hij wil dat Clara bij hem terugkomt. Althans, zo was het tot een uur geleden. Is het werkelijk mogelijk, dat hij dat 'onbewust' eigenlijk helemaal niet wil? Onbewust! Hij heeft een hekel aan die term, je kunt er alles mee verklaren, niets dus, het is zoiets als de I Ching. Maar toch... Is het denkbaar, dat hij nog dieper moet graven om zichzelf te begrijpen? Hij krijgt het gevoel of hij bij Freud op de divan ligt, met zichzelf tegelijk in de rol van de weense ontraadselaar. In vroeger jaren heeft hij een tijdlang gegrasduind in diens werken, net als in die van Paracelsus, en hij probeert zich voor te stellen wat hij gezegd zou kunnen hebben. Misschien dit: 'Toen u acht jaar was heeft uw moeder u verlaten en dat heeft u kennelijk nooit goed verwerkt. Toen vervolgens ook uw dochter u verliet, werd dat te veel voor u en u gedroeg zich zodanig, dat in derde instantie ook uw vrouw u verliet. En waarom deed u dit? Opdat u zich uit zelfbehoud kon koesteren in de illusie, dat u ook het verlaten-worden door uw moeder zelf in de hand had. Zo kon u zich meester wanen van de hele situatie.'

Klasse! Een luide lach ontsnapt aan zijn mond. Al die Freudverguizers van de laatste tijd konden zoiets niet uitdokteren. Misschien is het zelfs waar. En als het niet waar is, dan is het toch bruikbaar. Hij komt overeind, trekt zijn schoenen uit en steunt zijn ellebogen op zijn knieën. Hoe liggen de zaken nu dus? Door zijn toedoen is Clara vertrokken en daarmee heeft hij de rekening met zijn moeder vereffend. Daarmee is alles, zoals hij het eigenlijk wil. Maar intussen heeft hij haar drie indirecte brieven geschreven met de bedoeling, dat zij bij hem terugkomt, wat hij dus uiteindelijk niet wenst. Moet zij dat dan niet weten? In de woonkamer staat haar secretaire als een signaal, dat voor haar de situatie nog steeds niet is afgehandeld, terwijl dat voor hem blijkbaar wel het geval is. Mogelijkerwijs verwacht zij een woord van hem dat alles verandert, waarop zij in Wenen 'Grüß Gott' zegt tot haar bariton en het eerstvolgende vliegtuig neemt. Maar dat woord zou toch eigenlijk in zijn brieven gestaan moeten hebben, waarop hij nooit iets heeft gehoord. Wat valt er nog aan toe te voegen? Dat zijn innerlijke Sigmund hem heeft verteld, dat het zijn moeders schuld is dat hij de verschijning van hun dode Aurora niet kon aanzien? Trouwens, al is dit allemaal zo, kan er dan niet desondanks een salto mortale gemaakt worden, over alle interpretaties en analyses heen, een niets ontziende dodensprong, met als resultaat dat zij toch bij hem terugkomt?

Zijn hoofd loopt om, hij wil wat hij niet wil en hij wil niet wat hij wil, met elke stap verdwaalt hij verder in de doolhof van zijn gepieker. De ervaring heeft hem geleerd, dat daar niet door denken uit te komen is, alleen door iets te doen. 'Bel haar op,' zei Albert, of Marnix, of Sjoerd. Is dat niet toch de oplossing? Had A of M of S het bij het rechte eind toen hij informeerde, of hij in elk geval haar nummer had? Hij schenkt zich nog een whisky in en kijkt naar de telefoon. Het is bijna twaalf uur, in Stockholm zal zijn nummer nu wel niet meer gedraaid worden. Zelf gaat zij nooit voor één uur naar bed, dus dat is geen probleem.

Terwijl hij naar de telefoon blijft kijken, stelt hij

239

zich voor hoe het gesprek zou kunnen verlopen...

'Hallo?'

'Clara? Dit is Victor.'

Het blijft even stil.

'Ja, Victor?'

'Ik begrijp dat je verbaasd bent over dit telefoontje, wij hadden de stilzwijgende afspraak dat ik je niet zou bellen, maar het bloed kruipt waar het niet gaan kan.'

'Zeg maar wat je zeggen wilt. Er is toch niets ernstigs met je?'

'Het is maar hoe je het bekijkt. Heb je de afschriften van mijn brieven aan Aurora ontvangen?'

'Ja...'

'Heb je ze ook gelezen?'

'Natuurlijk.'

'En?'

'Wat wil je dat ik zeg?'

'Ja, dat is wat jij moet zeggen. Ik zou willen dat je zei, dat je het nu allemaal beter begreep.'

'Dat is ook zo.'

'Maar?'

'Maar dat verandert niets aan de situatie.'

'Hoezo niet?'

'Dat heb ik je geschreven in Arles. Je hebt me die afschuwelijke middag in het ziekenhuis eens en voorgoed in de steek gelaten, daar is niets meer aan te veranderen.'

'Ook niet als ik je vertel, wie eigenlijk dat monster was dat ik niet onder ogen durfde te zien?'

'Hoe bedoel je? Aurora natuurlijk.'

'Nee, mijn moeder.'

Weer blijft het even stil.

'Victor, ben je wel goed bij zinnen? Je moeder! Hoe kun je zoiets zeggen? Schaam je! Heb je soms gedronken?'

'Dat ook, maar dat staat er los van. Ik had vanavond een etentje met die drieling, die als baby's mijn moeders melk hebben ingedronken, je weet wel, daar schreef ik je over. *Trink, trink, Brüderlein, trink!* Dat lied heeft je nieuwe verloofde beslist ook op zijn repertoire.'

'Zeg, als je van plan bent mij te kwetsen hang ik meteen op.'

'Is hij nu ook in de kamer?'

'Ja.'

'En toen je net mijn stem hoorde, heb je toen naar hem gekeken en met je lippen het woord «Victor» gevormd?'

'Waar ben je toch mee bezig?'

'Wist ik het maar.'

'In je laatste brief schreef je over die gordiaanse knoop die vanzelf uit elkaar viel, maar als je het mij vraagt trek je hem steeds strakker aan.'

'Nee, nee! Ik ben blij dat je daarop terugkomt, ik probeer nu juist die stang te vinden die Alexander er uit trok.'

'Volgens mij is er helemaal geen stang. Luister goed, Victor. Het is zinloos. Dat je dat niet inziet. Nu ben je zo'n intelligente man, de hele wereld staat versteld van je werk, maar als het over je persoonlijke omstandigheden gaat lijk je plotseling een kind dat het onmogelijke wil.'

'Precies! Dat heb ik met mijn werk ook verricht.'

'Dat bleek dus niet onmogelijk te zijn.'

'Nee, achteraf niet.'

'Wil je soms zeggen, dat niets onmogelijk is?'

'Daar ben ik toe geneigd. Als iemand een eeuw geleden had gezegd, dat er binnen honderd jaar een machine zou zijn die in een paar seconden kan uitrekenen waar duizend rekenaars duizend jaar voor nodig hebben, dan had iedereen gezegd dat dat onmogelijk is.'

'Als je vroeger een spraakzame bui had zei je wel eens, dat er één ding zeker is in de wereld, namelijk dat een grotere snelheid dan die van het licht niet mogelijk is.'

'Zelfs daar ben ik tegenwoordig niet meer helemaal zeker van. Wat is er van Freud overgebleven? En van Lenin? Dat lot zou Einstein ook kunnen treffen.'

'Freud, Einstein, Lenin... waar hebben we het eigenlijk over?'

'Dat ook tussen ons het onmogelijke kan gebeuren, Clara.'

'Misschien is dat precies het verschil. Onze verhouding is geen theorie.'

De twaalf slagen van de kathedraal halen hem terug in de werkelijkheid. Hij haalt diep adem en sluit even zijn ogen. Zou het gesprek zo kunnen verlopen? Nee natuurlijk. Het was geen gesprek van hem met haar, maar van hem met zichzelf, in de gestalte van Clara. Hij staat op en maakt een nieuwe fles whisky open. Buiten is het stiller geworden, het ruisen van het verkeer is zachter, alsof het gesneeuwd heeft. Terug op de bank kijkt hij weer naar de telefoon. Hij kent haar toch goed genoeg om te weten wat zij zou zeggen! Een schrijver doet ten slotte nooit iets anders: die weet zelfs wat mensen zeggen die helemaal niet bestaan.

In zijn agenda zoekt hij Clara's nummer op, neemt de telefoon van tafel en tipt met zijn wijsvinger de twaalf cijfers aan, maar zonder de toetsen in te drukken...

'Ja, wer spricht?'

Een onaangenaam luide mannenstem. Gepraat, gelach, muziek op de achtergrond.

'Mein Name ist Victor Werker.'

'Ach, Herr Werker! Guten Abend! Jäger-Jena hier. Schön Ihre Stimme mal zu hören.'

'Ihre Stimme ist wohl die wichtigere. Verzeihen Sie, daß ich so spät noch störe.'

'Macht nichts, macht nichts.'

'Könnten Sie bitte Frau Veith am Apparat rufen?'

'Aber selbstverständlich, Herr Werker. Moment.'

Ook de gladde wellevendheid van de zanger bevalt hem niet. Door het geroezemoes heen hoort hij duizend kilometer ver weg een ambulance of een politieauto langskomen.

'Victor?'

'Dag Clara.'

'Wacht even, ik neem de telefoon in de muziekkamer.' Op slag wordt het stil. 'Daar ben ik weer. Wat bezielt je, Victor?'

'Ja, dat is meteen de hamvraag. De *Gretchenfrage* – heet dat niet zo bij jullie?'

'Best mogelijk. Waarom bel je plotseling op dit idiote uur? Is er iets gebeurd?'

'Veel.'

'Ben je dronken?'

'Nog niet helemaal, maar dat komt nog wel. Herinner je je die drieling, waar ik over schreef?'

'Over schreef? O ja, wat was daar ook alweer mee?'

'Laat maar. Ik ben al lang blij dat je mijn brieven blijkbaar gelezen hebt.'

'Je belt me nu toch zeker niet om te horen, dat ik je brieven heb gelezen?'

'Natuurlijk niet.'

'Waarom dan wel? Maar houd het een beetje kort, we hebben gasten.'

'Luister, Clara. Kunnen we geen geweld gebruiken?'

'Geweld? Wat bedoel je in hemelsnaam?'

'Ik gebruik nu ook geweld, want ik bel je op, terwijl dat niet de bedoeling was. Kunnen we niet dwars door alles wat er gebeurd en gezegd is heen breken en opnieuw beginnen? Dus toch de zwaardslag door de gordiaanse knoop?'

'Wat haal je nu toch in je hoofd? Besef je eigenlijk wel wat je aan het doen bent? Na een jaar bel je me midden in de nacht op en je stelt voor, alles maar te vergeten. Ik begin echt aan je verstand te twijfelen. Hoe kom je trouwens aan ons nummer?'

'Van Karel. Ik heb het hem ontfutseld.'

'Heel vervelend allemaal. Weet je waar mij dit aan doet denken? Aan het soort kerels dat na een nacht doorzakken om half vijf een vriendin uit bed belt, omdat ze nog wat willen met hun dronken kop.'

'Ik dank je voor het compliment.'

'Het is geen compliment.'

'Ook dat begrijp ik.'

'Laat ik je dan eens en voor altijd zeggen hoe het zit, en ik hoop dat het eindelijk tot je doordringt. Van wat er tussen ons was is niets over, helemaal niets, en er kan dus ook niets hersteld worden. Daar heb jij zelf voor gezorgd. Sinds ik met Dietrich ben, is onze hele episode in een doodgeboren kind veranderd. Ik denk er nooit meer aan.'

'Dat geloof ik niet.'

'Dan geloof je het maar niet. Je hebt nooit iets van mij begrepen.'

'Van mijzelf misschien nog minder.'

'Precies.'

'Zo veel begrip heb ik dus in elk geval nog wel.'

'Begin toch niet weer met je eeuwige spitsvondigheden. Die mentaliteit is misschien goed voor het knippen en plakken van moleculen, voor je microprecisie, zoals je het altijd noemt, maar als het over mensen gaat ben je een totaal warhoofd.'

'Dat komt dan ook door die moleculen. Op een dag zal ik ze je exact kunnen aanwijzen.'

'Ja ja, en zullen wij er nu dan maar een eind aan maken? Dit gesprek hangt mij verschrikkelijk de keel uit. En verschoon mij in het vervolg alsjeblieft ook van je brieven.'

'Waarom wind je je zo op? Staat hij misschien in de deuropening naar je te kijken?'

'Wie? Dietrich? Verbeeld je je soms, dat hij bang is dat ik bij hem wegga? Vergeet het, daar is geen sprake van, ik ben nog nooit zo gelukkig geweest met iemand. Wij hadden een paar prettige jaren met elkaar, dat verloochen ik niet, maar het was toch meer vriendschap dan liefde.'

'Je weet toch wat Nietzsche heeft gezegd?'

'Die heeft van alles gezegd.'

'«De meeste huwelijken gaan niet te gronde door een gebrek aan liefde, maar door een gebrek aan vriendschap».'

'Best mogelijk, maar zonder liefde gaat het ook niet. Achter jouw grote liefde zit vermoedelijk vooral de vraag: wie strijkt mijn overhemden? Waar haal je toch het idee vandaan, dat ik bij je terug zou kunnen komen?'

'Uit je secretaire.'

'Uit mijn secretaire? Wat bedoel je daarmee?'

'Het feit, dat hij hier nog steeds staat.'

Het blijft even stil – dan wordt de verbinding verbroken...

Hij legt de telefoon neer en wrijft met beide handen over zijn gezicht. Het gesprek, dat zich in zijn hoofd heeft afgespeeld, herinnert hij zich nu alsof het werkelijk heeft plaatsgehad. Heeft het iets met Clara te maken? Niet niets in elk geval, want als hij het met Astrid of Bea had gevoerd, was het anders verlopen. Terwijl hij weet dat hij moet ophouden met drinken, schenkt hij zich nog eens in. Moet hij haar langzamerhand niet opbellen? Elke minuut wordt het een minuut later, de aarde draait om haar as en Wenen ligt sowieso al verder in de nacht – is het er misschien al een uur later dan hier? Onwaarschijnlijk, Oostenrijk hoort nog bij West-Europa; de tijdgrens ligt vermoedelijk ergens bij Boekarest. Hij zou het kunnen opzoeken, maar hij mist de energie om overeind te komen. Zijn ogen zakken dicht. De stilte in de basiliek en buiten in de stad omvat hem als de deken, die zijn moeder ooit tot zijn kin optrok en van opzij instopte, eer zij een kus op zijn voorhoofd drukte en het licht uitdeed.

Hij pakt de telefoon weer. Na een blik in zijn agenda toetst hij elf cijfers van haar nummer in, 00.43.1.297192, maar niet het twaalfde...

'Clara Veith.'

'Je spreekt met Victor.'

'Victor? Nee toch! Ben jij het?'

'Absoluut.'

'Ik geloof mijn oren niet, ik dacht net aan je!'

'Dat is dan telepathie. De vraag is alleen, wie wie beïnvloed heeft.'

'Hoe is het godsmogelijk! Ik lag te lezen in Stefan Zweig, *Die Welt von Gestern*, en opeens was het of jouw gezicht uit de bladzijden op mij af kwam. Het is hier zo stil, dat ik het gevoel kreeg alsof ik de enige ben in de stad.'

'Net als hier dus. Is Dietrich niet thuis?'

'Nee, die geeft een recital. In Salzburg, geloof ik, of in Graz, geen idee.'

'*Leise flehen meine Lieder durch die Nacht zu dir.*'

'Zoiets, ja. Victor! Wat fantastisch dat je belt. Waarom heb je dat niet eerder gedaan?'

'Omdat je me dat verboden hebt.'

'Ja, dat was toen, maar de situatie blijft niet altijd hetzelfde.'

'Als de situatie veranderd is, waarom heb jij mij dan niet gebeld?'

'Omdat ik mij schaamde. Ik ben heel hard tegen je geweest, maar pas later heb ik ingezien, dat er natuurlijk meer aan de hand was toen je mij in de steek liet bij de geboorte van onze arme kleine Aurora.'

'En dat is?'

'Ja, je zult het wel raar vinden, maar misschien had het te maken met het feit, dat jijzelf ook eens in de steek bent gelaten, door je moeder, waar je altijd zo koel over deed.'

'Zo zo, dat klinkt nogal naar Freud, maar wie weet heb je gelijk. Ten slotte woonde hij een paar huizen verderop bij je in de straat.'

'In elk geval spijt het mij nu. Na het lezen van je brieven ben ik heel anders over je gaan denken.'

'Neem mij niet kwalijk, Clara, ik moet dit even verwerken. Ik belde je in een laatste wanhoopspoging om van je te horen, of er misschien niet toch een glimpje hoop was, maar nu ziet alles er plotseling heel anders uit. Wil je zeggen, dat je eigenlijk niet gelukkig bent met Dietrich?'

'Dietrich? Ik gelukkig met Dietrich? Als je eens wist wat een schoft dat is. Door de hele wereld wordt hij bejubeld om zijn zoetgevooisde stem, maar thuis is het een meedogenloze dictator voor wie maar één ding bestaat: hijzelf. Daar moet alles voor wijken. Misschien is die instelling de achterkant van zijn talent, best mogelijk, maar ik heb niets met de voorkant

248

te maken, alleen met die achterkant. Jij bent ook geen heilige, en ik ook niet, maar hij slaat alles. Ik denk dat dat iets te maken heeft met zijn geringe komaf uit een kleinburgerlijk milieu in Linz. Intussen heeft hij alle onderscheidingen die Oostenrijk en Duitsland te vergeven hebben, en die zou hij liefst ook op zijn pyjama dragen, maar voor zichzelf blijft hij altijd en eeuwig dat miskende joch uit de provincie. Het is hem nooit genoeg. Hij is zo egocentrisch als een zuigeling.'

'Je zegt daar nogal wat.'

'Bovendien slaat hij me.'

'Hij slaat je?'

'En schoppen doet hij ook. Als ook maar iets hem niet zint, krijgt hij onmiddellijk een driftaanval. Wanneer een collega van hem succes heeft, maak ik grote kans op blauwe plekken.'

'Wat een crapuul! Waarom blijf je in godsnaam bij hem?'

'Ik weet het niet. Omdat ik ondanks alles verslingerd ben aan hem.'

'Maar Clara, dat is masochistisch! Je moet wegwezen daar, liever vandaag dan morgen!'

'En dan? Bij jou terug? Dat gaat toch ook niet meer, na wat er gebeurd is.'

'Alles gaat altijd. Het enige wat je moet kunnen, is over je eigen schaduw springen.'

'Dat kan ik niet.'

'Dan zal ik het je leren.'

'Nee, Victor, hij is een schoft maar ik houd van hem.'

'Je weet toch wat Nietzsche heeft gezegd?'

'Nee?'

'«De meeste verhoudingen gaan niet kapot door een gebrek aan liefde, maar door een gebrek aan vriendschap».'

'Ja, dat is verschrikkelijk waar.'

'Verschrikkelijk waar...'

'Waarom herhaal je dat?'

'Ik sta even te kijken van die uitdrukking.'

'Ja, dat vind jij natuurlijk vreemd, als man van de wetenschap. Van twee keer twee is vier zal niemand dat zeggen.'

'Dat dacht je maar. Dan ken je Dostojevski niet, zijn *Memoires uit het souterrain*. Daar staat ergens zoiets als: «Twee keer twee is vier, dat is het allerondraaglijkste. Twee keer twee is vier is naar mijn mening alleen maar een onbeschaamdheid. Twee keer twee is vier kijkt als een fat, staat met de handen in zijn zij dwars op je weg en spuugt.» Dostojevski en Nietzsche, dat hoort bij elkaar.'

'Je bent geen steek veranderd, weet je dat? Nu hebben we het over iets dat ons leven raakt, maar tegelijk gaan je gedachten alle kanten op.'

'Neem mij niet kwalijk, je hebt gelijk, ik kan er ook niets aan doen hoe mijn hersens werken. Ik heb dat gelezen toen ik een jaar of achttien was en het heeft mij getroffen als een klap op mijn oog. Ik vergeet veel, maar sommige dingen nooit. Kunnen wij niet een keer praten over wat wij moeten doen? Als je wilt, kom ik morgen naar Wenen.'

'Op grond waarvan? Dat heeft toch geen zin, Victor.'

'Op grond van je secretaire. Zeg op, waarom staat die hier nog steeds?'

'Omdat,' zegt zij na een korte stilte, 'ik wilde dat er iets van mij in de buurt van Aurora's kamertje zou blijven. Om op te passen.'

Terwijl zijn ogen vochtig worden, neemt hij een slok.

'Als wij,' zegt hij schor, 'een paar willekeurige lichaamscellen van haar hadden bewaard, kon zij op een dag misschien uit de doden worden opgewekt.'

'Die heb ik.'

'Wat zeg je daar?'

'Eer zij gekist werd, heb ik wat haren van haar hoofdje geknipt en in een medaillon gedaan. Dat draag ik om mijn hals.'

'Clara! Breng het! Kom het onmiddellijk brengen! Binnen een paar jaar maak ik een kloon van haar, nog deze eeuw, een eeneiig tweelingzusje, en alles is weer goed tussen ons! Had het haar maar uit haar hoofd *getrokken*, zodat de wortel er nog aan zat, dan had ik helemaal zeker geweten dat het mogelijk is.'

Met de telefoon in zijn hand laat hij zich achterover op de bank vallen. Even later komt hij weer naar voren, en met het gevoel van iemand die een springlading tot ontploffing brengt, drukt hij op het twaalfde cijfer van haar nummer: 7. Nadat de telefoon drie keer is overgegaan, meldt zich een zachte, vriendelijke stem, die in niets lijkt op het sonore geluid dat hij zich daarstraks heeft voorgesteld:

'Im Moment sind Dietrich Jäger-Jena und Clara Veith nicht zu erreichen. Teilen Sie uns bitte Ihren

Namen und Ihre Telephonnummer mit und sprechen Sie Ihre Botschaft. Wir werden Sie so bald wie möglich zurückrufen.'

Als de pieptoon weerklinkt, wil hij de verbinding eigenlijk verbreken, maar hij zegt:

'Victor Werker aus Amsterdam am Apparat. Eine Mitteilung für Frau Clara Veith. Clara, zou je mij morgen even willen bellen? Ik heb je iets belangrijks te zeggen.'

Meteen als hij op *Stand by* drukt, heeft hij spijt. Liefst zou hij zijn woorden wissen, maar die staan onherroepelijk op het bandje in de Berggasse. Waar is zij nu, midden in de nacht? Walst zij op dit moment met haar amant in een ruisend gewaad over een parketvloer, tijdens een of ander Opernball? Hij moet nu naar bed; morgenochtend om elf uur heeft hij op het Instituut een afspraak met een amerikaan, die niet alleen een groot kunstkenner is maar die in Rockville, bij Washington, vooral ook een Human Genome Project leidt, waar miljarden dollars van de farmaceutische industrie mee zijn gemoeid. Vermoedelijk wil hij hem iets aanbieden. Als hij opstaat wankelt hij even, met een snelle beweging weet hij zijn evenwicht te bewaren, zodat het lijkt of hij een sierlijke danspas volvoert. Hij wil de lichten uitdoen, maar in plaats daarvan haalt hij Mahler uit de cd-speler en zoekt met zijn wang op zijn schouder de rij cassettes af. Het slot van zijn laatste gefingeerde gesprek met Clara heeft hem op een idee gebracht, maar hij vindt niet wat hij zoekt: *Orfeo ed Euridice* van Gluck. Dan herinnert hij zich, dat hij de opera alleen nog op langspeelplaten heeft. De

grote doos staat op de onderste plank van een wand-
kast; het is een duitse versie: *Orpheus und Eurydike.* Hij
schenkt zich nog een glas in en legt de eerste plaat op
de draaitafel, die hij sinds jaren niet meer heeft gebruikt. Voorzichtig laat hij de naald dalen op de donkere ring na de vrolijke ouverture, die hem nooit bevallen heeft. Met het tekstboek gaat hij op de bank liggen.

Een homofoon, vierstemmig koor van herders en
nimfen heeft zich verzameld bij het graf van Eurydike
en zingt een klaaglied:

> *O wenn in diesen dunklen Hainen,*
> *Eurydike, noch dein Schatten*
> *Um dein ödes Grabmal schwebt...*

En dan, dwars door het gedragen gezang, de uitge-
schreeuwde jammerklacht van Orpheus:

> *Eurydike!*

Tranen springen in zijn ogen. Ondraaglijk! Muziek is
ondraaglijk! Muziek is in de wereld geplant om de
mens een toontje lager te laten zingen, om hem er van
te doordringen dat er nog een ander verhaal aan de
gang is dan het zijne. Nog twee keer weerklinkt Orpheus' wanhopige kreet, gezongen door een fenome-
nale stem, dan wordt de emotie hem te veel. Hij zet de
plaat af en schuift haar in de hoes. Zijn oog valt op het
deksel van de doos: *Orpheus – Dietrich Jäger-Jena.* Hij
haalt even diep adem en gaat weer liggen.

Orpheus – Dietrich Jäger-Jena. Al die jaren was hij in zijn woning aanwezig, zonder dat hij het wist. Vermoedelijk ook zonder dat Clara het wist: hij ontmoette haar toen het cd-tijdperk al was begonnen. CD... hun beider initialen. Dietrich leerde zij kennen toen haar bureau een opdracht had in Wenen, op een receptie van de nederlandse ambassade. Ook zij eindigde in de kunstwereld, net als zijn moeder met haar Aldo Tas... Hij valt even in slaap en droomt dat een opengeslagen zwart boek als een klapwiekende vogel achter hem aan vliegt... *Dietrich* – in het duits is dat niet alleen een eigennaam, maar ook het woord voor een loper, een valse sleutel. Hij draait zijn hoofd opzij en kijkt naar de omgedraaide sleutel in het slot van de babykamer. Moet hij daar nu binnengaan? Is dit het moment?

Zijn ogen zakken weer dicht... In de egyptische duisternis draait de Sphinx van Gizeh plotseling zijn hoofd naar links, dan naar rechts, alsof hij iets hoort, een vraag misschien, komt na viereneenhalf duizend jaar overeind, schudt zich en begint te rennen. Alles verpletterend in het nachtelijke Cairo, mensen, dieren, huizen, rent het stenen wezen naar het noorden, op zoek naar de vrager, zwemt door de Middellandse Zee naar Europa, waar het dreunend verdwijnt in de Rhônevallei...

Nog eenmaal, diep in de nacht, hij heeft de bliksemflits door de kieren van de gordijnen niet gezien, schrikt hij een paar seconden half wakker van een herfstige donderslag die galmend over de stad rolt, alsof de Sphinx zich eindelijk met een verschrikkelijke sprong op zijn prooi heeft gestort...

Tiende stuk
Ochtend

Als een diepzeeduiker stijgt Victor op uit zijn dromen. Meteen werkt zijn verstand weer. Het zelfbewustzijn, denkt hij, terwijl hij zijn ogen gesloten houdt, is als een bliksemschicht na een zwoele nacht, – het waken wordt niet onderbroken door slaap, maar de slaap door het waken: de bewusteloosheid is de natuurlijke toestand van de wereld, alleen de slapenden en de doden zijn echt thuis. 'Het onweert pas sinds honderdduizend jaar,' zegt hij hardop. Hij steekt zijn hand uit om op de wekker naast zijn bed te kijken en tast in het lege. Als hij zijn ogen opendoet, ziet hij dat hij nog steeds op de bank ligt. Hij heeft zijn kleren aan, alle lampen branden, de gordijnen sluiten niet meer de duisternis buiten maar het licht. Het is negen uur. Kreunend staat hij op en trekt de gordijnen open. Mist hangt over de oude binnenstad, in tweeën gedeeld door de zwierige S van de rivier met haar bruggen. Hij voelt zich klam en smerig in zijn kleren van de vorige dag, als iemand die van hetzelfde onafgewassen bord moet eten als gisteren. Onder de hete douche knapt hij snel op, wast zijn haar, scheert zich, parfumeert zijn kaken en kleedt zich zorgvuldig aan, alsof een bijzondere dag in het verschiet ligt.

Terug in zijn werkkamer blijft hij staan en kijkt nadenkend naar de grond. Straks heeft hij zijn afspraak met de amerikaanse genoomtycoon, die hem vermoedelijk een of ander aanlokkelijk voorstel zal doen, een paar honderdduizend dollar per jaar, waarop hij niet zal ingaan. Natuurlijk kan hij tegenwoordig veel geld verdienen als hij dat wil, maar hij wil het niet. Wat moet hij met geld? Hij wil DNA-onderzoek doen aan mummies en fossielen, want dat interesseert hem en zo zit zijn leven van het begin af in elkaar. Al op school ergerde het hem, dat bij scheikunde steeds ook over technologische toepassingen werd gesproken. Als zijn moeder in de keuken een fluitketel met theewater op het fornuis zette, was dat iets totaal anders dan wanneer hijzelf in zijn laboratorium boven een bunsenbrander water verhitte in een erlenmeyer. De opkomende instabiliteit van de vloeistof, de convectiestromingen met hun hexagonale bénardcellen aan het oppervlak, de geur van de stoom... dat was zuiver wetenschappelijk onderzoek, dat had niets te maken met zoiets ordinairs als 'maatschappelijke relevantie'. Met veel geld kan hij natuurlijk een zeewaardig jacht kopen en over de Middellandse Zee kruisen, maar hij wil helemaal niet over de Middellandse Zee kruisen, hij zou zich doodvervelen aan boord. Even min voelt hij er voor, naar het even statige als dorpse Washington te verhuizen.

Terwijl hij koffie zet, denkt hij met een gevoel van onbehagen terug aan de boodschap, die hij gisteravond op het weense bandje heeft ingesproken. Elk ogenblik kan Clara hem nu bellen: wat is in hemelsnaam het belangrijke, dat hij heeft aangekondigd te zullen zeggen? Dat hij wil dat zij bij hem terugkomt? Alsof zij dat niet weet. Zij zal onmiddellijk begrijpen, dat hij aangeschoten was. Nee, het beste is nu onmiddellijk weer Wenen te bellen en te bekennen, dat hij een stommiteit heeft begaan die zij maar beter kan vergeten; intussen is dan toch de boodschap overgekomen, dat voor hem de zaak nog steeds niet is afgedaan. Hopelijk is zij nog steeds niet thuis, zodat hij niet met haar in gesprek hoeft.

Met de koffie gaat hij naar zijn werkkamer, neemt de telefoon, drukt op de toets *Repeat* en houdt de hoorn tegen zijn oor. De digitale tonen van haar nummer volgen elkaar op als het fluitje van een herkenningsmelodie, zoals hij die vroeger met zijn vriendinnetjes had. Maar eer alle cijfers weerklonken hebben, hoort hij plotseling twee mannenstemmen. Met opgetrokken wenkbrauwen luistert hij. Zij spreken engels, de ene legt de ander zorgvuldig uit hoe hij ergens de weg moet vinden. Nu en dan pauzeert hij even, vermoedelijk om de ander gelegenheid te geven notities te maken; als de ander 'Yes' zegt, gaat hij weer verder. Engelsen of amerikanen zijn het niet: de ene heeft het lompe accent van een nederlander zonder taalgevoel, dat van de ander kan hij niet thuisbrengen. Geboeid, zijn adem inhoudend, blijft hij luisteren. Hij heeft er niets mee te maken en correct is het niet, maar hij voelt zich plotseling als iemand van de politie, of van de geheime dienst, die met een koptelefoon tegen zijn oren nietsvermoedende misdadigers of landverraders in zijn net heeft gevangen, terwijl er een bandje meeloopt. Ook fascineert het hem, dat hij getuige is van nu juist dit ene gesprek uit al die miljoenen gesprekken, die op dit moment overal op

aarde gevoerd worden. De inhoud is volledig onbe-
duidend: de tweede man moet linksaf, rechtsaf, recht-
door, bij een splitsing weer linksaf en zo verder. Maar
op het moment dat hij de verbinding wil verbreken,
hoort hij de eerste man zeggen:

'When you recognize him, stab immediately.'

'O.K.'

'You'll receive the rest of your money at the airport.'

'You bet.'

'Good luck.'

Op het moment dat de in-gesprektoon weerklinkt,
is Victors mond opengevallen van verbijstering. Is het
mogelijk wat hij daar gehoord heeft? *To stab* – dat is
toch 'neersteken'? Instructies aan een huurmoordenaar! Er staat een moord te gebeuren! Hij moet onmiddellijk de politie inlichten! Opgewonden wil hij
het alarmnummer intoetsen, maar hij beseft dat hij
eerst zo goed mogelijk moet noteren wat er gezegd is,
eer hij het vergeet. Hij gaat aan zijn schrijftafel zitten,
schuift de aantekeningen voor *Aurora's Key to Life* opzij
en probeert zich te herinneren, hoe het was. Hij viel
midden in het gesprek, en omdat hij niet geconcentreerd heeft geluisterd is het meeste hem nu al ont-
schoten. Er was iets met een kruising bij een restaurant, waarna een brug overgegaan moest worden, een
splitsing bij een theater, linksaf bij een disco... hij geeft
het op, hij weet het niet meer. Met trillende vingers
belt hij de politie.

'Politie,' zegt een vriendelijke vrouwenstem.

'Goedemorgen, mijn naam is Victor Werker. Ik wil
aangifte doen van een ophanden zijnde moord.'

'Ik verbind u door.'

Even later zegt een donkere mannenstem:

'Recherche.'

'Mijn naam is Victor Werker. Ik probeerde zojuist mijn vriendin in Wenen te bellen, maar om een of andere reden viel ik toen midden in een gesprek van twee mannen, die een moord beramen.'

'Een moord? Zal wel meevallen. Waar maakt u dat uit op?'

'De ene zei tegen de andere, dat hij zus en zo door de stad moest lopen en als de deur werd opengedaan, moest hij meteen steken.'

'Zo zo. Spraken ze duits?'

'Nee, engels, maar de ene volgens mij met een nederlands accent.'

'Waar woont u?'

'In de basiliek.'

'Mooie plek.'

'Wat doen we nu?'

'Het beste is, dat u even langskomt op het hoofdbureau.'

'Maar er is misschien haast bij.'

'Daarom.'

'Ik kom er aan. Naar wie moet ik vragen?'

'Inspecteur Sorgdrager.'

Hij belt een taxi en zegt dat hij bij de hoofdingang van de basiliek moet wachten. Vervolgens schakelt hij zijn telefoon door naar zijn zaktelefoon, zet de stand van *Bellen* op *Trillen*, steekt de notities in zijn zak en gaat naar buiten. De auto is er al. Terwijl hij door de drukke, nevelige stad rijdt, doet hij zijn best zich meer details van het gesprek te herinneren, maar alleen een paar onsamenhangende flarden zijn hem bijgebleven. Hij stelt zich voor dat ergens achter die barokke gevels nu iemand met een kop koffie het ochtendblad zit te lezen, onwetend van wat hem boven het hoofd hangt. Alles in het leven kan blijkbaar van het ene ogenblik op het volgende totaal veranderen.

In het politiebureau moet hij op een houten bank zijn beurt afwachten. Hij ziet dat niemand op zijn gemak is tussen al die uniformen, maar voor hem hebben zij iets vertrouwds, zij doen hem aan zijn vader denken, – al is het verschil tussen de politie en het leger zoiets als dat tussen een vos en een leeuw. Aan de balie wordt hij argwanend bekeken, alsof hij een verdachte is, – alleen al om het feit dat hij zich hier vertoont, zonder van de politie te zijn. Als hij zegt dat hij is ontboden door inspecteur Sorgdrager van de recherche, wordt hij doorgestuurd naar een afdeling op de derde verdieping. In de verwaarloosde stalen lift, waaraan te zien is dat er talloze gevechten in hebben plaatsgevonden, kijkt een armoedig geklede vrouw met een boodschappentas hem onafgebroken strak aan, alsof zij hulp van hem kan verwachten.

Het kost hem moeite de weg te vinden in het oude gebouw, dat kennelijk vaak is vertimmerd en aangepast. De recherche zetelt in een paar grote, naar elkaar doorgebroken ruimtes, waar tientallen inspecteurs in burger aan kleine tafels zitten, met aan de andere kant iemand die zijn verhaal doet. Computers zijn hier blijkbaar nog niet doorgedrongen, allen zitten achter hoge, ouderwetse schrijfmachines. Omdat niemand aandacht aan hem besteedt, klampt hij een kleine, roodharige rechercheur in hemdsmouwen aan die met een pak melk en etend van een boterham uit een zijdeur verschijnt.

'Kunt u mij vertellen, waar ik inspecteur Sorgdrager kan vinden?'

'Sorgdrager?' herhaalt de man kauwend, terwijl hij doorloopt. Hij schudt zijn hoofd. 'Nooit van gehoord.'

'Hoe is dat mogelijk? Een half uur geleden had ik hem nog aan de telefoon.'

'Als u eens wist wat hier allemaal mogelijk is. Komt u maar mee, u zult het met mij moeten doen.'

'Hoe is uw naam, als ik vragen mag?'

'Lont.'

'Laten we hopen, dat althans u over een half uur nog bestaat, meneer Lont.'

'Zal wel lukken.'

Inspecteur Lont heeft zijn bureau naast het raam. Tegen het glas heeft hij een paar kindertekeningen met veel rood en blauw geplakt, op de vensterbank staat een rij minuscule potjes met minuscule cactussen. Nadat hij Victors personalia heeft genoteerd, kruist hij zijn armen en leunt achterover.

'Zegt u het maar.'

Victor vertelt weer wat hem is overkomen, waarbij Lont hem observeert met de blik van iemand, die niets en niemand meer vertrouwt, behalve misschien zijn kind. Met uitgestrekte benen en zijn hoofd achterover kijkt hij een tijdje naar de zoldering, waarop grote donkerbruine vochtplekken zitten.

'Een paar dingen begrijp ik niet. Op het eerste gezicht klinkt het naar een afrekening in het criminele circuit, maar dat klopt niet helemaal. Dat gajes laat een huurmoordenaar komen, uit Marseille bij voorbeeld, ergens koopt hij een stiletto en hij neemt een taxi naar een opgegeven adres, in de buurt van de plek waar hij wezen moet. Hij laat zich natuurlijk niet voor de deur afzetten, want dan zou die taxichauffeur te veel weten. Het laatste stuk loopt hij, doet zijn werk, laat het mes verdwijnen en eer wij ter plaatse zijn zit hij alweer in het vliegtuig. Maar die man van u, die blijkbaar de stad niet kent, moet wel een erg lange wandeling maken eer hij kan steken. Heel vreemd allemaal.'

'Dus?'

'Dus niets. Binnenkort zullen we het misschien beter begrijpen.'

'Maar dan is het te laat.'

'Zo is het. Dat heb je wel vaker met begrip.'

'En daar blijft het bij, wat de politie betreft?'

'Ja, wat kunnen we doen, meneer? Er zijn geen aanknopingspunten om actie te ondernemen. Die notities van u zijn veel te vaag en te onvolledig, dat kan overal zijn. Er is niets concreets genoemd, geen enkele straatnaam, ten minste niet in het deel van het gesprek dat u hebt opgevangen, en misschien waren ze ook voorzichtig genoeg om het te vermijden. We weten zelfs niet waar dat gesprek vandaan kwam. Misschien wel uit Wenen, of Rio de Janeiro. Ook is er niet gezegd, wanneer het moest gebeuren. Vandaag? Morgen? Volgende week? Het enige dat we weten is dat ene meneer A, met een vermoedelijk nederlands accent, een liquidatieopdracht geeft aan ene meneer B, die ook een of ander accent heeft.'

'Misschien was het iets arabisch.'

'Dat zal wel weer.'

'En u heeft geen idee welke meneer C op een dodenlijst zou kunnen staan?'

'Wel honderd. Maar op grond waarvan neemt u aan, dat C een meneer is en geen mevrouw?'

'U hebt gelijk,' zegt Victor met een handgebaar. 'Ik beken dat ik politiek niet correct ben.'

Lont kijkt hem even aan, maar zegt niets. Terwijl hij het procesverbaal opmaakt en het geratel van zijn schrijfmachine zich vermengt met dat van de andere, kijkt Victor naar buiten. Ofschoon het pas half elf is, is het grauwe wolkendek zo dicht dat het lijkt of de schemering is gevallen. Op de politie kan hij dus niet rekenen, maar daarbij kan het natuurlijk niet blijven. Misschien is C inderdaad een ploert, die min of meer terecht op de nominatie staat om afgemaakt te worden, en die, als hij hem redt, vervolgens nog vele levens zal verwoesten, door middel van heroïne bij voorbeeld. Maar misschien zit het ook anders in elkaar. Misschien heeft A's vrouw C hem bedrogen met X en moet zij daarom sterven door B's hand. Of misschien wil hij eenvoudig haar levensverzekering incasseren. Alles is denkbaar, de politieseries op de televisie gaan over niets anders, maar hij heeft het gevoel dat hij zich niet moet laten verlammen door dit soort overwegingen, die er uitsluitend toe leiden dat men iets niet doet, – en het is hem of hij ergens in een grote verte de stem van zijn vader hoort, die hem vertelt over de oorlog.

Met een ruk trekt Lont het procesverbaal uit de machine, zet een kruisje en legt het hem voor. Hij tekent en schudt Lont de hand.

'U moet maar denken,' zegt de politieman, 'het leven hangt van raadsels aan elkaar.'

'Maar die zijn er om op te lossen.'

'Ik wens u veel succes.'

Op het moment dat hij buiten komt, stopt een taxi aan het trottoir. Hij wacht tot de chauffeur een meisje met een verband om haar hoofd uit de auto heeft geholpen en stapt in.

'Naar het hoofdkantoor van de telefoondienst.'

Als de politie niet op het idee komt, dieper op de zaak in te gaan, dan zal hij het zelf doen. Het kantoor is gevestigd in een voormalig hospitaal, waar de ziekte nog steeds tegen de vuilgele muren lijkt te hangen. Aan het inlichtingenloket vraagt hij iemand van de technische dienst te spreken. Na gedurende een kwartier op een houten bank naar de drukte in de hal te hebben gekeken, wordt hij in een kamertje ontvangen door een vriendelijke man in een sportjasje, die zich voorstelt als 'Van der Made'. Tegen de muur hangt een poster van een postduif. Als hij zijn verhaal weer gedaan heeft en meldt, dat volgens de politie het gesprek ook in Wenen of Rio de Janeiro kan hebben plaatsgehad, zegt Van der Made beslist:

'Uitgesloten. De politie heeft geen benul. Waar woont u?'

'In de basiliek.'

'Dan heeft dat gesprek plaatsgehad in een straal van duizend meter rondom de basiliek.'

'Hoe weet u dat zo zeker?'

'Omdat mobiele telefoongesprekken in de stad gereguleerd worden door basisstations, die om de duizend meter staan opgesteld, – antennes, zal ik maar zeggen, die de gesprekken doorsturen naar de centrale. In uw buurt staat het basisstation op het dak van Hotel Excelsior. Om een reden die ik u ook zou kunnen uitleggen, maar waar u verder niets aan hebt, bent u op hetzelfde kanaal terechtgekomen als die twee boeven. Het is absoluut zeker, dat we het over de binnenstad bij de rivier hebben.'

Op straat blijft hij aarzelend staan. Wat nu? Terug naar de politie met deze informatie? Daar zal Lont beslist weer een andere reden bedenken om niets te doen. Vermoedelijk zal hij zeggen, dat het gesprek dan uit de stad mag komen, maar dat daarmee niet vaststaat dat de moord ook hier gepleegd moet worden; het kan altijd nog Wenen of Rio de Janeiro zijn. Dat is natuurlijk zo, maar het is uitgesloten dat hij nu naar zijn werk gaat en morgen misschien in de krant leest, wie er is vermoord. Hij moet er zelf achteraan. Op een klok aan een elektriciteitsmast ziet hij, dat het bijna twaalf uur is. Zijn afspraak! Hij haalt de telefoon uit zijn zak en belt zijn instituut. Terwijl de voorbijgangers op het trottoir om hem heen lopen, vraagt hij met zijn gezicht naar de stoeptegels gericht of zijn amerikaanse gast er nog is, maar die blijkt een half uur geleden nijdig te zijn vertrokken. Hij zegt dat er iets idioots is gebeurd, dat hij ook vanmiddag niet komt en dat hij het nog wel zal uitleggen. In een hotel vraagt hij bij de receptie of zij een plattegrond van het

centrum voor hem hebben, waarop hij een kleurige
toeristenfolder krijgt; vervolgens gaat hij naar het na-
bijgelegen Café Arco, waar hij vroeger vaak kwam.
Bij de ingang staat nog steeds de oude, tandeloze portier in zijn blauwe koetsiersjas met tressen, de hoor-
nen bril op de punt van zijn neus.

Het Jugendstilinterieur is donker, de wanden zijn
bekleed met zwart leer, gestempeld met rode en gouden strepen; omdat alle tafeltjes bezet zijn, gaat hij
aan de leestafel met de groengekapte messinglampen
zitten. Hij bestelt een portie ham met mierikwortel en
een glas pilsener, vouwt de kleine kaart open en haalt
zijn notities van het gesprek te voorschijn:

Kruising bij restaurant.
Brug over.
Splitsing bij theater.
Linksaf bij disco.
Iets over een boom.

Dat is alles wat er over is van een dozijn aanwijzingen.
Zelfs van de volgorde is hij niet zeker. Hij buigt zich
over de plattegrond, wie weet vindt hij toch een aanknopingspunt. Het kaartje is op schaal 1:15 000, een
centimeter komt overeen met 150 meter, duizend meter dus met zo'n 7 centimeter. Hij lokaliseert het be-
faamde Hotel Excelsior, en het klopt dat alleen het
centrum in aanmerking komt, waar ook de basiliek is:
restaurants, theaters, disco's, in de buurt van de rivier,
want verder is er geen water in de stad. De rivier
maakt een vrijwel rechte hoek om de binnenstad,

daar telt hij acht bruggen. Omdat je een brug van twee kanten op kunt, zijn dat in beginsel zestien mogelijkheden; maar omdat het theater en de disco pas na de brug verschijnen, is de gang dus vermoedelijk richting binnenstad. De kruising met het restaurant moet dan op de linkeroever liggen. Stuk voor stuk gaat hij met zijn pink de bruggen af en probeert zich de situatie voor te stellen, maar bij verscheidene is hij sinds jaren niet geweest; disco's plegen trouwens even snel te verdwijnen als zij zijn verschenen, vooral de laatste tijd. Het aanknopingspunt is natuurlijk het theater. Hij schat hun aantal op dertig, die hij niet allemaal kent; maar in combinatie met de brug en de disco moeten de mogelijkheden snel teruggebracht kunnen worden. Terwijl hij zijn lunch verorbert, blijft hij zijdelings naar de plattegrond kijken, onderwijl in zijn geheugen zoekend naar theaters bij de rivier. Plotseling houdt hij op met kauwen. Bij de Kettingbrug is een constellatie die misschien aan de voorwaarden voldoet. Daar staat het theater, waar hij ooit met Clara een voorstelling van *Fiddler on the Roof* heeft gezien, en er is een splitsing. Bovendien, schiet hem nu te binnen, niet ver daar vandaan is ook de terminal van de luchthaven! Maar staan daar bomen?

Hij besluit er heen te gaan. Ook als het klopt, is hij natuurlijk nog altijd geen steek opgeschoten, maar misschien dat hij zich meer van het gesprek herinnert als hij wat rondloopt in die buurt. Hij probeert de kaart op te vouwen, wat bij de derde poging lukt, rekent af en gaat op pad.

Elfde stuk
Middag

De tram rijdt met de stroom mee langs de rivier tussen haar modderige oevers, aan de overkant is de Burcht op de heuvel vrijwel onzichtbaar geworden in de nevel. Waar de tram linksaf de Kettingbrug moet opdraaien stopt hij plotseling, de bestuurder gaat naar buiten en wrikt met een zware ijzeren staaf een wissel naar rechts. Bij de halte aan de andere oever stapt Victor uit en kijkt om zich heen. Er is een kruising, dat wist hij al, maar nergens een restaurant. Misschien heeft hij het zich verkeerd herinnerd en twee aanwijzingen door elkaar gehaald. Langzaam loopt hij terug naar de rechter oever. In de verte ziet hij de basiliek, opgenomen nu in het weidse panorama van torens en koepels. Hij voelt zich belachelijk, maar als er vandaag of morgen inderdaad een moord wordt gepleegd, zou hij zichzelf nooit vergeven dat hij niet alles heeft gedaan wat hij kon. Het is lunchpauze; ondanks de kille wind die over het water waait, zijn de trottoirs gevuld met slenterend kantoorpersoneel dat boterhammen eet uit plastic zakjes. Op het midden van de brug komt een donker geklede man met een zwarte snor hem haastig tegemoet. Hij doet een stap opzij, terwijl de ander naar dezelfde kant uitwijkt, en dan nog eens en nog eens. Als Victor glimlacht om de situatie krijgt hij een dreigende blik terug, alsof hij hem met opzet niet wilde doorlaten, waarop de man met een demonstratief wijde boog om hem heen loopt. Victor draait zich even om en kijkt hem na. Zelfs zijn rug straalt iets gevaarlijks uit. Is hij het? Keert hij na gédane arbeid terug, in zijn broekzak het mes dat hij straks over de reling zal gooien? Even overweegt hij om hem te volgen, maar die gedachte zet hij meteen van zich af. Hij lijkt wel gek.

Toch begint hij nu beter op de voorbijgangers te letten. Sommigen lijken onmiddellijk te zien, dat er iets niet in orde is met de manier waarop hij naar hen kijkt en beantwoorden zijn blik met een uitdagend gezicht, waarop hij zijn ogen neerslaat. Met het gevoel, dat hij misschien toch beter naar zijn werk kan gaan in plaats van hier de speurder uit te hangen, komt hij bij het musicaltheater en de splitsing. Dat klopt in elk geval – maar op de hoek, waar hij linksaf zou moeten, is geen disco maar een bloemenwinkel. Er zijn natuurlijk weer aanwijzingen tussenuit gevallen. Ook realiseert hij zich nu, dat de locatie van de terminal niet klopt met zijn notities: het busstation ligt twee bruggen verderop, maar ook op deze oever, er komt geen brug aan te pas als iemand van daar naar het theater loopt; bovendien zou hij dan de verkeerde kant op gaan. Hadden Lont en Van der Made misschien allebei gelijk? Was het gesprek hier in de buurt gevoerd, maar moest de moord heel ergens anders plaatsvinden? In Wenen? In Buenos Aires? Hij registreert dat een vreemdsoortige verbetenheid bezig is bezit van hem te nemen. Zonder iets te zien blijft hij staan voor een etalage met damesondergoed, terwijl hij in zijn herinnering weer de stemmen hoort, maar hij verstaat alleen die vier zinnen:

'When you recognize him, stab immediately.'

'O.K.'

'You'll receive the rest of your money at the airport.'

'You bet.'

'Good luck.'

Van de rest hoort hij alleen flarden en het timbre, zoals van een gesprek in een belendende treincoupé. Ook een boom is nergens te zien. Ofschoon hij beseft dat het absurd is wat hij doet, slaat hij bij de bloemenwinkel linksaf.

De boulevard met representatieve appartementsgebouwen en banken is eind vorige eeuw naar parijs' model aangelegd op het terrein van het gesaneerde ghetto. Misschien pasten de aanwijzingen in het telefoongesprek beter op dat verdwenen labyrinth, – maar als één ding zeker is, denkt hij, dan is het dat hij het niet uit de jodenstad heeft opgevangen, want die bestaat sinds honderd jaar niet meer. Met het gevoel, daarmee toch weer een mogelijkheid geëlimineerd te hebben, loopt hij doelloos verder. Verzin een groot gevaar, denkt hij, overweeg dat het niet bestaat, en je bent een gelukkig mens.

Op een kruispunt probeert een oude, gebogen zwerver in lompen, met lange grijze haren en een baard, losgeraakte lappen om zijn voeten, een boodschappenkarretje uit een supermarkt in zijn macht te houden. Het is veel te hoog beladen met zijn zinloze bezittingen, vodden, plastic zakken met afval; de kleine wieltjes, gemaakt om op glad linoleum korte bochten om de schappen te nemen, kunnen hun draai niet vinden op de ruwe klinkers; dan weer duwend, dan weer trekkend spant hij zich in om de overkant te bereiken, terwijl auto's toeterend om hem heen zwenken. Plotseling valt de kar om, zodat op het kruispunt opeens een vuilnisbelt is ontstaan. De zwerver blijft er even naar kijken; dan ziet hij het hopeloze van de situatie in en sloft weg, zonder op het verkeer te letten, de rommel achterlatend als een stervende zijn herinneringen.

Hij voelt trillen in zijn hartstreek.

'Werker,' zegt hij, terwijl hij doorloopt.

Stilte. Hij blijft staan, en als bij het wegschieten van een sigarettenpeuk laat hij de nagel van zijn middelvinger tegen de microfoon springen, in de hoop dat de ander nu denkt dat met de tik een apparaat is ingeschakeld.

'Blijf maar aan de lijn, dan kan de centrale je nummer peilen.'

Meteen wordt de verbinding verbroken. Misschien is de list gelukt en heeft hij de zwijger werkelijk het zwijgen opgelegd. Hij verwenst Graham Bell en kijkt om zich heen. Wat doet hij hier? Zoekt hij nog steeds een moordenaar? Tussen kale vlierbomen strekt zich de oude joodse begraafplaats uit, die bij de sanering voor het grootste deel ongerept is gelaten. Ontelbare zerken, overdekt met dunne nevelflarden, staan en liggen tegen elkaar als de verrotte tanden en kiezen van een antediluviaal monster. De boomwortels zijn door tien lagen met honderdduizenden skeletten gedrongen; steeds als het weer vol was, eeuw in eeuw uit, werd een nieuwe laag klei uit de rivier over het terrein gespreid, waar de grafstenen in steeds dichtere formaties bovenop werden gezet. Omdat de kortste weg naar de tramhalte over de begraafplaats loopt, gaat hij door het hek naar binnen.

Het ruikt bitter naar de afgevallen bladeren. Hier en daar lopen groepjes toeristen, vooral japanners, die er vermoedelijk geen idee van hebben wat joden zijn, onafgebroken elkaar fotograferend voor de achtergrond van graven. Graag zou hij weten, wat zij zullen zeggen wanneer zij, terug in Hiroshima en Nagasaki, de dia's aan hun familie en vrienden vertonen. Het is jaren geleden dat hij hier voor het laatst was, met een amerikaanse celbioloog, Fleischmann, die in geestdrift raakte bij de tombe van een of andere legendarische wonderrebbe uit de zestiende eeuw. In het voorbijgaan werpt hij even een blik op de grote, goed onderhouden steen in renaissancestijl, met hebreeuwse inscripties, een vignet van een leeuw met twee staarten en bekroond door een denneappel. Als hij zijn ogen al heeft afgewend, ziet hij pas de man die er naar staat te kijken: zijn handen in de zakken van zijn zwartleren jek, zijn benen in jeans, zijn voeten in sportschoenen, op zijn hoofd een baseballpet en op zijn neus een zonnebril, ofschoon de zon niet schijnt. Victor blijft staan, raapt een steentje op, en zoals hij Fleischmann destijds had zien doen legt hij het op een zerk, terwijl hij uit zijn ooghoeken naar de man kijkt. Wat er zichtbaar is van zijn gezicht, is op een of andere manier noord-afrikaans, zo te zien niet egyptisch, eerder algerijns of marokkaans. De huurmoordenaar?

Te vroeg voor zijn karwei en hier nu de tijd dodend?

Langzaam drentelt hij verder, zijn ogen gevestigd op de inscripties, in de rand van zijn gezichtsveld onafgebroken de arabier, zich onderwijl een analfabeet voelend tussen al die hebreeuwse letters. Hij overweegt of hij hem een vuurtje zal vragen, zodat hij misschien zijn stem herkent, maar dan zal hij ook zichzelf zichtbaar hebben gemaakt. Na een paar minuten kijkt de man op zijn horloge, zet zijn kraag op en loopt over de slingerende paden naar de uitgang aan de andere kant van de begraafplaats. Terwijl hij hem volgt, denkt hij: Ik ben ten prooi aan een omgekeerde achtervolgingswaanzin, – maar zijn werk heeft hem geleerd, ook zijn onzinnigste intuïties eerst maar eens serieus te nemen. Alle grote ontdekkingen komen voort uit onzinnige intuïties. Hoe ziet de wereld er uit als ik op een lichtstraal ga zitten? vroeg Einstein zich af toen hij zestien was. Onzinniger is niet mogelijk; toch was dat de kiem van de relativiteitstheorie. Als de ingeving werkelijk dwaas is, blijkt dat pas als de dwaalweg voor een deel is afgelegd en het moeras zichtbaar wordt.

Terug in de wereld van de levenden, nog niet in de aarde verzonken, schaduwt hij het ongure individu door een smalle achterafstraat met toeristische winkeltjes en souvenirkramen, waar het sujet een klein koffiehuis binnengaat. Als hij zelf langskomt, blijft hij staan en steekt een sigaret op, terwijl hij ziet dat de verdachte zich voorover buigt en een vrouw op de mond kust, die blijkbaar op hem heeft gewacht. Ook moordenaars plegen vrouwen te kussen, maar in dit geval lijkt het hem voldoende om zijn verdenking te laten varen. Hij

273

haalt diep adem en besluit, de zaak nu van zich af te zetten. Hij heeft zijn plicht gedaan. Door een of andere technische samenloop van omstandigheden, die zelfs deskundigen niet afdoende kunnen verklaren, is hij getuige geweest van een moordcomplot, dat intussen ergens ter wereld misschien al is uitgevoerd. Het zij zo. Hoeveel moorden worden er per dag gepleegd? Honderdduizend? Vijfhonderdduizend? Genoeg vermoedelijk om dagelijks een begraafplaats te vullen als die waar hij zojuist vandaan komt.

Met hetzelfde verfrissende gevoel dat men heeft bij het verlaten van een bioscoop, vervolgt hij zijn weg naar de bewoonde wereld. Het is bijna twee uur, de middag is nog niet verloren, maar eerst wil hij een kop koffie. Hij is nu in de buurt van Hotel Excelsior, waar het telefonische basisstation op staat, – een hotel in de Ritzstijl, met diepe, gebloemde fauteuils in de lounge, waar de koffie wordt geserveerd in roomwitte kannetjes op zilveren dienblaadjes, met een rond papiertje onder het kopje. Nu en dan passeert hij een kleine synagoge, overgebleven als de herinneringsflarden van een lijder aan geheugenverlies, en in een smalle straat aan de zijkant van het hotel moet hij over kabels stappen die uit een raam naar een reportagewagen van de televisie leiden; iets verderop staat een schotelantenne, gericht op een punt van de hemel, waar een onzichtbare satelliet hangt. Op het moment dat hij aankomt bij de rode loper naar het bordes, stopt een overlange witte limousine met getinte ramen, op de achterbak een antenne in de vorm van een boemerang. De portier doet een pas naar voren, neemt zijn hoge hoed af en de eerste die uitstapt, nee uitspringt, uitvliegt, is – geen twijfel mogelijk – Catharina uit Harry's Bar.

Een lach trekt over zijn gezicht en hij blijft staan. Aan het andere eind van de rode lijn verschijnt de amazone, gevolgd door haar man. Hij draagt een zwarte cape en een zwarte hoed met een brede rand op zijn lange witte haren, waardoor zijn smalle gezicht nog smaller lijkt. Elsa, hun kleine meisje, is er niet bij. Op het trottoir blijven zij even praten, waarbij het lijkt of hij haar tot iets wil overhalen, maar zij schudt haar hoofd; zij geven elkaar een kus en de vrouw wandelt weg met de kleine zwarte teckel. Hij blijft haar even nakijken, maar zij draait zich niet meer om. Ik zoek een moordenaar, denkt Victor terwijl hij naar het tafereel kijkt, en ik vind een kunstpaus. Net als drie maanden geleden in Venetië hoopt hij dat de ander hem zal opmerken, al was het maar om een eind te maken aan de ridicule toestand, waarin hij vandaag heeft verkeerd. Als deze het bordes op wil gaan, herkent hij hem nu ook en komt met wapperende handen op hem af.

'Meneer Werker! Wat een verrassing!'

Verbluft kijkt Victor hem aan.

'U weet wie ik ben?'

'Natuurlijk weet ik wie u bent, iedereen weet wie u bent. Ik vergeet nooit een gezicht. Ik had uw foto eens op de cover van l'Expresse gezien.' Hij steekt zijn hand uit. 'Kurt Netter.' Zijn hand is nog steeds even koud. 'Komt u naar buiten of gaat u naar binnen?'

'Ik was van plan naar binnen te gaan.'

'Dan gaan wij samen naar binnen.' Op mediterrane wijze legt Netter zijn hand om Victors bovenarm en leidt hem de treden op, waarbij deze het vage gevoel krijgt dat hij gearresteerd wordt.

'Hoe is uw expositie in het Palazzo Grassi ontvangen?'

'Catastrofaal. Geen hond die het begreep. Dat wil zeggen, behalve Catharina natuurlijk. Ik denk dat ik voorlopig persona non grata ben in La Serenissima.'

'De dialectiek is te goed voor deze wereld,' knikt Victor.

'Du sprichst ein großes Wort gelassen aus,' zegt Netter, terwijl hij bij de garderobe met een joyeuze zwaai zijn cape van zijn schouders neemt, zodat de rode voering even zichtbaar wordt; ook daaronder is hij volledig in modieus zwart; de manchetten van zijn overhemd zijn niet dichtgeknoopt, wat om een of andere reden geen slordige maar een wereldse indruk maakt. 'Maar helemaal afgeschreven schijn ik toch nog niet te zijn, want anders was ik hier niet. Zit u ook in het tribunaal?'

'Het tribunaal?' herhaalt Victor verbaasd. 'Ik in een tribunaal? Wat bedoelt u?'

'Maar u bent hier nu toch.'

'Dat wel. Om een kop koffie te drinken. Ik woon hier – in deze stad, bedoel ik.'

'Koffie, ja,' zegt Netter, 'goed idee. Dat doen we eerst, al heb ik er eigenlijk geen tijd voor. Ik ben een uur geleden aangekomen uit New York, we hebben nauwelijks uit kunnen pakken. De wereld wordt zo klein als een erwt, afstanden zijn alleen nog een kwestie van geld, – dat wil zeggen voor andere mensen, mijn reizen worden altijd betaald.'

Weggezonken in een fauteuil vertelt Netter hem wat er vanmiddag gaande is. Bij de nadering van het jaar 2000 hebben twaalf europese televisiemaatschappijen een coproductie op touw gezet, waarin de balans van de twintigste eeuw wordt opgemaakt. In twee maal zes uitzendingen beslissen tribunalen van steeds twaalf internationale autoriteiten, wie in de afgelopen eeuw de grootste prestaties hebben geleverd op hun terrein. Dat hele millenniumgedoe is natuurlijk nogal vrijblijvend, want als de mens aan elke hand zes vingers had gehad in plaats van vijf, dan was er niets te vieren geweest binnenkort. Maar goed. *De Uitspraak* heet de serie, die opgenomen wordt in de hoofdsteden van twaalf lidstaten van de Europese Unie. De eerste zes programma's gaan over de wetenschappen en de politiek, de tweede over de kunsten. In Parijs is onlangs Kafka de nummer 1 van de roman geworden, na een fel gevecht met Joyce, – en ondanks verzet van een franse literatuurprofessor, die tot het bittere eind Proust probeerde door te drukken.

'Trouwens, als het over de biologie gaat maakt u misschien ook nog een kans.'

'Daarover maak ik mij geen illusies. Dat worden Watson en Crick. Ik ben maar een eenvoudige sleutelaar.'

'Maar het is toch wel een heel bijzonder slot, waarvan u de sleutel hebt gevonden.' Terwijl hij een sigaret in een zilveren pijpje doet, blijft hij nadenkend naar Victor kijken.

'*De sleutel*,' glimlacht Victor. 'Om een of andere reden doet mij dat aan de titel van een roman denken, maar ik kan mij niet herinneren ooit zoiets gelezen te hebben.'

'Tanizaki heeft een roman met die titel geschreven. Om te rillen. Vandaag is in elk geval de beeldende kunst aan de beurt.' Met zijn hoofd duidt Netter naar een meisje in een spijkerbroek, in haar ene hand een blocnote, in haar andere een telefoon. 'Die zoekt mij.' Als zij hun kant op kijkt, maakt hij een korte beweging met zijn hand, als iemand die biedt op een veiling. Snel komt zij naar hen toe.

'Meneer Netter?'

'Absoluut.'

'We waren al bang dat u het niet gehaald had. De opname begint over tien minuten, u moet meteen naar de schmink.'

'Ik heb genoeg aan mijn eigen masker,' zegt Netter, terwijl hij opstaat. En tot Victor: 'Heeft u iets te doen?'

'Ik weet het eigenlijk niet. Ik ben vandaag een beetje de kluts kwijt.'

'Houdt u mij dan gezelschap, dan gaan we straks eten bij de italiaan, op uw kosten.'

De pronkzaal van het hotel, met haar kroonluchters en spiegels en marmeren zuilen, bedoeld voor zelfstilering van de bourgeoisie, is veranderd in een tweeslachtig domein dat niemand uit het begin van de eeuw herkend zou hebben. De techniek is de victoriaanse pracht en praal binnengedrongen als een virus een celkern. Reeksen kabels en draden zwieren over de perzische tapijten en het parket, hier en daar vastgeplakt met zwarte tape, cameramannen en -vrouwen met koptelefoons kijken omhoog in hun camera's, andere technici naar flakkerende monitoren aan hun voeten. Alles is gericht op een tafel in de vorm van een Π, met er achter drie maal vier stoelen, waarop het tribunaal zich al heeft genesteld. Alleen een stoel aan het dwarsstuk is nog leeg; er voor staat op een bordje:

Kurt Netter
Riga

Letland dus. In elk geval behoort hij tot die internationale set deskundigen, die het in Europa op alle terreinen steeds meer voor het zeggen krijgt. Ontspannen zitten de autoriteiten met elkaar te praten, de meesten zeer gedistingeerd en contrasterend met het slonzige televisiepersoneel, – vooral ook door hun karakteristieke koppen, die zelf in kunstwerken veranderd lijken te zijn. Blijkbaar, denkt Victor, word je wat je doet. Langs de wanden is wat publiek gegroepeerd, dat de kijkers de indruk moet geven dat zij er ook bij zijn. Met het gevoel dat hij hier volledig misplaatst is, gaat Victor tussen het menselijk behang zitten.

Voordat ook Netter zijn plaats inneemt, begroet hij snel de anderen, die hij allemaal blijkt te kennen, waarop de gespreksleider zich tussen de benen van de Π opstelt. Victor kent hem van gezicht: Arthur Marcelis, een gevreesd politicus uit de sociaal-democratische hoek. Hij ziet er uit als een russische generaal in burger, gedrongen, vierkant, maar met de slanke, sensitieve handen van een violist, die niet bij hem lijken te passen. De floormanager geeft nog wat aanwijzingen

279

en verzoekt om stilte. Met opgeheven arm, zijn gezicht gewend naar het met putti beschilderde plafond, luistert hij op zijn beurt naar bevelen in zijn koptelefoon. Na een paar seconden laat hij zijn arm in de richting van Marcelis dalen alsof hij hem met een zwaard doorklieft.

Na iedereen hier en thuis te hebben verwelkomd, verontschuldigt de moderator zich in de camera, dat hij engels moet spreken, want zo gaat het tegenwoordig in de wereld, maar buiten Engeland zullen de ondertitels dat goedmaken, – het kan trouwens nooit kwaad om te lezen. Met een provocerende lach meldt hij, dat hij persoonlijk geen kaas heeft gegeten van moderne beeldende kunst, en dat hij juist daarom zo gekwalificeerd is om de discussie te leiden. Dat geklieder van die schilders in de twintigste eeuw kan zijn zoontje van vijf ook, de kaalslag van Mondriaan doet hem denken aan verkeersborden, en wat betreft het soort kunstwerken dat bestaat uit klodders vet in de hoeken van een kamer en in het midden een hoop steenkolen, waarboven een varkenskop aan een touw bungelt, – als zijn zoontje dat thuis in zijn hoofd zou halen, zou hij hem een pak slaag geven en zonder eten naar bed sturen.

Niet iedereen lacht, maar de toon is gezet. Tegen deze doortrapte achtergrond, die nu ook de andere helft van de kijkers zal vasthouden, is het de picturale coryfeeën moeilijk gemaakt niet belachelijk te lijken. Maar een vlotte, elegante man, volgens zijn bordje directeur van de Kunstsammlungen Nordrhein-Westfalen, slaat meteen terug:

'Het is niet uitgesloten, dat uw zoontje van vijf inderdaad ook kan wat Picasso kan, – om meteen maar de winnaar van dit tribunaal te noemen, – maar u kunt het in elk geval niet meer.'

'Daar heeft u een punt,' zegt Marcelis, nadat hij het lachen en het applaus van de publieke tribune heeft afgewacht. 'Kunstenaars zijn kinderen. Zij spelen.'

'Maar dan moeten we het ook over het woord «spelen» hebben,' valt de directeur van de Tate Gallery in, zodat een camera zich gedwongen ziet een snelle zwenk te maken naar de tanige engelsman, die er in zijn geruite pak, geruit overhemd en gestreepte das uitziet als iemand die een engelsman speelt. Hij zet zijn middelvinger op zijn duim en doceert in uitgelezen Oxford-engels: 'Als u uw zoontje ziet spelen, dan zegt u tegen uw vrouw: «Wat speelt hij lief». En dan denkt u aan de manier waarop u zelf speelt. Maar als u speelt weet u dat u speelt, terwijl kinderspel voor een kind iets totaal anders is, namelijk de allerdiepste ernst. *Dat* is de kinderlijke manier waarop kunstenaars spelen, en dat is bijkans het tegendeel van de schattige manier waarop u en ik plegen te spelen. Kunst is kinderspel. Misschien moeten wij uw verfrissende kijk op kunst in die zin interpreteren.'

Hernieuwde bijval. Maar vervolgens valt er een druppel azijn in de discussie. Een dame in een wijd gewaad en met loshangende grijze haren, die op een waarzegster lijkt maar directrice is van het parijse Musée d'Art Moderne, zegt in het frans:

'Het valt mij trouwens op, dat het bij dat stomme cliché altijd gaat over zoontjes en nooit over dochtertjes.'

Die opmerking is goed voor het derde applaus, maar Victor klapt niet mee. Dochtertjes. Een beetje versomberd kijkt hij naar de felle française, – in de verte heeft zij wel iets van Clara: ouder en lelijker, maar met dezelfde aura van afstandelijkheid.

'Mea culpa, mea culpa,' zegt Marcelis en klopt met zijn rechtervuist op zijn hart, 'mea maxima culpa. Dat is latijn, – een taal die wij ook niet als voertaal hadden afgesproken, madame.'

Na die reprimande heft een madrileense hoogleraar kunstgeschiedenis plotseling zijn armen op.

'U mag dan misschien ooit katholiek zijn geweest, zoals ik dat nog steeds ben,' roept hij met een leesbril op de punt van zijn neus, 'maar dat geeft u nog niet het recht uw waardigheid te grabbel te gooien! Het is politiek heel correct, ook in de kunst de gelijkheid van zoontjes en dochtertjes te proclameren, daarvoor krijgt men de handen op elkaar, maar is het ook waar? Nee, dames en heren, – aanzienlijk minder dames dan heren, overigens, – het is niet waar. Ik zal het nog sterker zeggen: het kan niet waar zijn. Dames en heren zijn gelijkwaardig maar niet gelijk, want heren kunnen geen zoontjes en dochtertjes baren. Al in de prehistorie was het zo dat alleen de heren jagers waren, want de dames waren zwanger en moesten thuis in de grot voor de andere kinderen zorgen. Zo is het altijd gebleven.'

'Daar hebben we dat stompzinnige rollenpatroon weer,' onderbreekt de parijse hem bits, dit keer in het engels. 'Ik dacht dat wij dat langzamerhand achter de rug hadden. U zegt dat alleen maar omdat u geen zin hebt de afwas te doen.'

'O wat haat ik dat woord, «rollenpatroon». Ik ben vrijgezel, mevrouw, ik doe boodschappen, ik kook, ik doe mijn afwas en dat vind ik prettig, want dan kan ik het beste nadenken, beter dan in mijn studeerkamer. Over dit soort dingen bij voorbeeld. Het zijn geen rollen. Een barende vrouw speelt net zo min theater als een scheppend kunstenaar.'

'Draaft u niet toch een tikje door?' informeert de directeur van het Kunsthaus Zürich.

'Misschien, maar dat is precies mijn stelling. Mag ik mijn verhaal afmaken? Jagers konden de hele dag doordraven, achter een bizon aan, maar hun vrouwen moesten in het huishouden dan weer dit doen en dan weer dat, kruiden plukken, de geit melken. Zij hadden en hebben geen obsessies, in plaats daarvan hebben zij kinderen, – vrouwelijke obsessies zouden de kinderen duur te staan komen. Het enige dat veranderd is, maar niet essentieel, is de bizon. Nu richt de bezeten jacht van mannen zich op zulke reusachtige dieren als fortuin, macht, roem, het doen van ontdekkingen, het ontwikkelen van een wetenschappelijke theorie, het scheppen van een kunstwerk. Dat heeft allemaal de aard van de oorspronkelijke bizon.'

'Het is dus niet uitgesloten, Tomás,' zegt de enige andere vrouw in het gezelschap, de presidente van het Museum of Modern Art in New York, 'dat de paleolithische rotstekeningen in die grotten van jullie gemaakt zijn door vrouwen, terwijl hun mannen als gekken achter de bizons aan holden.'

'Een gloednieuwe hypothese!'

'Ook vrouwen kunnen blijkbaar doordraven,'

merkt Marcelis droog op. 'Sommige vrouwen althans.' Hij kijkt even naar de floormanager, die knikt
en met zijn wijsvinger een draaiend gebaar maakt:
doorgaan, heeft de regisseur kennelijk in zijn oor
gefluisterd. Met een tevreden grijns op zijn gezicht
laat Marcelis de discussie op haar beloop: aan de
montagetafel zullen zij wel zien wat er bruikbaar is.

'Misschien waren vrouwen wel de eerste beeldende
kunstenaars,' vervolgt de amerikaanse met haar door-
dringende blik, 'en dat is misschien zelfs te bewijzen.'

'Nu ben ik toch werkelijk benieuwd wat je gaat zeggen, Agnes.'

'Ik herinner mij bepaalde hallucinerende afbeeldingen van handen. Die waren met gespreide vingers
tegen de rotswand gelegd en uitgespaard in een aura
van kleur, alsof er een spuitbus was gebruikt.'

'Negatieve handen,' knikt de spanjaard. 'Zo heet
dat.'

'Kijk eens aan. En is er wel eens onderzoek naar
gedaan of die negatieve handen mannen- of vrouwen-
handen zijn? Van skeletresten kan toch ook bepaald
worden of zij mannelijk of vrouwelijk zijn?'

De professor neemt de bril van zijn neus en kijkt
haar verbluft aan.

'Voor zover ik weet, heeft nog nooit iemand daaraan gedacht. Maar ik vrees dat die rotsschilderingen
ook ontstaan zijn door een obsessie, een metafysische
obsessie van een of andere soort, en dat de eerste beeldende kunstenaars dus mannen waren. Net als de
laatste trouwens. Wij zijn nu tien- of twaalfduizend
jaar verder, maar het is honderd procent zeker dat

ons tribunaal straks resulteert in het noemen van een mannennaam.'

'Als dat honderd procent zeker is,' valt Marcelis in, 'dan is onze taak er vijftig procent eenvoudiger op geworden, en dan was deze discussie dus niet helemaal zinloos. Het onderscheid dat hier gemaakt wordt tussen mannen en vrouwen doet mij overigens denken aan dat tussen politici en ambtenaren. Politici als de bezeten jagers op de bizon van de macht, ambtenaren als de eeuwige, huiselijke continuïteit, waar de geit gemolken wordt. De ambtenarij is blijkbaar het vrouwelijke element in de samenleving.'

'Schrijnende ongelijkheid!' roept een vrolijke mannenstem uit het publiek.

'Hemeltergende discriminatie,' knikt Marcelis lachend. 'Wist u trouwens, dat in gevangenissen vrouwen niet meer dan één procent van de populatie vormen? Is het geen schande?'

'Mag ik er misschien nog iets aan toevoegen?' vraagt de directeur van het amsterdamse Stedelijk Museum bedachtzaam. Hij spreekt met zachte stem, die meteen een eind maakt aan de ontstane hilariteit en onrust in het publiek. Met zijn ronde gezicht, omkranst door goudgrijze lokken, ziet hij er uit als een volwassen geworden putto aan de zoldering.

'Vanzelfsprekend. En dan gaan wij zaken doen.'

'Misschien kunnen wij de constellatie ook van een andere kant bekijken. Misschien zijn degenen die te weinig hebben niet de vrouwen maar de mannen. Zou het niet zo kunnen zijn, dat mannen achter bizons aan jagen uit wanhoop? Uit een dieper liggende gekrenktheid, die zij niet onder ogen kunnen zien zonder zichzelf te verliezen? Misschien is het probleem niet zo zeer, dat het de vrouwen ontbreekt aan obsessies, maar dat het de mannen ontbreekt aan kinderen. In de prehistorie was het verband tussen copulatie en het krijgen van kinderen nog onbekend; dat is een ontdekking van veel later datum. Om mij tot de beeldende kunst te bepalen: misschien zijn al die meesterwerken uiteindelijk niets anders dan noodsprongen, omdat hun makers geen kinderen kunnen baren. Misschien proberen zij zich zo goed en zo kwaad als het gaat te emanciperen door het scheppen van surrogaatkinderen. Dat wil zeggen, misschien zijn nu juist de vrouwen de ware heren der schepping. Zij hebben geen reden tot wanhoop.'

Vragend kijkt Marcelis om zich heen.

'Is dit het verlossende woord? Kunnen wij ons hierin vinden?' Als niemand iets zegt, richt hij zich tot de camera: 'Dan is nu het uur van de waarheid aangebroken, dames en heren. Het artistieke Sanhedrin, hier in unieke samenstelling bijeen, gaat over tot het aanwijzen van de grootste surrogaatkinderenmaker van de beeldende kunst in de twintigste eeuw.' Daarop nodigt hij de aanwezigen uit, met de klok mee elk twee kandidaten te noemen, vergezeld van een korte toelichting, waarna de eigenlijke beraadslaging kan beginnen.

Als een geschrokken klein dier trilt de telefoon tegen Victors borst. Geagiteerd steekt hij zijn hand in de borstzak van zijn overhemd en schakelt het apparaat uit, met een schok teruggeworpen uit de verre steentijd naar de verwarrende dag van vandaag. Hij voelt zich belaagd, alles wat er gebeurt lijkt het op hem voorzien te hebben, als in een roman, – dat paranoïde genre, waarin alle gebeurtenissen zijn toegesneden op de hoofdpersoon. Hij wil weg hier, nu meteen, regelrecht naar een reisbureau om een vakantie te boeken, aan de andere kant van de wereld, op een klein caraïbisch eiland, waar de zon aan de hemel brandt en waar het altijd waait en een groene leguaan op een rotsblok roerloos uitkijkt over de oceaan, roerlozer nog dan het rotsblok. Maar hij staat niet op, hij slaat zijn benen andersom over elkaar en luistert naar de experts, – nee, hij luistert niet, hij hoort hun voorstellen, in flarden drijven zij aan hem voorbij: de elegische Picasso natuurlijk, de devote Mondriaan natuurlijk, de openbreker Duchamp natuurlijk, de heilige Beuys natuurlijk...

Als het Netters beurt is, blijft hij eerst nog even in zijn aantekeningen kijken.

'Wat mij opvalt bij de namen die ik tot nu toe heb gehoord, is dat er geen enkele beeldhouwer bij is. Duchamp en Beuys zijn niet in de eerste plaats schilders, maar ook geen beeldhouwers, zij vertegenwoordigen een derde categorie, die van de installateurs, op wie onze moderator tijdens zijn doorwrochte inleiding al fijntjes heeft gezinspeeld. Ik ben het er mee eens dat Brancusi, Giacometti, Moore en hoe zij allemaal heten niet de statuur hebben van Picasso of Mondriaan, – maar hoe komt dat? Waarom is in onze eeuw de schilderkunst zo spannend en de beeldhouwkunst eigenlijk nogal saai? Niemand die het weet. Zelfs de ontdekking van afrikaanse maskers en beelden had eigenlijk alleen invloed op de schilder-kunst en nauwelijks op de beeldhouwkunst. Vragen, vragen. Waarom waren er in een land als Nederland talloze topschilders in de zeventiende eeuw, en waar-om was dat een eeuw later volledig afgelopen? Het zijn kennelijk een soort epidemieën, die ook plotseling uit-breken, om zich heen grijpen en dan even snel weer verdwenen zijn. De twintigste eeuw is om onnaspeur-lijke redenen een schilderseeuw en geen beeldhouwers-eeuw. In de klassieke oudheid was dat precies anders-om. Geen griekse schilder kon zich meten met Praxite-les. Zijn evenknie verscheen pas tweeduizend jaar later in de gestalte van Michelangelo.'

'Iedereen,' valt Marcelis hem in de rede, 'kan on-getwijfeld veel van u leren, meneer Netter, ik in de al-lereerste plaats. Maar misschien kunt u nu tot een conclusie komen. Wij willen niet weten wie uw kandi-daat *niet* is.'

'Mea culpa,' zegt Netter ironisch. 'Maar ik moet zelfs nog een stap verder terug dan Praxiteles om dui-delijk te maken, wie het is. Dan kom ik uit bij de eerste beeldhouwer: Pygmalion. Iedereen kent het verhaal. De vrouwenhater sneed uit ivoor het beeld van een naakte vrouw, op wie hij verliefd werd en dat tot leven kwam. Door tussenkomst van Afrodite veranderde het ivoor in vlees en bloed. Kijk, dat noem ik nu cre-atie. Hij heeft de grens tussen kunst en werkelijkheid opgeheven. Als Pygmalion in de twintigste eeuw had geleefd, was hij mijn kandidaat geweest.'

'Maar hij heeft niet in de twintigste eeuw geleefd. Volgens mij heeft hij nooit geleefd.'

'Nee, hij is een mythische figuur, die uitsluitend leeft in de *Metamorphosen* van Ovidius. Maar Ovidius heeft Pygmalions verhaal ook niet zelf bedacht. Hij is een schepping van... ja, van wie? Niemand die het weet – maar de twintigste eeuw heeft Pygmalions evenknie van vlees en bloed opgeleverd.'

Marcelis' mond gaat een beetje open, ook de anderen kijken Netter verontrust aan.

'En wie mag dat zijn?'

Plotseling staat Netter op, en Victor ziet dat er iets profetisch in hem vaart. Zijn ogen vonken, het is of zijn witte lokken beginnen te wapperen.

'Ik hoor het galmen in de eenentwintigste eeuw!' roept hij met stemverheffing. 'Iets is daar niet pluis! Er wordt daar een verschrikkelijke Walpurgisnacht voorbereid, een gruwelijke heksensabbat, – en dat is het gevolg van het scheppingswerk van de grootste surrogaatkinderenmaker niet alleen van de twintigste eeuw, nee, van alle tijden! Of misschien zal zijn superbizon juist de grootste zegen zijn die ooit op de mensheid is neergedaald. Misschien allebei, want zo pleegt het te gaan in het leven. Daar zit mijn kandidaat,' zegt hij en strekt zijn arm uit. 'De tweede Pygmalion, die de grens tussen leven en dood heeft opgeheven – die niet het ivoor maar de klei tot leven heeft gewekt: Victor Werker!'

Droomt hij? Is Netter gek geworden? Als Victor de wijzende vinger ziet, de verbijsterde gezichten die zijn kant op draaien, de camera die snel op hem gericht wordt, overspoelt de angst hem. Trillend staat hij op.

'Ik...' stottert hij.

Hij wil zeggen dat het onzin is, – dat Netter zijn werk niet begrepen heeft, dat hij hem misschien verwart met onderzoekers die dieren en straks mensen klonen, dat zijn eigen werk eigenlijk alleen filosofische betekenis heeft, dat hij eigenlijk alleen zichzelf van een chemicus in een bioloog heeft veranderd, of begrijpt Netter het misschien maar al te goed? Beter dan ieder ander, beter zelfs dan de Heilige Vader, en in elk geval beter dan hijzelf? Is het juist die 'filosofische betekenis' van zijn eencellige bizon, die in de volgende eeuw tot een Walpurgisnacht zal leiden? Nietzsche's Zarathustra had het visioen dat God dood is, – had hij, Victor zelf, God honderd jaar later misschien metterdaad uitgewist door leven te scheppen? Is de ziel van het gebod dat gij niet zult moorden misschien het gebod dat gij geen leven zult scheppen?

Zijn hoofd loopt om, hij kan geen woorden vinden, radeloos zwaait hij met zijn armen en loopt plotseling snel de zaal uit. In de lobby hoort hij een meisjesstem zijn naam roepen, maar hij kijkt niet om, springt het bordes af en rent de straat op. Het weer is veranderd, er is een dichte mist opgetrokken van de rivier. Pas op de hoek bij de Altneuschul, onder de omgekeerd draaiende klok van het joodse raadhuis, blijft hij bezweet en met bonkend hart staan en haalt diep adem.

Twaalfde stuk
De afspraak

Het is druk in de basiliek, de winkels zijn open, overal hangt muziek. De discotheek is nog gesloten, maar op het terras bij de bowlinghal is geen tafeltje meer vrij; ook bij de kassa van het kleine theater in de consistoriekamer staat al een rij wachtenden. Bij het wijnlokaal houdt hij zijn pas in, haalt de telefoon uit zijn zak en roept de *voice mail* op.

'Er is één nieuw bericht. Om uw bericht te beluisteren, toets één.'

Terwijl hij naar de andere voorstellen van de ontstegen vrouwenstem luistert, aarzelt hij; maar dan drukt hij toch op de 1.

'Bericht vandaag ontvangen, om zestien uur twee.'

Stilte.

'Om dit bericht te bewaren...'

Hij wist het bericht dat geen bericht is en toch een bericht. Om het gevoel van dreiging van zich af te zetten, besluit hij om eerst iets te gaan eten bij Mirafiori.

In de winkelgalerij, naast de roltrappen, geflankeerd door een kunsthandel met vooral posters en een enigszins louche wisselkantoor, ligt het *Ristorante Italiano* als een relict van vijftig jaar geleden. Zelfs in Italië is zo'n restaurant nauwelijks nog te vinden, met zijn krakende parketvloer, lambriseringen bekroond door wastafelspiegels, gefiguurzaagde folkloristische gestalten er tegenaan gespijkerd, een wand overdekt met gesigneerde foto's van allang gestorven operazangers. Maar de obers zijn in het zwart, de servetten van linnen en er staan geen pizza's op de kaart. Het is nog rustig. Met een vage groet naar een paar vaste klanten, een schrijver en een schilder met hun vrouwen, en een eenzame advocaat met een krant, gaat hij aan het kleinste tafeltje zitten. Eigenlijk had hij hier nu met Netter moeten zitten.

Hij steunt zijn ellebogen op tafel en wrijft met beide handen over zijn gezicht. Een dag uit het leven van een gek, denkt hij. Hij voelt zich als een vijf keer verscheurd blad papier in de prullenmand, tweeëndertig snippers, aan beide kanten dicht beschreven, die in een legpuzzel zijn veranderd. Hij zou ze nu moeten opdiepen en tot een geheel rangschikken, maar hij wil er niet meer aan denken.

'Buona sera, professore.'

De ober staat naast hem, een servet over zijn linker onderarm, in zijn rechter hand de spijskaart.

'Geef me maar een bord spaghetti, Mauro. Aglio olio peperoncino. En een mezzo Orvieto.'

'Va bene. Subito.'

Mauro snelt weg als iemand die een opdracht heeft gekregen die geen seconde uitstel kan verdragen. Victor laat zijn oogleden wat zakken en vraagt zich af, naar wie hij eigenlijk zo rabiaat op zoek was vanmiddag. Naar zichzelf? 'Ik moet een sprong maken,' articuleert hij met zijn lippen, maar zonder geluid, – en denkt: een sprong uit dit leven naar een ander leven. Een voorbeeld aan zijn moeder nemen. *Aurora's Key to*

Life schrijven en dan naar Canada emigreren en hout-hakker worden. Alle chemie en microbiologie verge-ten en in de Dordogne een antiekwinkeltje beginnen. Uitgeweken hollanders gammele boerenstoelen aan-smeren. Nu kan het nog. Tweeënveertig is hij, weten-schappelijk geslaagd en daarmee afgeschreven, zijn lauweren zoiets als de tatoeages op de verlepte armen van een grijsaard, daar ingebrand toen zijn imposante spieren nog glansden van jeugd en olie en die een be-paald soort mannen afgunstig maakten, al waren zij misschien bedoeld voor vrouwen, maar die liet het onverschillig. Verdwijnen. Onzichtbaar worden. Als de telefoon gaat: niet aannemen, ook al is het mis-schien de zweedse ambassade. En als het Clara is? Niet aannemen.

Bij de koffie vraagt hij zich af, hoe hij de avond zal doorbrengen. Van werken komt niets meer, en het idee om naar de bioscoop te gaan stuit hem tegen de borst. Hij besluit om boven dan maar voor de televisie te gaan hangen en naar een of andere thriller te kij-ken, met als universele hoofdrolspelers auto's, pistolen en zonnebrillen. Als hij afgerekend heeft, schudt hij Mauro de hand en wandelt naar buiten, waar het nog steeds binnen is. Bij de crèche proberen twee veilig-heidsbeambten een uitgemergelde junk in beweging te brengen; roerloos, met gespreide armen, half voor-over gebogen, staart hij naar de tegels, dwars door de tegels heen, dwars door de hele aarde heen. Hij neemt de lift en gaat via het stille labyrinth van loopbruggen, trappen en binnenpleinen naar zijn appartement. Op de galerij geeft de oude huismeester de plataan water;

tussen de gebrandschilderde ramen hangen de bladeren zo onnatuurlijk stil als oude vaandels in een middeleeuwse ridderzaal. Het is of die stilte ook van hem bezit heeft genomen, de gebogen straal water uit de slang in zijn handen heeft dezelfde vorm als zijn rug, zijn witte wenkbrauwen en zijn mondhoeken.

'Alles in orde, meneer Werker?'

'We slaan ons er doorheen, Hendrik.'

'U ziet er moe uit.'

'Klopt. Ik denk dat ik vanavond vroeg naar bed ga.'

'Dat probeer ik ook wel eens,' knikt de huismeester en draait de kraan dicht. Werker ziet, dat hij zich aanschikt met een van zijn uitvoerige verhandelingen te beginnen. 'Maar dan ben ik een paar uur later opeens klaarwakker. Wat doe je dan? Dan kom je midden in de nacht uit je bed en je gaat in een stoel zitten en dan ga je maar urenlang zitten lezen in een of ander weekblad van vorige maand, dat je vergeten hebt weg te gooien. Eindeloze artikelen, die je niet interesseren. Lees verder op pagina zoveel. Laatst nog. Dat stuk ging over een boek dat pas verschenen is, over de pyramiden. Misschien dat het u interesseert, u was toch vorige maand in Egypte, ik heb u de post nog nagestuurd. Als ik me goed herinner heeft de schrijver ontdekt, dat de drie pyramiden van Gizeh een projectie zijn van de drie sterren die de ceintuur van Orion vormen, en zij zijn zo aangelegd dat de Nijl overeenkomt met de Melkweg. Dat bewijst hij door —'

'Ik weet het al eer ik het weet,' valt Victor hem in de rede. 'Alles moet altijd iets anders zijn. Hoe heet dat boek? Ik verzamel zulk spul.'

'Dat weet ik niet meer. Iets met «mysterie», geloof ik.'

'Kan niet missen.'

'Het sterrenbeeld Orion was voor de oude egypte-naren Osiris. Die is een paar keer vermoord, maar steeds herrezen uit de dood –'

'Opgewekt door Thoth,' knikt Victor.

'Ja, dat weet u natuurlijk allemaal. Maar weet u ook, dat zijn vrouw Isis nog een kind van zijn lijk heeft gekregen toen hij weer een keer dood was?'

'Dat is nieuw voor mij,' zegt Victor en probeert te lachen, maar het lukt hem niet. 'Ja, Hendrik, dat wa-ren nog eens tijden, – en die komen heel snel terug, maar dan in het echt.'

Met een zakdoek bet de huismeester zijn ogen, en Victor ziet dat zijn hand een beetje trilt. Doctor James Parkinson is in aantocht. Doctor Alois Alzheimer mis-schien ook. Het verstand is nog goed, maar het in-stinct vermindert; de woorden worden vloeibaarder en beginnen vanzelf uit de mond te kwijlen, zoals ook het handschrift geleidelijk kleiner wordt – net zo lang totdat het een rechte lijn is geworden, als het encefalo-gram van een dode.

Demonstratief kijkt Victor op zijn horloge.

'Neemt u mij niet kwalijk. Ik heb een afspraak.'

'Wel te rusten, meneer.' En als Victor hem met een glimlach aankijkt: 'God zij met u.'

In de onttakelde woonkamer trekt hij zijn jasje uit en laat hij zich in een fauteuil vallen, zijn gestrekte be-nen gespreid, zijn handen gekruist in zijn nek en kijkt om zich heen. Alles onveranderd. Clara's secretaire.

De witte, halflege boekenkasten. Omdat de roerloosheid van de dingen hem hindert zet hij de televisie aan, die hem op zijn wenken bedient: de trailer van een interviewprogramma, waarin de gezichten van de vorige gasten snel en naadloos in elkaar overvloeien, politici in sporthelden veranderen, sporthelden in delinquenten, delinquenten in kunstenaars... 'Morphing' heet die computertechniek, weet hij; alle moderne griezelfilms maken er gebruik van. Het 'Ovidiusprincipe', zou Netter het misschien noemen. Hij zet het geluid af en gaat naar zijn werkkamer. Op zijn bureau, naast het gemummificeerde baby-aapje, ligt nog het opengeslagen album met de foto van Clara voor de Grot van Oedipus, zoals hij het gisteren heeft neergelegd, – aandachtig kijkt de kleine Hermes er op neer. De fax is nog niet teruggezet op de tafel waaraan hij heeft gegeten met de gebroeders Dodemont. De drie pakken melk. Hij haalt de *Metamorphosen* uit de kast, zoekt de passage over Pygmalion op en gaat bij het gothische raam zitten.

Weer thuis bezoekt hij zijn geliefde beeld, hij geeft het,
over het bed gebogen, een kus, en bespeurt een warmte;
weer nadert haar zijn mond, zijn handen betasten haar borsten.
Dan wordt de warme, ivoren schoonheid plotseling zachter,
geeft mee onder de druk van zijn vingers, zoals bijenwas
van de Hymettus zacht wordt van de zon en, gekneed,
vele vormen aanneemt, steeds soepeler van het kneden.
Verbijsterd, vol twijfel zich verheugend, bang voor bedrog,
streelt hij, de verliefde, weer en weer het geliefde beeld.
Het leeft! Zij leeft! Onder zijn duimen kloppen haar polsen!

Ontroerd kijkt hij naar buiten. De schemering is ge-vallen over de S van de rivier; Hotel Excelsior is on-zichtbaar geworden in de nevel. Als een dwaas heeft hij daar beneden rondgedwaald, op zoek naar een moordenaar. Als hij in de diepte de sirene van een ambulance hoort, gaat hij naar de woonkamer en drukt op teletekst van het lokale televisiestation: niets over een moord in de stad; maar dat zegt niet veel, misschien is die pas zojuist ontdekt. Plotseling ziet hij weer Netters uitgestoken wijsvinger op zich gericht. Het leek eerder of zijn misplaatste lof een aanklacht was: die van een beschuldigende officier van justitie, alsof *hij* een moordenaar is, – terwijl hij eerder als enige mens op aarde het exacte tegendeel is van een moordenaar.

Terug in zijn werkkamer blijft hij bij het raam le-zen in Ovidius, tot hij de woorden niet meer kan on-derscheiden. Er hangt nu alleen nog een zwak licht van de tekst op het scherm in de woonkamer, waar-van hij de deur open heeft laten staan. Nee, hij moet geen bomen kappen in Canada, hij moet eenvoudig zijn werk doen, al ligt zijn grootste prestatie vrijwel ze-ker achter hem. De meeste mensen hebben nooit een grote prestatie verricht, en toch doen zij eenvoudig hun werk; het is toch absurd, dat het verricht hebben van een grote prestatie tot meer ontevredenheid leidt dan het niet verricht hebben van een grote prestatie. Maar misschien ligt de grootste prestatie altijd nog in het verschiet, misschien is die superprestatie het ster-ven: die overgang van iets naar niets, even onmogelijk als de overgang van niets naar iets, die iedereen is overkomen. De mens, denkt hij, moet zich in evenwicht houden op een koord dat van niets naar niets is gespannen.

Liefst wil hij nu alle lichten aandoen, de gordijnen dichttrekken en ongecompliceerd muziek opzetten, – geen Mahler dus, eerder Smetana, of Dvořák, – maar hij blijft roerloos zitten in het donker. In San Francisco is het nu ochtend; met een sigaret in haar mondhoek scharrelt zijn moeder in een versleten ochtendjas door haar flat en zet een ketel water op. Het is of hij het ziet. Overal lopen alweer drinkende studenten over de campus in Berkeley. Als jongen van een jaar of zeventien had hij de gewoonte, voor het slapengaan tot in details de afgelopen dag aan zich voorbij te laten trekken, zelfs de gezichten van de mensen met wie hij in de tram had gezeten, – misschien dat hij toen zijn visuele geheugen ontwikkelde. Hij steekt een sigaret op, en omdat je de rook niet proeft als je haar niet ziet blaast hij haar in de gloeiende punt. Het herfstige Venetië is teruggegeven aan de venetianen; op de verlaten Piazza San Marco, weer weggezonken in haar duizend jaren, hebben ook de duiven zich teruggetrokken onder de daklijsten van de Procuratiën. In het zachte lamplicht onder de arcaden, langs de neergelaten rolluiken van de winkels, wandelen twee gesoigneerde oude heren. Steeds wanneer de ene iets zegt blijft hij staan tot hij uitgesproken is, zij doen een paar passen, waarna de ander blijft staan en antwoordt, – op hun leeftijd kunnen zij blijkbaar niet meer tegelijk lopen en praten. Hij ziet het alsof hij er bij is, maar hij is er niet bij. Lopen zij daar werkelijk

298

op dit moment? Natuurlijk niet, helderziendheid bestaat niet; iemand met een draagbare telefoon daar op de Piazza zou dat zonder twijfel bevestigen. Het is ook geen herinnering, want hij was nog nooit in de herfst in Venetië. Waar komen zij dan vandaan? Het ene heertje draagt een hoed – waar komt die hoed vandaan? Uit zijn fantasie? Maar waarom heeft hij dan juist dat gefantaseerd en niet iets anders, bij voorbeeld een klein meisje met haar grootmoeder? Of een paar gepommadeerde venetiaanse jongens, die achter een stel meiden aan lopen? De stijgende weg naar het plateau met de pyramides is niet verlicht; in de vallei er naast is gescharrel van bedoeïenen, kamelen en geiten tussen de tenten, die reusachtige, ingesponnen cocons. Een engels echtpaar, niet zo jong meer, heeft besloten nog even naar de pyramide van Cheops te wandelen, eer zij in de lounge van Mena House wat gaan lezen. Zij zijn de enigen. Gearmd, hun vingers verstrengeld in elkaar, ondanks de zwoele avond gehuld in stevig tweed, naderen zij de donkere massa, uitgesneden tegen de sterrenhemel, die lijkt te schreeuwen in haar oorverdovende stilte. Er is geen maan. Als zij boven zijn, ziet hij hen plotseling verstarren. Vijf of zes meter bij hen vandaan beweegt een zwart wezen zo groot als een schaap – maar het is geen schaap, eerder een reusachtige salamander, of schorpioen, of tor, laag bij de grond, nauwelijks te onderscheiden in de duisternis, een weerzinwekkende schim, een angstaanjagend fabeldier...

Nu en dan verandert het flauwe licht in de woonkamer een fractie, wanneer de tekst op het televisiescherm verspringt. Hij betrapt zich er op, dat zijn ogen al minutenlang gevestigd zijn op een zwakke glans, – als het tot hem doordringt dat het de sleutel is in het slot van Aurora's kamer, legt hij Ovidius weg en komt iets overeind. Plotseling, zonder dat hij daartoe het besluit heeft genomen, is hij opgestaan en kijkt roerloos naar de sleutel. Zijn hart begint te bonken, het is of de sleutel hem aantrekt zoals een verlicht venster een verdwaalde op de heide. Langzaam, met onwillige benen, als een robot, begint hij er in het donker heen te lopen. Hij stapt over de drempel, en ofschoon hem nog een paar meter scheiden van de sleutel strekt hij zijn rechterhand uit. Als hij het metaal tussen zijn vingers heeft, sluit hij zijn ogen en laat zijn hoofd achterover zakken. In die houding volhardt hij een paar seconden, terwijl hij zich voelt als iemand die op het punt staat een gebouw op te blazen. Op het moment dat hij de sleutel omdraait, gaat de bel.

Alsof hij uit een droom wordt gewekt, komt hij tot zichzelf. Hij verwacht niemand, het kan alleen Hendrik zijn, – misschien wil hij nog iets weten over het voorspellende karakter van de mythologie. Zonder licht te maken, gaat hij naar de deur van zijn appartement en doet open. Vervolgens gebeurt alles heel snel. In het tegenlicht ziet hij de contouren van twee gestalten, de ene doet een stap naar voren en legt twee wurgende, gehandschoende handen om zijn keel, de ander komt ook binnen, doet de deur dicht en even later hoort hij de klik van een openspringende stiletto. In zijn borstzak begint de telefoon te trillen. Wie is het? Clara? Stockholm? Er wordt geen woord gesproken –

en plotseling begrijpt hij het. De route die de moordenaars moesten volgen, had geen betrekking op de stad maar op de basiliek. Het restaurant, het theater, de disco, de bomen... Was het Brock, wiens stem hij had gehoord tijdens dat gesprek? Heeft hij die twee gezonden? Zitten er monotheïstische fundamentalisten achter, die hem de eobiont niet vergeven? Het mes ketst af op de telefoon, die niet ophoudt met trillen. Bij de tweede poging neemt het staal bezit van zijn lichaam en dringt in zijn hart. Als het hem verlaat, zoals de stang die door een juk en een dissel loopt, heft hij zijn wit uitgebeten handen en spreidt zijn vingers. Na het raadsel van het leven heeft hij ten slotte ook het raadsel van de dood ontsluierd. Als de mens in zijn laatste ogenblik in een flits zijn hele leven aan zich voorbij ziet trekken – van het *krak* waarmee zijn navelstreng werd doorgeknipt tot en met dat laatste ogenblik – dan komt hij aan het slot daarvan weer uit bij die flits en dan ziet hij dus wederom zijn hele leven in een flits aan zich voorbij trekken, en wederom, en wederom, – een oneindig aantal keren, zodat hij zijn dood nooit bereikt...

Victor Werker is gelukkig. Het licht van een verblindende dageraad omgeeft hem. Ik ben onsterfelijk, denkt hij, terwijl zijn ogen breken.

Inhoud

VAN HARRY MULISCH VERSCHEEN

POËZIE
Woorden, woorden, woorden, 1973
De vogels, 1974
Tegenlicht, 1975
Kind en kraai, 1975
De wijn is drinkbaar dank zij het glas, 1976
Wat poëzie is, 1978
De taal is een ei, 1979
Opus Gran, 1982
Egyptisch, 1983
De gedichten 1974-1983, 1987

ROMANS
archibald strohalm, 1952
De diamant, 1954
Het zwarte licht, 1956
Het stenen bruidsbed, 1959
De verteller, 1970
Twee vrouwen, 1975
De Aanslag, 1982
Hoogste tijd, 1985
De ontdekking van de hemel, 1992
De oer-Aanslag, 1996
Mulisch' Universum, 1997

VERHALEN
Tussen hamer en aambeeld, 1952
Chantage op het leven, 1953
De sprong der paarden en de zoete zee, 1955
Het mirakel, 1955
De versierde mens, 1957
Paralipomena Orphica, 1970
De grens, 1976
Oude lucht, 1977
De verhalen 1947-1977, 1977
De gezochte spiegel, 1983
De pupil, 1987
De elementen, 1988
Het beeld en de klok, 1989
Voorval, 1989
Vijf fabels, 1995
De kamer, 1997
  (in *Mulisch' Universum*)

THEATER
Tanchelijn, 1960
De knop, 1960
Reconstructie, 1969
  (in samenwerking met Hugo Claus
  e.a.)
Oidipous Oidipous, 1972
Bezoekuur, 1974
Volk en vaderliefde, 1975
Axel, 1977
Theater 1960-1977, 1988

STUDIES, TIJDSGESCHIEDENIS, AUTOBIOGRAFIE ETC.
Manifesten, 1958
Voer voor psychologen, 1961
De zaak 40/61, 1962
Bericht aan de rattenkoning, 1966
Wenken voor de Jongste Dag, 1967
Het woord bij de daad, 1968
Over de affaire Padilla, 1971
De Verteller verteld, 1971
Soep lepelen met een vork, 1972
De toekomst van gisteren, 1972
Het seksuele bolwerk, 1973
Mijn getijdenboek, 1975
Het ironische van de ironie, 1976
Paniek der onschuld, 1979
De compositie van de wereld, 1980
De mythische formule, 1981
  (samenstelling Marita Mathijsen)
Het boek, 1984
Wij uiten wat wij voelen, niet wat past, 1984
Het Ene, 1984
Aan het woord, 1986
*Grondslagen van de mythologie van het
  schrijverschap,* 1987
Het licht, 1988
De zuilen van Hercules, 1990
Op de drempel van de geschiedenis, 1992
Een spookgeschiedenis, 1993
Twee opgravingen, 1994
Bij gelegenheid, 1995
Zielespiegel, 1997
Het zevende land, 1998